BESTSELLERWORLDBOOK 77

채근담

홍자성 지음 / 조성하 옮김

소담출판사

조성하

서울 출생
한양대학교 중어중문학과 졸업
번역가로 활동중

sodampublishingcompany

BESTSELLER WORLDBOOK 77

채근담

펴낸날 | 2003년 1월 25일 초판 1쇄
지은이 | 홍자성
옮긴이 | 조성하
펴낸이 | 이태권
펴낸곳 | 소담출판사
　　　　서울시 성북구 성북동 178-2 (우)136-020
　　　　전화 | 745-8566　팩스 | 747-3238
　　　　e-mail | sodam@dreamsodam.co.kr
　　　　등록번호 | 제2-42호(1979년 11월 14일)

ISBN 89-7381-392-7 03820
● 책 가격은 뒤표지에 있습니다.

www.dreamsodam.co.kr

菜根譚

洪自誠

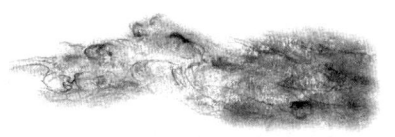

하늘의 도리에 이르는 길은 매우 넓어서
조금만 마음을 두어도 가슴속이 넓어지고 명랑해지는 것을 깨닫는다.
사람의 욕심에 따르는 길은 매우 좁아서
조금만 발을 들여놓아도 눈앞이 모두 가시덤불과 진흙탕이 되어 버린다.

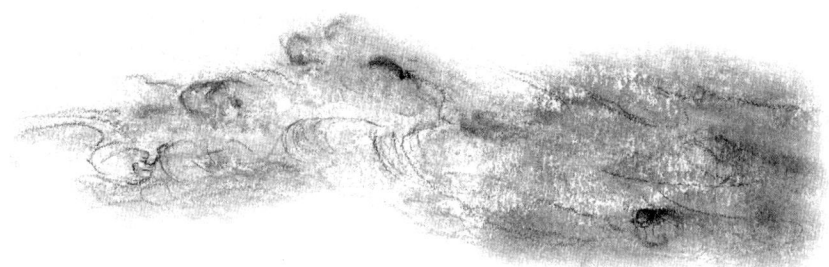

菜根譚

차례

前集

1

도덕을 지키면서 사는 사람은 잠시 적막하지만, 권세에 아부하며 사는 사람은 항상 처량하다. 이치를 완전히 깨친 사람은 사물 밖의 사물, 즉 재물이나 지위 이외의 진리를 보고, 육체 뒤의 몸, 즉 죽은 후의 명예를 생각한다. 잠시 적막할지언정 만고(萬古)의 처량함을 취하지 마라.

棲守道德者(서수도덕자)는 寂寞一時(적막일시)나 依阿權勢者(의아권세자)는 凄凉萬古(처량만고)니라. 達人(달인)은 觀物外之物(관물외지물)하고 思身後之身(사신후지신)하나니 寧受一時之寂寞(영수일시지적막)이언정 毌取萬古之凄凉(무취만고지처량)하라.

| 해설 | 도덕을 지키며 살아가려면 외롭게 마련이지만 그것은 일시적인 일이다. 권력에 아부하면 한때 부귀영화를 누릴지 모르지만 결국은 외로움에 시달리고 만다. 도리를 깊이 깨달은 사람은 세상일에 현혹되지 않고 높은 이상과 더불어 산다.

2

세상을 건너가는데 물이 얕으면 더러움이 묻는 것 또한 얕고, 일에 경험이 깊으면 그 수단도 깊다. 그러므로 군자(君子)는 능숙하기보다는 차라리 소박한 편이 낫고, 치밀하기보다는 차라리 소탈한 편이 낫다.

涉世淺(섭세천)이면 點染亦淺(점염역천)이요, 歷事深(역사심)이면 機械亦深(기계역심)이니라. 故(고)로 君子(군자)는 與其練達(여기련달)로는 不若朴魯(불약박로)하고 與其曲謹(여기곡근)으로는 不若疎狂(불약소광)이니라.

| 해설 | 사람이 세상을 살아가는 것은 마치 거친 물결을 헤쳐나가는 것과 같다. 그러므로 세상살이의 경력이 적은 사람은 그만큼 악에 물드는 일이 적으며, 경력이 많은 사람은 그만큼 세상을 능숙하게 살아가는 재주가 많아지게 마련이다. 그러므로 군자는 인생을 능숙하게 살기보다는 정직하고 꾸밈없이 사는 편이 좋고, 빈틈없이 살기보다는 가끔 실수를 할지라도 오히려 거칠고 순박하게 사는 편이 낫다.

3

군자의 마음은 하늘이 푸르고 태양이 빛나는 것처럼 남들이 모르게 하지 말아야 하고, 군자의 뛰어난 재주는 구슬이 바위 속에 숨겨진 것같이 남들이 쉽게 알지 못해야 한다.

君子之心事(군자지심사)는 天青日白(천청일백)하여 不可使人不知(불가사인부지)요, 君子之才華(군자지재화)는 玉韞珠藏(옥온주장)하여 不可使人易知(불가사인이지)니라.

| 해설 | 푸른 하늘과 밝은 태양은 꾸밈이나 거짓이 조금도 없어 누구나 다 알 수 있다. 사람의 마음도 이처럼 공명정대해야 한다. 재주나 지혜는 바위 속에 숨겨져 있는 구슬처럼 겉으로 드러내놓지 말고 깊이 간직해 두어야 한다.

4

권세와 명리(名利), 사치와 부귀를 가까이 하지 않는 사람을 결백하다고 하고, 가까이 하더라도 이에 물들지 않는 사람을 더욱 결백하다고 하며, 권모와 술수를 모르는 사람을 고상하다고 하고, 이를 알면서도 쓰지 않는 사람을 더욱 고상하다고 한다.

勢利紛華(세리분화)는 不近者爲潔(불근자위결)이나 近之而不染者(근지이불염자)는 爲尤潔(위우결)이요, 智械機巧(지계기교)는 不知者爲高(부지자위고)나 知之而不用者(지지이불용자)는 爲尤高(위우고)니라.

| 해설 | 부귀와 영화를 가까이 하지 않는 사람을 청렴결백하다고 하지만, 가까이 하고도 그 나쁜 폐단에 물들지 않는 사람이야말로 더욱 청렴결백한 사람이다. 속임수로 남을 속이거나 헐뜯는 것을 모르는 사람을 고상한 인격자라고 하지만, 이를 할 줄 알지만 절대 사용하지 않는 사람이야말로 더욱 고상한 인격자다.

5

귀에는 항상 거슬리는 말만 들리고 마음속에서 항상 어긋나는 일만 일어나면, 이야말로 덕을 쌓고 행실을 닦는 숫돌이 될 것이다. 만일 들리는 말마다 귀를 즐겁게 해주고 하는 일마다 마음을 즐겁게 해준다면, 이야말로 자기 몸을 매어 짐새의 독(毒) 속에 파묻는 일이 될 것이다.

耳中(이중)에 常聞逆耳之言(상문역이지언)하고 心中(심중)에 常有拂心之事(상유불심지사)면 纔是進德修行的砥石(재시진덕수행적지석)이니 若言言悅耳(약언언열이)하고 事事快心(사사쾌심)이면 便把此生(변파차생)하여 埋在鴆毒中矣(매재짐독중의)니라.

| 해설 | 『공자가어(孔子家語)』를 보면 '좋은 약은 입에 쓰지만 병에는 이롭고, 충고의 말은 귀에 거슬리지만 행실에는 이롭다'는 말이 있다. 귀에 들리는 말마다 엄격한 비판이고 하는 일마다 마음대로 되지 않을 때, 오히려 그 괴로움이 약이 되어 인격을 향상시킬 수 있다. 이와 반대로 항상 남들이 아부하는 소리만 듣고 하는 일마다 순조롭게 풀린다면, 마치 독약 속에 묻혀서 하루하루를 보내는 것과 같다. 본문에 나오는 '짐새'는 그림자가 지나간 음식만 먹어도 사람이 죽는다는, 무서운 독이 있는 새를 말한다.

6

세차게 부는 바람과 성난 비는 새들도 근심하고, 맑은 날씨와 따뜻한 바람은 초목도 기뻐한다. 천지에는 하루도 온화한 기운이 없어서는 안 되고, 사람의 마음에는 하루도 기쁨이 없어서는 안 된다는 것을 알아야 한다.

疾風怒雨(질풍노우)에는 禽鳥(금조)도 戚戚(척척)하며 霽日光風(제일광풍)에는 草木(초목)도 欣欣(흔흔)하나니 可見天地(가견천지)에 不可一日無和氣(불가일일무화기)요, 人心(인심)에 不可一日無喜神(불가일일무희신)이니라.

| 해설 | 세찬 비바람이 불어닥치는 날에는 새들도 불안해하는 것 같고, 따사로운 햇빛을 받으면 풀과 나무도 기뻐하는 것 같다. 그러니 자연이나 인간 사회를 막론하

고 하루라도 없으면 안 되는 것은 온화함과 기쁜 마음이다.

7

진한 술, 기름진 고기와 맵고 단 것이 참된 맛이 아니다. 참된 맛은 오직 담담할 뿐이다. 신기한 재주와 뛰어난 행실을 갖추어야 인격자가 되는 것이 아니다. 인격자는 평범할 따름이다.

"醲肥辛甘(농비신감)이 非眞味(비진미)요, 眞味(진미)는 只是淡(지시담)이니라. 神奇卓異(신기탁이)는 非至人(비지인)이요, 至人(지인)은 只是常(지시상)이니라.

| 해설 | 잘 익은 진한 술에 기름진 고기 안주, 그리고 고추나 생강처럼 자극적인 음식과 식혜나 설탕처럼 달콤한 음식들은 누구나 먹기 좋아하지만, 이런 맛 좋은 음식을 매일 먹으면 금방 싫증이 난다. 그러니 이것은 참다운 맛이 아니다. 그러나 쌀밥은 담담하여 별로 맛이 없지만 매일 먹어도 싫증 나지 않는다. 이 담담한 맛이 진짜 음식 맛이다. 마찬가지로 사람들에게 신기(神奇)하다고 일컬어지고 남달리 뛰어나다는 평판을 듣는 자는 지인(至人)이라고 볼 수 없다. 지인은 오직 평범할 뿐이다. 그러나 여기서 말하는 평범은 보통 사람의 평범이 아니라, 인격자의 원만한 말과 행동을 가리킨다.

8

하늘과 땅은 고요하여 움직이지 않건만 잠시도 활동을 쉬지 않으며, 해와 달은 밤낮으로 달리지만 빛만은 항상 변함이 없다. 그러므로 군자는 한가할 때도 긴급한 일에 대비하는 마음을 가져야 하고 바쁜 상황에서도 한가한 마음을 가져야 한다.

天地(천지)는 寂然不動(적연부동)이로되 而氣機(이기기)는 無息少停(무식소정)하며 日月(일월)은 晝夜奔馳(주야분치)로되 而貞明(이정명)은 萬古不易(만고불역)이니라. 故(고)로 君子(군자)는 閒時(한시)에 要有喫緊的心思(요유끽긴적심사)하며 忙處(망처)에 要有悠閒的趣味(요유유한적취미)니라.

| 해설 | 천지는 늘 조용하나 잠시도 쉬지 않고 활동을 계속한다. 해와 달은 밤낮에 상관없이 움직이지만 그 빛은 고금(古今)을 막론하고 변함이 없다. 움직임 속의 고요, 고요 속의 움직임. 군자는 한가한 때도 갑자기 닥칠지 모르는 변화에 대비해야 하고, 바쁠 때도 여유를 가져야 한다.

9

깊은 밤 사람들이 잠들어 조용할 때 홀로 앉아 자기 마음을 들여다보면, 비로소 허망한 생각이 사라지고 진실만이 나타나는 것을 깨달으며, 언제나 이런 가운데서 큰 진리를 얻는다. 그러나 이미 진실이 나타났어도 허망한 생각에서 벗어나기 어려움을 깨닫는다면, 또한 이 가운데서 참된 부끄러움을 얻는 것이다.

夜深人靜(야심인정)에 獨坐觀心(독좌관심)하면 始覺妄窮而眞獨露(시각망궁이진독로)하나니 每於此中(매어차중)에 得大機趣(득대기취)니라. 旣覺眞現而妄難逃(기각진현이망난도)면 又於此中(우어차중)에 得大慙忸(득대참뉴)이니라.

| 해설 | 밤이 깊어 모두 잠든 고요 속에서 혼자 자기 마음을 들여다볼 때 비로소 본심이 나타난다. 이런 때야말로 인간의 본성을 되찾고 인생의 참된 의미를 발견한다. 그러나 이런 때에도 명리(名利)에 대한 허망한 생각에서 헤어나지 못한 자기 자신을 발견하면 스스로 부끄러워하는 마음이 깊어진다.

10

본래 은혜 속에서 재앙이 싹트는 법이다. 그러므로 만족할 때 재빨리 주위를 둘러보라. 실패한 후에 도리어 성공이 따른다. 행여나 일이 뜻대로 되지 않는다고 손을 놓지 마라.

恩裡(은리)에 由來生害(유래생해)하나니 故(고)로 快意時(쾌의시)에 須早回頭(수조회두)하고 敗後(패후)에 或反成功(혹반성공)하나니 故(고)로 拂心

處(불심처)에 莫便放手(막변방수)하라.

| 해설 | 윗사람의 총애를 받으면 다른 사람의 시기와 증오를 면치 못한다. 이런 때일수록 말과 행동을 조심하지 않으면 화를 면하기 어렵다. 사업도 마찬가지다. 일이 잘 풀린다고 마음을 놓아서는 안 된다. 실패는 이런 때 싹트는 것이다. 반대로 일이 마음대로 되지 않는다고 걱정만 해서도 안 된다. '실패는 성공의 어머니' 라는 말도 있듯이 이 실패를 전화위복의 기회로 삼아야 한다. 일이 마음대로 되지 않는다고 쉽게 포기해서는 안 된다.

11

명아주국으로 입을 달래고 비름나물로 창자를 채우는 사람은 얼음과 같이 맑고 구슬과 같이 결백하지만, 비단옷을 입고 기름진 고기를 먹는 사람은 남에게 굽실거리는 종노릇도 기꺼이 한다. 지조(節槪)는 청렴결백하면 선명해지고 절개(節槪)는 부귀를 탐내면 잃어버린다.

藜口莧腸者(여구현장자)는 多氷淸玉潔(다빙청옥결)하고 袞衣玉食者(곤의옥식자)는 甘婢膝奴顔(감비슬노안)하나니 蓋志以澹泊明(개지이담박명)하고 而節從肥甘喪也(이절종비감상야)니라.

| 해설 | 들풀의 잎사귀로 배를 채우는 빈곤한 생활 속에서도 만족할 줄 아는 사람은 헛된 욕심이 없기 때문에 마음이 구슬처럼 맑고 깨끗하다. 그러나 부귀를 탐내는

사람은 권력 앞에 곧잘 굽실거리는 노예 근성이 뿌리박혀 있기에 비천해진다. 사람의 마음은 청렴결백해야 지조가 깃드는 법, 권세와 이익에 집착하면 절개를 잃는다.

12

살아 생전 마음의 문을 활짝 열어 너그러움으로 사람들이 불평의 탄식을 하지 않게 할 것이다. 죽은 후에도 혜택이 오래도록 흐르게 하여, 후세 사람들에게 만족을 주리라.

面前的田地(면전적전지)는 要放得寬(요방득관)하나니 使人無不平之歎(사인무불평지탄)하고 身後的惠澤(신후적혜택)은 要流得久(요류득구)하나니 使人有不匱之思(사인유불궤지사)니라.

| 해설 | 이 세상을 살아가는 동안에는 넓은 마음으로 모든 사람들을 공평하게 대하고 싶다. 오래도록 기억에 남을 만한 공헌을 하여 이 세상을 떠난 후에도 후세 사람들이 부족함을 느끼지 않게 하고 싶다.

13

작은 길, 좁은 곳에서는 한 걸음 물러서서 남이 먼저 지나가게 하고, 맛있는 음식은 3분의 1을 덜어 남에게 나눠주어라. 이것이 세상을 살아가는 아주 안락한 방법이다.

徑路窄處(경로착처)에는 留一步(유일보)하여 與人行(여인행)하고 滋味濃
的(자미농적)은 減三分(감삼분)하여 讓人嗜(양인기)하라. 此是涉世(차시섭
세)의 一極安樂法(일극안락법)이니라.

| 해설 | 좁은 길에서는 걸음을 멈춰 뒤에서 오는 사람을 먼저 보내고, 맛있는 음
식은 혼자만 즐기지 말고 남에게 나눠주어 함께 즐기는 것이 좋다. 이런 마음이야말
로 세상을 행복하게 살아가는 길이다. 어려운 처지에서는 내가 먼저 양보할 줄 알고,
상대방에게 이익을 나눠줄 줄 아는 것이 험한 세상을 바르게 사는 방법이다.

14

사람이 비록 뛰어나게 위대한 일을 하지 않았더라도 속된 욕정만
벗어나면, 그것으로 능히 명사가 될 수 있다. 학문 하는 사람은 공부
가 부족하더라도 물욕(物慾)을 쫓아버릴 수만 있다면, 능히 성인의
경지에 이를 것이다.

作人(작인)에 無甚高遠事業(무심고원사업)이나 擺脱得俗情(파탈득속정)
이면 便入名流(변입명류)요, 爲學(위학)에 無甚增益工夫(무심증익공부)나
減除得物累(감제득물루)면 便超聖境(변초성경)이니라.

| 해설 | 훌륭한 사람이 되려면 욕망을 버려야 한다. 이렇게 하면 설사 세상을 놀라게 할 만한 업적을 남기지 못해도 뛰어난 인물이라고 할 수 있다. 그리고 학문 하는 사람은 많은 책을 읽는다고 성인(聖人)이 되는 게 아니다. 부귀를 쫓는 물욕에 현혹되지 않는 사람이라야 성인의 경지에 도달했다고 할 것이다.

15

친구를 사귀려면 모름지기 3분의 1의 희생심이 있어야 하고, 훌륭한 사람이 되려면 모름지기 순결한 마음을 지녀야 한다.

交友(교우)에는 須帶三分俠氣(수대삼분협기)하고 作人(작인)에는 要存一點素心(요존일점소심)이니라.

| 해설 | 친구를 돕는 마음이 없이는 참된 우정이 생길 수 없다. 순수한 마음을 완전히 잃어버리면 인간으로서 바르게 자라기 어렵다.

16

총애와 이익에서는 남을 앞지르지 말고, 덕행과 일에서는 남에게 뒤처지지 마라. 남에게 받는 보수는 분수를 넘지 않도록 하고, 몸을 갈고 닦는 일에서는 분수 안으로 줄어들지 마라.

寵利(총리)에는 毋居人前(무거인전)하고 德業(덕업)에는 毋落人後(무락인후)하라. 受享(수향)엔 毋踰分外(무유분외)하고 修爲(수위)에는 毋減分中(무감분중)하라.

| 해설 | 눈앞에 보이는 이득만 생각하고 자기 자신을 다스리는 일에 무관심한 사람은 남에게 뒤지게 마련이다. 분수에 맞게 보수를 받고 자신의 인격을 닦는 사람은 인생에 실패하지 않을 것이다. 공자는 "군자는 의(義)에 밝고 소인(小人)은 이(利)에 밝다" 고 말했지만, 옳은 일에는 앞장서고 이익을 따지는 마당에서는 뒤로 물러설 줄 아는 것이 군자의 몸가짐이다.

17

세상에서 남에게 한 걸음 양보할 줄 아는 것을 높다고 이르니, 한 걸음 물러서는 것은 곧 스스로 한 걸음 앞으로 나가는 토대가 되기 때문이다. 사람을 너그럽게 대해야 복이 오는 것이니, 남을 이롭게 하는 것은 사실 자기를 이롭게 하는 바탕이 되기 때문이다.

處世(처세)에는 讓一步(양일보)가 爲高(위고)니 退步(퇴보)는 卽進步的張本(즉진보적장본)이요, 待人(대인)에는 寬一分(관일분)이 是福(시복)이니 利人(이인)은 實利己的根基(실리기적근기)니라.

| 해설 | 세상을 살아가려면 남보다 앞장서려고 다투기만 할 것이 아니라 한 걸음

양보하는 데서 자기의 가치를 높일 수 있다. 한 걸음 물러선 것이 오히려 크게 전진할 수 있는 토대가 된다. 남을 대할 때는 너무 엄하지 말고 적당히 너그러워야 한다. 남을 위하는 것이 결국은 자기에게도 이득이 된다.

18

세상을 뒤덮는 위대한 공적도 자랑 긍(矜)자 하나를 당해내지 못하고, 하늘에 가득 찬 큰 죄도 뉘우칠 회(悔)자 하나를 당해내지 못한다.

蓋世功勞(개세공로)도 當不得一個矜字(당부득일개긍자)요, 彌天罪過(미천죄과)도 當不得一個悔字(당부득일개회자)니라.

| 해설 | 온 세상에 알려질 만큼 큰 공로를 세웠다고 하더라도 떠벌리며 자랑하면 아쉽게도 그 공로는 빛을 잃는다. 또 아무리 큰 죄를 저질렀다고 해도 사죄의 눈물을 흘리면서 깊이 반성하면 그 죄는 남김없이 사라져 버릴 것이다.

19

완전한 이름과 아름다운 절개는 혼자서 차지하지 마라. 조금은 남에게도 나눠줘야 해를 멀리 하여 몸을 보전할 수 있다. 욕된 행실과 더러운 이름을 절대로 남에게 미루지 마라. 조금은 끌어다 자기에게 돌려야 빛을 감추고 덕을 기를 수 있다.

完名美節(완명미절)은 不宜獨任(불의독임)이니 分些與人(분사여인)이라야 可以遠害全身(가이원해전신)이요, 辱行汚名(욕행오명)은 不宜全推(불의전추)니 引些歸己(인사귀기)라야 可以韜光養德(가이도광양덕)이니라.

| 해설 | 큰 명예와 높은 공로를 혼자 독점해서는 안 된다. 남에게 조금이라도 그 명예를 나눠줘야만 질투나 미움을 받지 않는다. 수치나 불명예를 남의 탓으로만 돌리면 원망을 사게 마련이다. 자기도 함께 책임을 지고 사람들과 협조하는 것이 인간의 도리다.

20

모든 일에 어느 정도의 여유를 갖고 여지를 남기면 조물주도 나를 시기하지 않고 귀신도 나를 범하지 못한다. 그러나 일이 완벽하게 이뤄지기를 바라고 공(功)이 반드시 다 차기를 원하면 안에서 변란이 생기거나 밖에서 우환이 닥친다.

事事(사사)에 留個有餘不盡的意思(유개유여부진적의사)면 便造物(변조물)도 不能忌我(불능기아)하고 鬼神(귀신)도 不能損我(불능손아)니라. 若業必求滿(약업필구만)하고 功必求盈者(공필구영자)는 不生內變(불생내변)이면 必召外憂(필소외우)니라.

| 해설 | 무슨 일을 하든지 지금 당장 모든 걸 해결하려고 해서는 안 된다. 매사에 여유를 갖고 느긋한 마음을 잊지 말아야 한다. 그렇게 되면 창조주는 물론 귀신도 재앙을 내리지 못할 것이다. 그러나 무슨 일이든지 완벽한 성과를 올리지 않고서는 직성이 풀리지 않는다면 결국은 안팎으로 재앙을 면할 수 없을 것이다.

21

가정 안에 참된 부처가 있고, 일상 생활 속에 진실된 도(道)가 있다. 사람이 성실한 마음으로 화목을 도모하며 즐거운 얼굴을 하고, 부드러운 말씨로 부모와 형제가 서로 화합(和合)하여 뜻을 맞추면, 부처 앞에서 숨을 고르게 쉬고 마음을 가다듬는 것보다 만 배나 나을 것이다.

家庭(가정)에 有個眞佛(유개진불)하고 日用(일용)에 有種眞道(유종진도)니라. 人能誠心和氣(인능성심화기)하고 愉色婉言(유색완언)하여 使父母兄弟間(사부모형제간)으로 形骸兩釋(형해양석)하고 意氣交流(의기교류)하면 勝於調息觀心萬倍矣(승어조식관심만배의)리라.

| 해설 | 부처는 절에서 찾기보다 집에서 찾아야 하며, 진리는 상아탑(象牙塔) 속에서 찾기보다 일상 생활 속에서 찾아야 한다. 한집안 식구가 성실하고 화목하게 살며 마음을 하나로 융합할 수 있다면 부처님 앞에서 도를 닦는 것보다 몇만 배나 좋은 것이다.

22

움직이기를 좋아하는 사람은 구름 사이의 번개 같고 바람 앞의 등불 같으며, 고요한 것을 즐기는 사람은 불꺼진 재와 같고 마른 나무와 같다. 멈춰 있는 구름과 잔잔한 물결 중에 솔개가 날아가고 물고기가 뛰노는 기상이 있어야 하는 것이 바로 도(道)를 깨우친 사람의 마음이다.

好動者(호동자)는 雲電風燈(운전풍등)이요, 嗜寂者(기적자)는 死灰橋木(사회고목)이니라 須定雲止水中(수정운지수중)에 有鳶飛魚躍氣象(유연비어약기상)하나니 纔是有道的心體(재시유도적심체)니라.

| 해설 | 활동하기를 무척 좋아하는 사람은 침착성이 없을 뿐만 아니라, 마치 구름 속에서 한순간 번쩍이고 마는 번개와 바람 앞에 놓인 등불과 같아서 그 결과를 기대할 수 없다. 그런가 하면 유독 활동하기를 싫어하는 사람은 무기력할 뿐 아니라, 마치 식어 버린 재나 말라 버린 나무 같아서 생기를 잃고 만다. 사람의 마음이란 떠돌다가 멈춘 흰 구름 사이로 솔개가 원을 그리며 유유히 날아가듯, 또는 흐르다가 고인 맑은 물 속에서 물고기가 한가로이 헤엄치듯 언제나 당당한 기상을 간직하고 있어야 한다.

23

남의 잘못을 너무 엄하게 공격하지 마라. 그가 그 공격을 이겨낼 수 있는가를 염두에 두어야 한다. 사람을 선(善)으로 가르치되 지나치게 높은 것으로써 하지 마라. 그가 능히 따를 수 있어야 한다.

功人之惡(공인지악)에 毋太嚴(무태엄)하라. 要思其堪受(요사기감수)니라. 教人以善(교인이선)에 毋過高(무과고)하라. 當使其可從(당사기가종)이니라.

| 해설 | 남의 잘못을 충고할 때 너무 엄해서는 안 된다. 그 충고를 받는 사람이 견디고 받아들일 수 있어야 한다. 그리고 남을 가르칠 때는 너무 완벽하기를 요구해서는 안 된다. 가르침을 받는 사람이 이해하고 따라올 수 있을 만큼 눈높이를 맞춰 주어야 한다.

24

굼벵이는 매우 더럽지만 매미가 되어 가을 바람을 맞으며 맑은 이슬을 마시고, 썩은 풀은 빛이 없지만 반딧불이 되어 여름 달밤에 광채를 낸다. 깨끗함은 항상 더러움에서 비롯되고, 밝음은 언제나 어둠에서 생기는 법이다.

糞蟲(분충)은 至穢(지예)나 變爲蟬(변위선)하여 而飮露於秋風(이음로어추풍)하고 腐草(부초)는 無光(무광)이나 化爲螢(화위형)하여 而耀采於夏月(이요채어하월)하나니 固知潔常自汚出(고지결상자오출)하고 明每從晦生也(명매종회생야)니라.

| 해설 | 굼벵이는 쓰레기나 두엄 밑에서 자라지만 허물을 벗고 매미가 되어 나뭇가지에 앉아 가을 바람에 노래하며 맑은 이슬을 먹고 살아간다. 썩은 풀은 빛이 없지만 반딧불이 되어 여름 달밤에 별처럼 아름다운 빛을 내며 날아다닌다. 더러운 데서 깨끗한 것이 나오고, 어둠에서 밝은 것이 생기는 법이다.

* 『예기(禮記)』를 보면 썩은 풀이 변하여 반딧불이 된다는 기록이 있다.

25

뽐내고 교만한 마음은 전부 객쩍은 기운일 뿐이다. 이 객쩍은 기운을 끌어내린 뒤에야 참된 기운이 자랄 수 있다. 정욕은 망령된 마음이다. 이 망령된 마음을 없앤 뒤에야 진실된 마음이 나타나는 것이다.

矜高倨傲(긍고거오)는 無非客氣(무비객기)니 降伏得客氣下而後(항복득객기하이후)에 正氣伸(정기신)하고 情欲意識(정욕의식)은 盡屬妄心(진속망심)이니 消殺得妄心盡而後(소쇄득망심진이후)에 眞心現(진심현)이니라.

| 해설 | 잘난 체하여 남에게 뽐내고 거만하게 구는 것은 허세에 지나지 않는다.

이 허세를 버린 후에야 모름지기 그 사람의 진가가 나타난다. 욕망이나 사리를 추구하는 것은 모두 미혹된 마음에서 생기는 것이다. 미혹에서 벗어나야 모름지기 그 사람의 진심이 나타난다.

26

배부른 뒤에 음식을 생각하면 맛이 있고 없음의 구별이 모두 사라지고, 잠자리 뒤에 욕정을 생각하면 남녀의 구별이 없어진다. 그러므로 사람이 항상 일이 끝난 뒤의 후회로써 일을 시작할 때의 어리석음을 깨뜨린다면, 본성(本性)이 자리잡혀 행동에 바르지 않음이 없을 것이다.

飽後(포후)에 思味(사미)하면 則濃淡之境(즉농담지경)이 都消(도소)하며 色後(색후)에 思婬(사음)하면 則男女之見(즉남녀지견)이 盡絶(진절)이니라. 故(고)로 人常以事後之悔悟(인상이사후지회오)로 破臨事之癡迷(파림사지치미)하면 則性定而動無不正(즉성정이동무부정)이니라.

| 해설 | 배가 부르면 음식이 맛있고 맛없는 데 대해 전혀 관심을 두지 않는다. 정사도 끝나 버리면 정욕이 사라지고 허망한 느낌이 든다. 유혹에 빠지려는 순간, 언제나 그 일을 마친 뒤에 밀어닥칠 뉘우침을 미리 염두에 두고 그 어리석음을 깨달으면 자기의 본성을 잃지 않을 것이다.

27

높은 자리에 앉았을지라도 자연에 묻혀 사는 취미가 있어야 하며, 자연에 묻혀 살아갈지라도 모름지기 조정의 경륜을 품어야 한다.

居軒冕之中(거헌면지중)에 不可無山林的氣味(불가무산림적기미)하고, 處林泉之下(처림천지하)에 須要懷廊廟的經綸(수요회랑묘적경륜)이니라.

| 해설 | 정치 무대에서 고관대작으로 활약할 때는 정치에서 손을 떼고 물러나 자연을 벗삼아 유유히 살아가는 은자(隱者)의 담담한 심정을 길러야 한다. 그렇지 못하고 지위를 지키기에 급급하면 마침내 자신을 망치거나 이름을 더럽힐 것이다. 반대로 정치 일선에서 물러나 자연을 벗삼아 유유히 살아가는 몸이라도 항상 나라를 경륜하는 포부와 식견을 갖추고 있어야 한다. 이러한 준비가 없으면 기회가 돌아와도 활동할 수 없을 것이다.

28

세상을 살아가는 동안 반드시 성공하기를 바라지 마라. 일을 그르치지 않으면 곧 성공인 것이다. 남에게 베풀 때 상대방이 그 은덕에 감격하기를 바라지 마라. 상대방이 원망하지 않으면 바로 은덕인 것이다.

處世(처세)에 不必邀功(불필요공)하라. 無過(무과)면 便是功(변시공)이니라. 與人(여인)에 不求感德(불구감덕)하라. 無怨(무원)이면 便是德(변시덕)이니라.

| 해설 | 세상을 살아가면서 하는 일마다 큰 성과를 거두려고 할 것이 아니라, 실패하지 않은 것으로 만족할 줄도 알아야 한다. 또 남에게 은혜를 베풀 때 마음에 두지 않아야 한다. 자기에게 원망이 돌아오지 않는 것만으로도 은혜를 베푼 의미는 충분하다.

29

긴장하고 열심히 일하는 것이 미덕이기는 하지만, 지나치게 수고하면 본성에 따르거나 마음이 즐거울 수 없다. 청렴하고 결백한 것은 고상한 품성이지만, 너무 맑으면 사람을 돕거나 일을 제대로 할 수 없다.

憂勤(우근)은 是美德(시미덕)이나 太苦則(태고즉) 無以適性怡情(무이적성이정)이요. 澹泊(담박)은 是高風(시고풍)이나 太枯則(태고즉) 無以濟人利物(무이제인리물)이니라.

| 해설 | 애써 노력하는 것은 미덕이지만, 너무 고생만 한다면 살아갈 보람이 없지 않은가? 결국 건강을 해치고 인간의 본성까지 잃어버리기 쉽다. 옳지 않은 방법으로 남을 속이는 짓이 난무한 세상에서 청렴결백은 바람직한 모습이지만, 지나치게 맑고

깨끗하면 남을 돕고 일을 이루기는커녕 자기 한 몸도 주체하지 못할 것이다.

30

일이 막혀서 궁지에 빠진 사람은 그 일을 시작할 때의 마음가짐을 돌이켜보아야 하고, 공을 이루어서 만족스러운 사람은 그 끝을 내다보아야 한다.

事窮勢蹙之人(사궁세축지인)은 當原其初心(당원기초심)하고 功成行滿之士(공성행만지사)는 要觀其末路(요관기말로)니라.

| 해설 | 일이 실패하여 곤궁한 처지에 놓여 있다 해도 실망해서는 안 된다. 이런 경우에는 한 걸음 뒤로 물러나서 그 일을 처음 시작했을 때의 상태부터 냉정히 검토해 볼 일이다. 그러면 어딘가에서 해결의 실마리를 찾아 새로운 용기를 갖게 될 것이다. 이와 반대로 일이 성공을 거두어 만족스러울 때는 그대로 밀고 나가지만 말고 잠시 걸음을 멈춘 채 앞길을 내다보는 여유가 필요하다.

31

부귀를 누리는 집안은 마땅히 관대하고 후해야 하는데 도리어 각박하게 군다면 그 행실은 가난하고 천한 것이니, 어찌 그 부귀를 오래 누릴 수 있겠는가! 총명한 사람은 마땅히 그 재주를 감춰야 하는데 오히려 드러내어 뽐낸다면 어리석고 어둠에 병들어 있는 것이니, 어찌 실패하지 않을 수 있겠는가!

富貴家(부귀가)는 宜寬厚(의관후)어늘 而反忌刻(이반기각)이면 是(시)는 富貴而貧賤其行矣(부귀이빈천기행의)니 如何能享(여하능향)이리요. 聰明人(총명인)하은 宜斂藏(의렴장)이어늘 而反炫耀(이반현요)면 是(시)는 聰明而愚懵其病矣(총명이우몽기병의)니 如何不敗(여하불패)리요.

| 해설 | 부귀를 누리는 집안 사람은 당연히 남에게 너그럽고 후덕해야 하는데 오히려 남에게 매정하고 인색하게 구는 것은 가난하고 천한 짓이다. 이런 사람이 어떻게 그 부귀를 오래 누릴 수 있겠는가! 또 재능이 있는 사람이라면 당연히 겸손하게 간직할 줄 알아야 하는데 오히려 코에 걸고 자랑한다면 지각이 없는 어리석고 미련한 짓이다. 당연히 실패하고 말 것이다.

32

낮은 곳에서 살아봐야 높은 곳에 오름이 위태로운 줄 알고, 어두운 곳에 있어 봐야 밝음이 눈부신 줄 안다. 안정을 지켜봐야 설쳐대며 활동하는 것이 부질없음을 알고, 침묵의 수양을 해봐야 말 많은 게 시끄러운 줄 안다.

居卑而後(거비이후)에 知登高之爲危(지등고지위위)하고 處晦而後(처회이후)에 知向明之太露(지향명지태로)하며 守靜而後(수정이후)에 知好動之過勞(지호동지과로)하고 養默而後(양묵이후)에 知多言之爲躁(지다언지위조)니라.

| 해설 | 높은 지위에 있을 때는 그것이 얼마나 위태로운지 잘 모른다. 그 자리에서 물러나 낮은 데서 보아야 비로소 그 위험함을 깨닫는다. 어두운 데 있으면 햇살이 얼마나 밝은지 잘 보인다. 고요하게 살아봐야 부산하게 움직이며 설치는 게 얼마나 부질없는지 깨닫고, 혼자서 남들이 떠드는 것을 눈여겨 봐야 얼마나 시끄러운지 깨닫는다. 그러므로 사람은 높은 곳에 있을수록 몸을 낮추고, 밝은 데 나가서도 행동을 조심하며, 활동할 때도 한적한 생활의 멋을 알아야 한다. 또한 침묵을 지키고 말을 삼가야 한다.

33

부귀와 공명에 얽매인 마음을 모두 떨쳐버려야 비로소 범속(凡俗)에서 벗어날 수 있고, 도덕과 인의(仁義)에 얽매인 마음을 모두 놓아버려야 비로소 성인(聖人)의 경지에 들어갈 수 있다.

放得功名富貴之心下(방득공명부귀지심하)라야 便可脫凡(변가탈범)이요, 放得道德仁義之心下(방득도덕인의지심하)라야 纔可入聖(재가입성)이니라.

| 해설 | 돈과 지위, 권력과 명성은 누구나 원하는 것이다. 그런데 여기에 미련을 두고 악착같이 매달린다면 속된 인간이 되고 만다. 또 도덕과 인의는 훌륭한 생활 규범이다. 그러나 그 규범의 굴레에서 벗어나지 못한다면 성인의 경지에 도달할 수 없다. 애써 수양을 쌓는 경지에서 한 발짝 더 나아가 도덕이나 인의에 사로잡히지 않을 때 비로소 성인의 경지에 이르렀다고 할 것이다. 공자가 말한 '나이 70에 마음이 원하는 대로 행동해도 법도에서 벗어나지 않았다'는 경지일 것이다.

34

이욕(利欲)이 모두 마음을 해치지는 못한다. 독단적인 생각이 바로 마음을 해치는 해충이다. 애욕이 반드시 도(道)를 가로막지는 못한다. 자기를 총명하다고 보는 생각이 바로 도를 가로막는 것이다.

利欲(이욕)이 未盡害心(미진해심)이요, 意見(의견)이 乃害心之蟊賊(내해심지모적)이며, 聲色(성색)이 未必障道(미필장도)요, 聰明(총명)이 乃障道之藩屏(내장도지번병)이니라.

| 해설 | 이익을 얻으려는 마음이 반드시 사람의 본심을 해치지는 않는다. 그보다 더 두려운 건 잘못된 생각에 사로잡히는 것이다. 애욕이 반드시 사람의 성장을 가로막지는 않는다. 그보다 해로운 것은 어설픈 총명이다. 자기 자신이 매우 총명하다고 믿는 생각이야말로 사람을 교만하게 만든다.

35

사람의 마음은 변하기 쉽고, 세상을 살아가는 길은 험난하다. 쉽게 갈 수 없는 곳에서는 한 걸음 물러설 줄 알아야 하고, 쉽게 갈 수 있는 곳에서는 그 공의 3분의 1을 양보하여 남에게 나눠주어야 한다.

人情(인정)은 反復(반복)하고 世路(세로)는 崎嶇(기구)니라. 行不去處(행불거처)에는 須知退一步之法(수지퇴일보지법)하고 行得去處(행득거처)에는 務加讓三分之功(무가양삼분지공)이니라.

| 해설 | 사람의 마음은 변하기 쉽고, 세상을 살아가는 길은 험하기 이를 데 없다. 세상을 순조롭게 살아가는 방법은 남에게 조금씩 양보하는 것이다. 험하고 좁은 길에서는 상대방이 먼저 지나가도록 양보하고, 가기 쉬운 넓은 길에서는 나란히 걸어갈 수 있도록 상대방에게 길을 비켜주는 것이다. 즉 어려운 일을 당하면 상대방을 먼저 안전한 곳으로 내보내고, 이득이 생기면 상대방에게 나눠주는 걸 잊지 말아야 한다. 이것이 세상을 살아가는 이치다.

36

소인(小人)에겐 엄하기는 어렵지 않으나 미워하지 않기가 어렵고, 군자에겐 공손하기는 어렵지 않으나 예절을 지키기가 어렵다.

待小人(대소인)에는 不難於嚴(불난어엄)이나 而難於不惡(이난어불오)하고 待君子(대군자)에는 不難於恭(불난어공)이나 而難於有禮(이난어유례)니라.

| 해설 | 소인은 으레 말과 행동에 잘못이 많아 엄하게 대하기는 쉽지만, 그를 미워하지 않고 너그러운 마음을 가지고 바른길로 이끄는 건 어려운 일이다. 또 덕행이 있는 군자 앞에서는 누구나 저절로 고개를 숙이게 마련이므로 공손한 태도를 취하기는 쉽다. 그러나 지나친 공손은 아첨으로 흐르기 쉬우므로 예절을 지키기 어렵다.

37

차라리 소박함을 지키고 총명함을 물리침으로써 공명정대(公明正大)한 기운을 지녀 천지로 돌려라. 차라리 화려함을 사양하고 청렴결백함을 달게 여김으로써 깨끗한 이름을 세상에 남겨라.

寧守渾愕而黜聰明(영수혼악이출총명)하여 留些正氣還天地(유사정기환천지)하고 寧謝紛華而甘澹泊(영사분화이감담박)하여 遺個淸名在乾坤(유개청명재건곤)하라.

| 해설 | 어설프게 영리한 체하지 말고 소박하게 살면서 자기의 본성을 찾아내어 잘 발전시켜야 한다. 그리하여 천지의 공명정대한 정신을 몸에 간직하고 있다가 죽은 후에 이 정신을 천지로 돌려보내야 한다. 또한 부귀와 영화를 누리는 호화로운 생활은 더러운 이름을 남기기 쉬우니, 이것을 버리고 청렴결백하게 살아서 세상에 깨끗한

이름을 남기는 것이 현명한 일이다.

38

악마를 항복시키려거든 먼저 자기 마음을 다스려라. 마음을 잘 다스리면 모든 악마들이 스스로 물러갈 것이다. 남의 횡포를 누르려거든 먼저 자기 자신의 혈기를 통제하라. 혈기가 가라앉으면 외부의 횡포가 침입하지 못할 것이다.

降魔者(항마자)는 先降自心(선항자심)하라. 心伏則群魔退廳(심복즉군마퇴청)이니라. 馭橫者(어횡자)는 先馭此氣(선어차기)하라. 氣平則外橫不侵(기평즉외횡불침)이니라.

| 해설 | 자기의 간사한 마음부터 다스릴 줄 알아야 어떤 유혹도 이겨낼 수 있다. 또한 외부의 장애물을 막으려면 자기의 혈기부터 가라앉혀야 한다. 그러므로 가장 중요한 것은 사람의 마음가짐이다.

39

자녀를 가르치는 것은 규중의 처녀를 가르치는 것과 같다. 무엇보다도 출입을 엄하게 하고 친구 사귐을 삼가도록 해야 한다. 한 번 나

뿐 사람을 가까이 하면 이는 곧 깨끗한 논밭에 잡초의 씨앗을 뿌리는 것과 같으니, 한평생 좋은 곡식을 심기가 어려울 것이다.

敎第子(교제자)는 如養閨女(여양규녀)니라. 最要嚴出入(최요엄출입)하고 謹交遊(근교유)하나니 若一接近匪人(약일접근비인)이면 是(시)는 淸淨田中(청정전중)에 下一不淨種子(하일부정종자)하여 便終身難植嘉禾矣(변종신난식가화의)니라.

| 해설 | 감수성이 예민한 어린 자녀를 기르는 것은 규중 처녀를 돌보는 것처럼 결코 쉬운 일이 아니므로 세심한 주의를 기울여야 한다. 가장 중요한 것은 친구를 가려 사귀는 일이다. 한 번이라도 나쁜 친구와 어울리게 되면 잘 갈아 놓은 좋은 논밭에 잡초의 씨앗을 뿌리는 셈이니 좋은 성과를 기대하기 어렵다.

40

욕정(欲情)을 즐기더라도 결코 손끝에 물들이지는 마라. 한 번 손끝에 물들면 만길 깊은 절벽으로 굴러떨어질 것이다. 도리가 어렵더라도 결코 물러서지 마라. 한 걸음 물러서면 천산(千山)을 사이에 둔만큼 멀리 떨어질 것이다.

欲路上事(욕로상사)는 毋樂其便(무락기편)하여 而姑爲染指(이고위염지)하라. 一染指(일염지)면 便深入萬仞(변심입만인)이니라. 理路上事(이로상

사)는 毋憚其難(무탄기난)하여 而稍爲退步(이초위퇴보)하라. 一退步(일퇴
보)면 便遠隔千山(변원격천산)이니라.

| 해설 | 쉽게 즐길 수 있다고 헛된 욕정에 빠지지 마라. 한 번 맛들이면 더욱 더 깊
이 빠져들게 마련이다. 어렵고 힘들다고 도리를 외면하지 마라. 도리에 어긋나기 시작
하면 끝내 헤어나지 못한다. 정욕은 삼갈수록 좋고 정의는 용감할수록 좋다.

41

마음이 후덕한 사람은 자기 자신에게도 후하고 남에게도 후하여
가는 곳마다 두텁다. 마음이 말쑥한 사람은 자기 자신에게도 박대하
고 남에게도 박대하여 하는 일마다 말쑥하다. 그러므로 군자는 지나
칠 만큼 두텁고 후하게 즐기거나 좋아하지 말아야 하고, 또 지나칠
만큼 말쑥하고 박대하지도 말아야 한다.

念頭濃者(염두농자)는 自待厚(자대후)하고 待人亦厚(대인역후)하여 處處
皆濃(처처개농)이요, 念頭淡者(염두담자)는 自待薄(자대박)하고 待人亦薄
(대인역박)하여 事事皆淡(사사개담)이니라. 故(고)로 君子(군자)는 居常嗜
好(거상기호)에 不可太濃艶(불가태농염)하며 亦不宜太枯寂(역불의태고적)
이니라.

| 해설 | 마음이 너그럽고 후한 사람은 하는 일이 다 후하다. 이것은 미덕이지만

지나치면 무절제요 낭비가 된다. 또 청렴한 사람은 하는 일마다 깨끗하다. 이것은 고상한 일이지만 지나치면 각박해진다. 사람은 지나치게 후하거나 청렴하지 말고 중용을 지켜야 한다.

42

그가 부(富)를 내세울 때 나는 인(仁)이 있고, 그가 지위를 내세울 때 나는 의(義)가 있다. 그러므로 군자는 임금이나 대신에게 농락되지 않는다. 힘을 다하면 천명(天命)도 이기고, 뜻을 모으면 기질(氣質)도 바꿀 수 있다. 그러므로 군자는 조물주가 정해 놓은 사람의 기질과 운명에 영향 받지 않는다.

彼富(피부)면 我仁(아인)이요, 彼爵(피작)이면 我義(아의)니 君子(군자)는 固不爲君相所牢籠(고불위군상소뢰롱)이니라. 人定(인정)이면 勝天(승천)하며 志一(지일)이면 動氣(동기)하나니, 君子(군자)는 亦不受造物之陶鑄(역불수조물지도주)니라.

| 해설 | 맹자(孟子)는 "인(仁)은 사람이 살 편안한 집이요, 의(義)는 사람이 걸어야 할 넓은 길이다"라고 말했지만, 이 인의(仁義)가 몸에 밴 사람은 절대로 권세 앞에 고개를 숙이지 않는다. 또 의지와 실천력이 강한 사람은 자기의 운명을 스스로 개척하므로, 하늘이 정해 준 운명도 어찌하지 못하며 타고난 기질까지 변한다.

43

　몸을 한 걸음 높이 세우지 않는다면 마치 티끌 속에서 옷을 털고 흙탕물에 발을 씻는 것과 같으니 어찌 인생을 초월할 수 있겠는가! 세상을 한 걸음 뒤로 물러서서 살아가지 않는다면, 마치 불나방이 촛불로 날아들고 양이 울타리를 들이받는 것과 같으니 어찌 생활이 안락할 수 있겠는가!

　立身(입신)에 不高一步立(불고일보립)이면 如塵裡(여진리)에 振衣(진의)하고 泥中(니중)에 濯足(탁족)이니 如何超達(여하초달)이리요. 處世(처세)에 不退一步處(불퇴일보처)면 如飛蛾投燭(여비아투촉)하고 羝羊觸藩(저양촉번)이니 如何安樂(여하안락)이리요.

　| 해설 | 세상 사람들보다 한 걸음 높은 곳에 뜻을 두지 않으면, 먼지 속에서 옷을 털고 흙탕물에 발을 씻듯 때가 묻은 채 삶의 진실을 영원히 알지 못할 것이다. 또한 험한 세상살이에서 다른 사람들보다 한 걸음 뒤에 가지 않으면, 마치 불나방이 불 속에 날아들어 타 죽고 양이 뿔로 울타리를 들이받아 자기 몸을 망치는 것과 같으니 어찌 평안히 살 수 있겠는가?

44

학문 하는 사람은 정신을 가다듬어 뜻을 한 곳에 모아야 한다. 만일 덕을 닦으면서도 마음을 공적(功績)과 명예에 둔다면 반드시 깊은 경지에 이르지 못할 것이며, 책을 읽으면서도 읊조리는 맛이나 놀이에만 흥을 붙인다면 결코 깊은 마음에 이르지 못할 것이다.

學子(학자)는 要收拾精神(요수습정신)하여 倂歸一路(병귀일로)니라. 如修德而留意於事功名譽(여수덕이류의어사공명예)면 必無實詣(필무실예)며, 讀書而奇興於吟詠風雅(독서이기흥어음영풍아)면 定不深心(정불심심)이니라.

| 해설 | 학문 하는 사람은 무엇보다도 정신을 집중해야 한다. 인격을 수양하면서 마음은 돈벌이나 명예를 얻는 일로 가득 차 있다면 뜻을 이루지 못할 것이다. 또한 학문을 연구하면서 마음은 풍류를 즐기는 데만 둔다면 깊은 진리를 깨닫지 못할 것이다.

45

사람은 누구나 큰 자비심을 가지고 있으니 유마거사(維摩居士)와 백정(白丁)도 두 마음이 아니요, 곳곳마다 한 가지 참된 취미가 있으니 호화로운 집과 초가집이 서 있는 땅이 다를 게 없다. 다만 욕심에 덮이고 감정에 가려 눈 앞에 보이는 실수를 한번 범하면, 이것이 바로 지척(咫尺)이 천리가 되게 하는 것이다.

人人(인인)이 有個大慈悲(유개대자비)하니 維摩屠劊(유마도회)가 無二心
也(무이심야)요, 處處(처처)에 有種眞趣味(유종진취미)하니 金屋茅簷(금옥
모첨)이 非兩地也(비양지야)니라. 只是欲蔽情封(지시욕폐정봉)하여 當面錯
過(당면착과)면 使咫尺千里矣(사지척천리의)니라.

| 해설 | 세상에는 착한 사람과 악한 사람이 있지만 그럼에도 불구하고 사람의 마
음은 본래 한결같이 착하여, 유마거사 같은 도인(道人)이나 백정이나 다 같이 자비심
을 지니고 있다. 또 호화로운 저택에 살거나 오두막에 살거나 인생의 참된 맛을 알고
사는 것은 오로지 마음먹기에 달려 있다. 다만 욕심과 감정에 사로잡히면 눈앞이 가
로막혀 진실을 보지 못하고 손 닿는 데 있는 것도 멀리 천리나 떨어졌다고 한다.

46

덕을 기르고 도(道)를 닦으려면 목석과 같은 냉담한 마음을 지녀야
한다. 부귀를 부러워하는 마음이 생기면 문득 욕망의 세계로 내달릴
것이다. 세상을 구하고 나라를 다스릴 때는 구름이 지나가고 물이 흘
러가는 것처럼 무심하고 담담한 취미를 지녀야 한다. 만일 지위를 욕
심내고 집착하면 곧바로 위기에 처할 것이다.

進德修道(진덕수도)에는 要個木石的念頭(요개목석적념두)니 若一有欣羨

(약일유혼선)이면 便趣欲境(변추욕경)이니라. 濟世經邦(제세경방)에는 要段雲水的趣味(요단운수적취미)니 若一有貪著(약일유탐착)이면 便墮危機(변타위기)니라.

| 해설 | 사람의 마음은 항상 조심하다가도 조금만 한눈을 팔면 그 사이에 욕심이 고개를 들어 풍파를 일으키기 쉽다. 그러므로 인격을 수양하는 사람은 목석처럼 굳은 마음을 지녀야 한다. 또 높은 지위에 있을 때는 구름이 지나가고 물이 흘러가는 것처럼 무심하고 담담한 마음을 지녀야 한다. 그렇지 않고 권력이나 명예를 탐내면 밝은 정치를 펼 수 없기 때문에 혼란을 빚고 나라를 망친다.

47

선한 사람은 행동이 부드럽고 안정되어 있을 뿐만 아니라 잠자는 동안에도 마음이 온화하다. 그러나 악한 사람은 일이 거칠고 사나울 뿐만 아니라 목소리나 웃는 소리까지도 살벌한 기운을 내뿜고 있다.

吉人(길인)은 無論作用安祥(무론작용안상)이요, 卽夢寐神魂(즉몽매신혼)도 無非和氣(무비화기)니라. 凶人(흉인)은 無論行事狼戾(무론행사랑려)요, 卽聲音笑語(즉성음소어)도 渾是殺氣(혼시살기)니라.

| 해설 | 마음이 곧 행동으로 표출된다. 마음이 착하면 행동이 부드럽고 안정되어 있으며 잠든 얼굴에도 미소가 어리고 평화롭다. 이와 반대로 마음이 악하면 하는 행

동이 도리에 어긋날 뿐더러 말소리나 웃음소리까지도 살기를 띤다.

48

간이 병들면 눈이 보이지 않고 콩팥이 병들면 귀가 들리지 않는다. 병은 남들이 보지 못하는 곳에 생기지만 반드시 남들이 보는 곳에 나타난다. 그러므로 군자가 밝은 곳에서 죄를 짓지 않으려면 먼저 어두운 곳에서 죄를 짓지 말아야 한다.

肝受病則目不能視(간수병즉목불능시)하고 腎受病則耳不能聽(신수병즉이불능청)하여 病受於人所不見(병수어인소불견)이나 必發於人所共見(필발어인소공견)이니라. 故(고)로 君子(군자)는 欲無得罪於昭昭(욕무득죄어소소)어든 先無得罪於冥冥(선무득죄어명명)이니라.

| 해설 | 남몰래 저지른 악행은 반드시 드러나게 마련이다. 간에 든 병은 눈에 나타나고 콩팥에 든 병은 귀에 나타나 사람들 눈에 띄게 마련이다. 그러므로 사람은 남들이 보든 안 보든 악한 행동을 하지 말아야 한다.

49

일이 적은 것보다 더한 복이 없고, 마음을 많이 쓰는 것보다 더한

화(禍)가 없다. 일에 시달린 사람이라야 일이 적은 게 행운임을 알고, 마음이 편한 사람이라야 생각이 많은 게 불행임을 안다.

福莫福於少事(복막복어소사)하고 禍莫禍於多心(화막화어다심)하나니 唯苦事者(유고사자)라야 方知少事之爲福(방지소사지위복)하고 唯平心者(유평심자)라야 始知多心之爲禍(시지다심지위화)니라.

| 해설 | 번거로운 일이 적은 것보다 행복한 게 없고, 욕심이 많은 것보다 불행한 게 없다. 여러 가지 일로 고심하고 나서야 귀찮은 일이 적은 게 행복함을 깨닫고, 마음이 평온하고 고요해지면 비로소 욕심 많은 것이 불행임을 깨닫는다.

50

태평한 세상에서는 모름지기 방정해야 하고, 어지러운 세상에서는 모름지기 원만해야 하며, 평범한 세상에서는 모름지기 너그러워야 하고, 악한 사람을 대할 때는 모름지기 엄격해야 하며, 보통 사람을 대할 때는 모름지기 너그러움과 엄격함을 함께 지녀야 한다.

處治世(처치세)에는 宜方(의방)하고 處亂世(처난세)에는 宜圓(의원)하며 處叔季之世(처숙계지세)에는 當方圓竝用(당방원병용)이니라. 待善人(대선인)에는 宜寬(의관)하고 待惡人(대악인)에는 宜嚴(의엄)하며 待庸衆之人(대용중지인)에는 當寬嚴互存(당관엄호존)이니라.

| 해설 | 나라가 잘 다스려져서 세상이 평화로울 때는 법도에 따라 바르고 점잖게 행동하는 것이 좋지만, 어지러운 세상에서는 옳고 그름이 제대로 밝혀지지 않으므로 모든 일을 모가 나지 않도록 원만하게 행동하여야 한다. 그러나 태평하지도 않고 어지럽지도 않은 어지간한 세상에서는 방정함과 원만함을 아울러 그때그때 상황에 맞게 행동해야 한다. 그리고 사람을 대할 때는 선량한 사람에게는 너그럽게, 악한 사람에게는 엄하게 대하는 것이 원칙이지만, 선하지도 않고 악하지도 않은 보통 사람에게는 그 상황에 따라서 때로는 너그럽게, 때로는 엄격하게 대할 줄 알아야 한다.

51

내가 남에게 베푼 공(功)은 기억하지 말고, 잘못한 것은 기억해 두어라. 남이 나에게 베푼 은혜는 잊지 말고 남에게 원망이 있으면 빨리 잊어버려라.

我有功於人(아유공어인)은 不可念(불가념)이나 而過則不可不念(이과즉불가불념)이요, 人有恩於我(인유은어아)는 不可忘(불가망)이나 而怨則不可不忘(이원즉불가불망)이니라.

| 해설 | 남에게 잘해 준 일을 마음에 새겨두고 자랑하거나 보답을 기대해서는 안 된다. 남을 위해 착한 일을 하고 대가를 바라면 순수성이 없어지기 때문이다. 이와 반대로 내가 남에게 잘못을 범했거나 손해를 끼쳤을 때는 잊지 말고 반드시 갚아야 한다. 또한 남이 나에게 잘해 준 일은 잊지 말고 고맙게 여기며 보답하도록 노력해야 하

며, 반대로 남에게 원한이 있을 때는 깨끗이 잊어 마음에 새겨두지 않는 것이 좋다.

52

은혜를 베푸는 사람이 안으로 자기를 헤아리지 않고 밖으로 상대방을 헤아리지 않는다면, 그때 베푼 한 말의 곡식은 만 섬의 은혜와 같다. 그러나 남을 이롭게 하는 사람이 자기의 은혜를 계산하여 그 사람이 갚을 것을 따진다면, 비록 많은 돈을 주었을지라도 한 푼의 공(功)도 이루기 어렵다.

施恩者(시은자)가 內不見己(내불견기)하고 外不見人(외불견인)이면 卽斗粟(즉두속)도 可當萬鍾之惠(가당만종지혜)어니와 利物者(이물자)가 計己之施(계기지시)하고 責人之報(책인지보)면 雖百鎰(수백일)이라도 難成一文之功(난성일문지공)이니라.

| 해설 | 앞의 잠언과 비슷하다. 남에게 은혜를 베푸는 사람이 마음속으로 남을 돕는다는 생각을 하지 않고 상대방이 이를 갚아주거나 고맙게 여겨 줄 것을 바라지 않는 것이야말로 순수한 마음이며, 비록 곡식 한 말을 주었다 하지만 그 가치는 만 섬을 준 것과 마찬가지일 것이다. 그러나 자기가 베푸는 은혜를 따져서 그 사람이 보답하기를 원한다면, 비록 수만금을 주었어도 그 가치는 한 푼 어치도 되지 않는다.

53

사람들 중에는 가진 이도 있고 갖지 못한 이도 있는데, 어찌 나 혼자서만 모두 가지려 할 수 있겠는가? 자기의 심정을 보더라도 도리에 맞는 것도 있고 맞지 않는 것도 있는데, 어찌 사람이 항상 도리에 맞기를 바랄 수 있겠는가? 남과 나를 견주어서 균형 있게 다스려 나간다면, 이것도 세상을 살아가는 좋은 방법이 될 것이다.

人之際遇(인지제우)는 有齊有不齊(유제유부제)어늘 而能使己獨齊乎(이능사기독제호)아. 己之情理(기지정리)는 有順有不順(유순유불순)이어늘 而能使人皆順乎(이능사인개순호)아. 以此相觀對治(이차상관대치)하면 亦是一方便法門(역시일방편법문)이니라.

| 해설 | 재물 · 지위 · 명예 · 권세 · 건강 · 장수 · 자손 등 사람들이 바라는 것은 많지만, 이 모든 조건을 다 갖춘 사람은 극히 드물다. 그런데 어찌하여 나 혼자만 그 모든 조건을 다 갖추려고 하는가? 내 마음을 돌아보면 도리에 맞는 것도 있고 맞지 않는 것도 있다. 그런데 어찌 세상 사람들이 하는 일이 모두 도리에 맞기를 기대할 수 있겠는가? 그러므로 남의 처지와 나의 마음을 잘 관찰하여 균형을 잡아 나가는 것이 세상을 살아가는 좋은 방법이다.

54

마음을 깨끗이 한 다음에 비로소 책을 읽고 옛 것을 배울 수 있다. 그렇지 않으면 한 가지 선행을 보아도 이것을 훔쳐 자기 욕심을 채우는 데 이용할 것이고, 한 마디 좋은 말을 들어도 이것을 빌려 자기의 단점을 감추는 데 이용할 것이다. 이것은 바로 원수에게 병기를 빌려 주고 도둑에게 양식을 대주는 것과 같다.

心地乾淨(심지건정)이라야 方可讀書學古(방가독서학고)니라. 不然(불연)이면 見一善行(견일선행)에 竊以濟私(절이제사)하고 聞一善言(문일선언)에 假以覆短(가이복단)하리니 是又藉寇兵而齎盜粮(시우자구병이재도량)이니라.

| 해설 | 사람은 학문을 배우기에 앞서 마음부터 바로잡아야 한다. 마음이 깨끗할 때 책을 읽고 지혜를 넓히면 인격이 수양된다. 하지만 마음에 때가 묻었을 때 책을 읽고 지혜를 넓힌다면 그 지혜를 악용하여 죄를 지을 것이니, 이것은 마치 강도에게 무기를 빌려주고 도둑에게 식량을 대주는 셈이다.

55

사치하는 사람은 아무리 부유해도 늘 부족하니, 검소한 사람이 가난하면서도 여유 있는 것과 어찌 같겠는가? 일에 능숙한 사람은 아무리 일해도 원망을 사니, 서툰 사람이 편안한 가운데 천성(天性)을 지키는 것과 어찌 같겠는가?

奢者(사자)는 富而不足(부이부족)이니 何如儉者(하여검자)의 貧而有餘(빈이유여)리요. 能者(능자)는 勞而府怨(노이부원)이니 何如拙者(하여졸자)의 逸而全眞(일이전진)이리요.

| 해설 | 사치를 좋아하는 사람은 아무리 돈이 많아도 항상 부족하고, 절약하여 검소한 생활을 하는 사람은 언제나 여유 있게 살아가니, 어느 쪽이 더 낫겠는가? 또 일에 유능한 사람은 잘난 체하여 남의 원망을 한 몸에 받기 쉽고 일에 서툰 사람은 자기의 본성을 지켜 살면서 언제나 마음이 편안하니, 어느 쪽이 더 낫겠는가?

56

책을 읽어도 성인(聖人)이나 현자(賢者)를 보지 못한다면 그는 글씨를 베끼는 필생(筆生)에 불과하며, 벼슬자리에 있으면서도 백성을 사랑하지 않는다면 그는 관복(官服)을 입은 도둑에 불과하다. 학문을 가르치면서도 실천하지 않는다면 입으로만 참선함이 되고, 사업을 일으키고도 덕을 심으려고 하지 않는다면 눈앞에서 피고 지는 꽃잎이 되고 말 것이다.

讀書(독서)에 不見聖賢(불견성현)이면 爲鉛槧傭(위연참용)이요, 居官(거관)에 不愛子民(불애자민)이면 爲衣冠盜(위의관도)요, 講學(강학)에 不尙躬行(불상궁행)이면 爲口頭禪(위구두선)이요, 立業(입업)에 不思種德(불사종덕)이면 爲眼前花(위안전화)니라.

| 해설 | 고전을 읽으면서 글자의 풀이에 그칠 뿐 그 글 속에 담겨 있는 참뜻을 알지 못하면 그것은 수박 겉핥기와 같아서 남의 글을 베끼는 필생과 다를 것이 없고, 높은 벼슬자리에 있으면서 백성을 사랑하는 뜻이 없고 부정 행위로 사욕을 채우려 든다면 관복(官服)을 입고 도둑질하는 것과 마찬가지다. 또 제자들에게 깊은 진리를 가르치면서 자기가 행동을 보이지 않으면 입으로만 염불하는 데 불과하고, 큰 사업을 하면서 남에게 은혜를 베풀 줄 모르고 자기의 이익만 채우려고 하면, 그 사업은 잠깐 피었다 지는 꽃처럼 허망한 운명에 놓일 것이다.

57

사람의 마음속엔 저마다 한 구절 참된 문장(文章)이 있건만 옛 사람들이 남겨놓은 간단한 기록 때문에 모두 막혔고, 또 한 가락 참된 음악이 있건만 요염한 노래와 춤 때문에 모두 묻혀 버렸다. 그러므로 배우는 사람은 모름지기 외부의 사물을 쓸어 버리고 본래의 마음을 찾아야만 비로소 참된 보람을 얻을 것이다.

人心(인심)에 有一部眞文章(유일부진문장)이로되 都被殘編斷簡封錮了(도피요가염무인몰료)하나니 學者(학자)는 須掃除外物(수소제외물)하고 直

覓本來(직멱본래)라야 纔有個眞受用(재유개진수용)이니라.

| 해설 | 모든 사람의 마음속에는 참된 문장, 즉 타고난 분별력이 있다. 그런데 낡은 편견에 파묻혀 그 진가를 나타내지 못한다. 또한 모든 사람의 마음속에는 참된 음악, 즉 나면서부터 지닌 감성이 있다. 그런데 그 감성도 저속한 문화 때문에 흐려져 빛을 발휘하지 못한다. 도(道)를 닦으려는 사람은 모름지기 마음속에서 속된 것, 즉 낡은 편견과 저급한 문화를 쓸어 버리고, 숨겨진 이성과 감성을 찾아 갈고 닦아야 한다.

58

괴로워하는 마음 가운데 항상 기쁨을 주는 취미를 얻고, 일이 마음 먹은 대로 될 때 문득 실패했을 때의 슬픔이 싹튼다.

苦心中(고심중)에 常得悅心之趣(상득열심지취)하고 得意時(득의시)에 便生失意之悲(변생실의지비)니라.

| 해설 | 역경 속에서도 기쁨을 느낄 수 있고 성공한 그 순간에도 슬픔을 맛볼 수 있는 것이 인생이다. 행복과 슬픔은 모두 마음먹기에 달려 있기 때문이다. 그러므로 실패했다고 해서 희망과 용기를 잃어서도 안 되고, 성공했다고 해서 뜻하지 않은 실패에 대비하는 마음의 준비를 게을리 해서도 안 된다.

59

부귀와 명예가 도덕에서 나온 것이면 수풀 속의 꽃처럼 스스로 무럭무럭 잘 자라고, 공적(功績)에서 온 것이면 화분 속의 꽃처럼 이리저리 옮겨지기도 하고 흥하고 쇠하기도 할 것이다. 그런데 권력으로 얻은 것이라면 꽃병 속의 꽃처럼 뿌리가 없으므로, 시들어 가는 모습을 지켜볼 것이다.

富貴名譽(부귀명예)의 自道德來者(자도덕래자)는 如山林中花(여산림중화)하여 自是舒徐繁衍(자시서서번연)하고 自功業來者(자공업래자)는 如盆檻中花(여분함중화)하여 便有遷徙廢興(변유천사폐흥)이니라. 若以權力得者(약이권력득자)는 如瓶鉢中花(여병발중화)하여 其根不植(기근불식)이니 其萎(기위)를 可立而待矣(가립이대의)리라.

| 해설 | 부귀와 명예는 누구나 바라는 것이지만 어떻게 얻었는가에 따라 그 수명이 각각 다르다. 훌륭한 인격으로 얻었을 경우에는 산과 들에서 절로 자라는 꽃처럼 뿌리가 튼튼하여 오래도록 번성할 것이며, 공적으로 얻었다면 화분에 심은 꽃처럼 주인의 기분에 따라 옮겨지기도 하고 버려지기도 한다. 그리고 권력으로 얻었다면 꽃병의 꽃처럼 뿌리가 없어서 금방 시들고 만다.

60

봄이 찾아와 날씨가 화창해지면 꽃도 더욱 아름다워지고 새도 고운 목소리로 지저귄다. 선비로서 다행히 세상에 두각을 나타내어 따뜻하게 입고 배불리 먹으면서도 훌륭한 말을 하고 좋은 일을 행하겠다는 결심이 없다면, 백 년을 산다 해도 하루도 살지 않음과 같다.

春至時和(춘지시화)하면 花尙鋪一段好色(화상포일단호색)하고 鳥且囀幾句好音(조차전기구호음)하나니 士君子(사군자)가 幸列頭角(행렬두각)하고 復遇溫飽(부우온포)하되 不思立好言行好事(불사립호언행호사)면 雖是在世百年(수시재세백년)이라도 恰似未生一日(흡사미생일일)이니라.

| 해설 | 화창한 봄이 오면 들꽃도 아름답게 피어나고 새들도 즐겁게 지저귄다. 하물며 선비가 출세하여 부귀와 영화를 누리면서도 훌륭한 인격으로 사람들을 바른 길로 이끌고, 좋은 일을 행함으로써 남의 모범이 되려 하지 않는다면 어찌 올바른 삶을 살아간다고 하겠는가.

61

학문을 하는 사람은 조심스럽게 행동하고 삼가는 마음을 가지는 한편 활달한 멋도 지녀야 한다. 몸단속이 엄하고 지나치게 결백하다면, 쌀쌀한 가을의 살기만 있고 따스한 봄의 생기가 없을 터이니 무엇으로 만물이 자라게 하겠는가?

學者(학자)는 要有段兢業的心思(요유단긍업적심사)하되 又要有段瀟灑的趣味(우요유단소쇄적취미)니라. 若一味斂束清苦(약일미렴속청고)면 是(시)는 有秋殺無春生(유추살무춘생)이니 何以發育萬物(하이발육만물)이리요.

| 해설 | 도를 배우려면 한편으로 신중해야 하지만 다른 한편으로는 시원시원하고 담백한 멋을 지녀야 한다. 언제나 엄격하고 청렴결백하기만 하면 늦가을의 찬 서리만 있고 따뜻한 봄기운은 없는 것이니, 어떻게 원만한 사회 생활을 하겠는가?

62

진실로 청렴하면 청렴이라는 이름조차 떠올리지 않는다. 청렴하다는 이름을 얻으려는 것은 탐욕스럽기 때문이다. 뛰어난 재주를 보면 별달리 교묘한 술책이 없다. 교묘한 술책을 쓰려는 것은 바로 재주가 졸렬하기 때문이다.

眞廉(진렴)은 無廉名(무렴명)이니 立名者(입명자)는 正所以爲貪(정소이위탐)이요, 大巧(대교)는 無巧術(무교술)이니 用術者(용술자)는 乃所以爲拙(내소이위졸)이니라.

| 해설 | 진실로 청렴결백한 사람은 자기의 청렴을 드러내지 않으므로 다른 사람이 알지 못한다. 청렴결백하다는 명성을 얻으려는 것은 탐욕스럽기 때문이다. 마찬가지로 재주가 뛰어난 사람은 잔재주를 부리지 않는다. 잔재주를 부리는 사람은 재주가 서툴기 때문이다.

63

물그릇은 가득 참으로써 엎어지고 저금통은 비어 있음으로써 온전하다. 그러므로 군자는 차라리 무(無)에 살지언정 유(有)에 살지 않고, 부족한 데 처할지언정 가득한 데 처하지 않는다.

敧器(기기)는 以滿覆(이만복)하고 撲滿(박만)은 以空全(이공전)이니라. 故(고)로 君子(군자)는 寧居無(영거무)언정 不居有(불거유)하며 寧處缺(영처결)이언정 不處完(불처완)하니라.

| 해설 | 물을 가득 채우면 엎어지는 그릇이나 돈이 가득 차면 깨뜨려야 하는 저금통에서 교훈을 얻어, 유(有)와 완전한 상태에 있으려고 침착하기보다 차라리 욕심을 없애고 무(無)와 불완전한 상태에 있고자 해야 한다.

64

　명예욕을 완전히 뿌리뽑지 못한 사람은 제후의 부귀를 가벼이 여기고 표주박에 담긴 음식을 달가워할지라도 실제로는 세속의 욕망에 떨어진 것이다. 또한 객기를 없애지 못한 사람은 비록 천하에 은덕을 베풀고 만세에 이익을 주더라도 결국 쓸모없는 재주에 그칠 뿐이다.

　名根未拔者(명근미발자)는 縱輕千乘甘一瓢(종경천승감일표)라도 總墮塵情(총타진정)하고, 客氣未融者(객기미융자)는 雖澤四海利萬世(수택사해리만세)라도 終爲剩技(종위잉기)니라.

　| 해설 | 제후의 부귀를 마다하고 표주박에 음식을 담아 먹는 가난한 생활에 만족할지라도, 명예욕이 남아 있다면 아직 속물 근성에 젖은 것이다. 또한 온 인류에게 은혜를 베풀고 길이 후세에 이익을 남긴다 하더라도 객기가 남아 있다면 야심을 위해 부질없는 재주를 부리는 데 불과하다.

65

　마음 바탕이 밝으면 어두운 방 안에도 푸른 하늘이 있고, 마음속이 어두우면 대낮에도 도깨비가 나타난다.

心體光明(심체광명)하면 暗室中(암실중)에도 有靑天(유청천)이요, 念頭
暗昧(염두암매)하면 白日下(백일하)라도 生厲鬼(생려귀)니라.

| 해설 | 마음이 밝아 한 점 티끌도 없다면 어두운 방에 혼자 있을지라도 마치 푸
른 하늘 아래 있는 것처럼 마음이 떳떳하다. 그러나 마음이 어두우면 비록 밝은 대낮
에 햇빛 아래 있어도 악마들이 나타나 마음을 괴롭혀 죄악에 빠질 것이다.

66

사람들은 명예와 지위가 즐거운 것인 줄만 알고, 명예 없고 지위가
없는 것이 진정한 즐거움인 것을 알지 못한다. 또 사람들은 춥고 배
고픈 것만 근심인 줄 알고, 주리지 않고 춥지 않은 것이 더 심한 근심
거리인 것을 미처 알지 못한다.

人知名位爲樂(인지명위위락)하고 不知無名無位之樂爲最眞(부지무명무
위지락위최진)하며 人知饑寒爲憂(인지기한위우)하고 不知不饑不寒之憂爲
更甚(부지불기불한지우위갱심)하니라.

| 해설 | 세상 사람들은 출세하여 명예와 지위를 얻고 사는 것만이 가장 큰 즐거움
인 줄만 알고, 명예나 지위도 없이 편안한 마음으로 사는 무명인사(無名人士)의 지극
한 즐거움은 알지 못한다. 또 가난한 생활을 걱정할 줄만 알지, 돈 많은 사람들이 재산
을 지키느라 얼마나 걱정하는지는 알지 못한다.

67

나쁜 짓을 하고 남들이 알까 두려워하는 것은 악한 가운데 선한 마음이 남아 있기 때문이며, 착한 일을 하고 남들이 알아주기를 바라는 것은 선한 중에도 악의 뿌리가 남아 있기 때문이다.

爲惡而畏人知(위악이외인지)는 惡中(악중)에 猶有善路(유유선로)요, 爲善而急人知(위선이급인지)는 善處卽是惡根(선처즉시악근)이니라.

| 해설 | 나쁜 짓을 하고 남들이 알까 두려워하는 것은 그래도 한 가닥 양심이 남아 있기 때문이다. 이와 반대로 조그마한 선행을 하고도 남들이 알아주기를 바란다면 아직 악의 뿌리가 남아 있는 것이다. 남에게 보이기 위한 선은 위선이요 가식이므로 철저히 경계해야 한다.

68

하늘의 조화는 헤아릴 수가 없어 눌렀다가는 펴고 폈다가는 다시 누르니, 이것은 모두 영웅을 조롱하고 호걸을 전도(顚倒)하는 짓이다. 그러나 군자는 운수가 사나워도 이것을 순순히 받아들이고 편안할 때도 위태로움을 생각하기에, 하늘도 그 재주를 부릴 수가 없다.

天之機緘(천지기함)은 不測(불측)하여 抑而伸(억이신)하고 伸而抑(신이억)하나니 皆是播弄英雄(개시파롱영웅)하고 顚倒豪傑處(전도호걸처)니라. 君子(군자)는 只是逆來順受(지시역래순수)하고 居安思危(거안사위)하여 天亦無所用其技倆矣(천역무소용기기량의)니라.

| 해설 | 운명의 장난은 참 미묘하여 인간의 지혜로는 헤아릴 길이 없다. 처음에는 역경으로 눌러 괴롭히다가 나중에는 영화를 누리게 하거나, 이와 반대로 처음에는 부귀를 주었다가 나중에는 비참하게 만들기도 한다. 시저나 나폴레옹이나 히틀러 같은 영웅호걸이 모두 그렇게 운명의 장난에 희롱당하여 전도되었다. 그러나 군자는 이런 운명의 장난에 희롱당하지 않는다. 그는 폭풍이 불어닥쳐도 순순히 받아들일 줄 알고 무사태평할 때도 미리 경계하여 불운(不運)을 막기 때문에, 하늘도 군자에게는 아무런 영향을 미치지 못한다.

69

성미가 급한 사람은 타오르는 불길과 같아서 무엇이든 만나기만 하면 태워 버리고, 은덕이 적은 사람은 싸늘한 얼음과 같아서 만나는 것마다 닥치는 대로 죽여 버리며, 융통성이 없고 고집스러운 사람은 고인 물이나 썩은 나무와 같아서 생생한 기운이 이미 끊겨 버렸다. 이런 사람들은 공적을 세우고 복을 누리기가 어렵다.

燥性者(조성자)는 火熾(화치)하여 遇物則焚(우물즉분)하고 寡恩者(과은

자)는 氷淸(빙청)하여 逢物必殺(봉물필살)하며 凝滯固執者(응체고집자)는 如死水腐木(여사수부목)하여 生機已絶(생기이절)하니 俱難建功業而延福祉(구난건공업이연복지)니라.

| 해설 | 성급하고 과격한 사람은 무엇이나 닥치는 대로 불태워 버리고, 냉정하고 자기만 위하는 사람은 차가운 얼음 같아서 무엇이나 닥치는 대로 얼려죽이며, 융통성이 없고 자기 주장만 고집하는 사람은 고인 물이나 썩은 나무 같아서 생명력이 없다. 이 세 가지 나쁜 점을 그대로 두면 뜻있는 일을 하며 보람 있게 살 수 없다.

70

복은 마음대로 받을 수 없는 것이니 기쁜 마음을 길러 행복을 불러들이는 근본으로 삼아야 하고, 화(禍)는 마음대로 피할 수 없는 것이니 남을 해치려는 마음을 버려 화를 멀리 하는 방법으로 삼아야 한다.

福不可徼(복불가요)니 養喜神(양희신)하여 以爲召福之本而已(이위소복지본이이)요, 禍不可避(화불가피)니 去殺機(거살기)하여 以爲遠禍之方而已(이위원화지방이이)니라.

| 해설 | 사람은 누구든지 행복을 좋아하고 재앙을 싫어한다. 그러나 애써 구한다고 해서 반드시 행복이 찾아오는 것이 아니며, 재앙이 멀어지는 것도 아니다. 즐거운 마음을 가지면 행복이 찾아오고, 남을 해치려는 악한 마음을 버리면 재앙이 멀어지게

마련이다. 이것이 재앙을 멀리 하고 행복을 불러들이는 길이다.

71

열 마디 말 중에 아홉 마디가 맞아도 신기하다고 칭찬하지 않으면서, 그중 한 마디라도 맞지 않으면 사방에서 원성이 자자하다. 열 가지 계획 가운데 아홉 가지가 이루어져도 공로를 돌리지 않으면서 한 가지 계획이 실패하면 사방에서 험담이 쏟아진다. 군자가 차라리 침묵할지언정 떠들지 않고, 어수룩한 체할지언정 재주 있는 체하지 않는 까닭이 여기에 있다.

十語九中(십어구중)이라도 未必稱奇(미필칭기)나 一語不中(일어부중)이면 則愆尤騈集(즉건우병집)하고 十謀九成(십모구성)이라도 未必歸功(미필귀공)이나 一謀不成(일모불성)이면 則訾議叢興(즉자의총흥)하나니 君子(군자)는 所以寧默毋躁(소이녕묵무조)요, 寧拙毋巧(영졸무교)니라.

| 해설 | 잘한 일을 칭찬해 주기는커녕 못한 일을 가지고 비난하는 것이 세상 인심이다. 열 마디 중에서 아홉 마디가 이치에 맞거나 말한 대로 되었다 할지라도 놀랍고 신기하다고 칭찬해 주지 않으면서, 한 마디만 빗나가도 비난이 대단하다. 또 열 가지 계획 중 아홉 가지가 성공해도 그 공로를 인정하지 않으면서, 그중 한 가지만 실패해도 비난이 빗발친다. 그래서 군자는 차라리 입을 다물고 어리석은 체하는 것이다.

72

천지의 기운이 따뜻하면 만물이 소생하고 추우면 만물이 죽는다. 그러므로 성질과 기질이 차가운 사람은 복을 후하게 받지 못한다. 오직 기질이 부드럽고 마음이 따뜻한 사람이라야 복을 후하게 받고 혜택도 오래 가는 법이다.

天地之氣(천지지기)는 暖則生(난즉생)하고 寒則殺(한즉살)하니 故(고)로 性氣淸冷者(성기청랭자)는 受享亦凉薄(수향역량박)하나니 唯和氣熱心之人(유화기열심지인)은 其福亦厚(기복역후)하고 其澤亦長(기택역장)하니라.

| 해설 | 따뜻한 봄날씨는 만물을 자라게 하지만 추운 겨울 날씨는 만물을 얼어죽게 만든다. 사람도 자연의 이치에서 크게 벗어나지 않는다. 냉정한 사람은 복이 없으며, 성질이 온화한 사람은 복을 많이 받아 오래 누릴 수 있다.

73

하늘의 도리에 이르는 길은 매우 넓어서, 조금만 마음을 두어도 가슴속이 넓어지고 명랑해지는 것을 깨닫는다. 사람의 욕심에 따르는 길은 매우 좁아서, 조금만 발을 들여놓아도 눈앞이 모두 가시덤불과 진흙탕이 되어 버린다.

天理路上(천리로상)은 甚寬(심관)하여 稍遊心(초유심)이라도 胸中(흉중)이 便覺廣大宏朗(변각광대굉랑)하고, 人欲路上(인욕로상)은 甚窄(심착)하여 在寄迹(재기적)이라도 眼前(안전)이 俱是荊棘泥塗(구시형극니도)니라.

| 해설 | 천지자연의 도리를 따르는 길은 한없이 넓어, 뜻을 조금만 두어도 마음이 너그러워지고 명랑해져서 무한한 즐거움을 느낄 수 있다. 그러나 인간의 욕심을 따르는 길은 좁고 험하여, 한 발짝만 들여놓아도 멸망의 구렁텅이에 빠지고 만다.

74

괴로움과 즐거움을 모두 연마한 끝에 얻은 행복이라야 오래 가고, 의심과 믿음을 모두 생각하고 얻은 지식이라야 참된 지식이다.

一苦一樂(일고일락)을 相磨練(상마련)하여 練極而成福者(연극이성복자)라야 其福始久(기복시구)하고 一疑一信(일의일신)을 相參勘(상참감)하여 勘極而成知者(감극이성지자)라야 其知始眞(기지시진)이니라.

| 해설 | 괴로움 뒤에 얻은 즐거움이 아니면 오래 가지 못한다. 괴로움과 즐거움을 모두 겪어 보고 그 속에서 몸과 마음을 단련한 후에 얻은 행복이라야 오래 누릴 수 있다. 또 의문을 품어 보지 않고 무조건 믿는 것은 참된 지식이 아니다. 의문과 믿음이 엇갈리는 가운데 비교 · 연구를 거듭하여 각고의 노력 끝에 얻은 지식이야말로 참된 지식이다.

75

마음은 언제나 비워 두지 않으면 안 된다. 마음이 비면 정의와 진리가 와서 산다. 마음은 언제나 채워 두지 않으면 안 된다. 마음이 꽉 차면 욕심이 들어오지 못한다.

心不可不虛(심불가불허)니 虛則義理來居(허즉의리래거)하고 心不可不實(심불가불실)이니 實則物慾不入(실즉물욕불입)이니라.

| 해설 | 사람의 마음에 잡념이 없으면 마음속에서 정의와 진리가 자란다. 또 사람의 마음을 정의와 진리로 채워 마음을 충실히 하면 욕심이 비집고 들어오지 못한다.

76

땅이 더러운 곳에는 초목이 무성하게 자라고 물이 맑은 곳에는 고기가 없다. 그러므로 군자는 때묻고 더러운 것도 받아들이는 아량이 있어야지, 깨끗한 것만 좋아하여 혼자 행하려는 마음을 지녀서는 안 된다.

地之穢者(지지예자)는 多生物(다생물)하고 水之淸者(수지청자)는 常無魚(상무어)니라. 故(고)로 君子(군자)는 當存含垢納汚之量(당존함구납오지량)

하고 不可持好潔獨行之操(불가지호결독행지조)니라.

| 해설 | 더러운 거름으로 덮인 기름진 땅에서는 초목이 잘 자라지만 너무 맑고 깨
끗한 물에는 먹이가 없어 물고기도 없다. 사람은 누구나 결점과 잘못이 있으니, 사소
한 결점이나 실수쯤은 너그럽게 용서하고 감싸주는 아량이 있어야 한다. 지나치게 결
백하여 세상 사람들하고 조화를 이루지 않는다면 무슨 일을 이루겠는가?

77

수레를 뒤엎는 사나운 말도 길들이면 부릴 수 있고, 녹여서 붓기 어
려운 쇠도 잘 다루면 결국 틀에 부어 그릇으로 만들 수 있다. 언제나
일 없이 놀기만 하고 분발하지 않는다면 평생토록 아무 진전이 없을
것이다. 백사(白沙) 선생이 말하기를 "사람이 되어서 병이 많은 게
부끄러운 일이 아니라 평생토록 병이 없는 것이 바로 나의 근심거
리"라 했으니, 참으로 옳은 말이다.

泛駕之馬(봉가지마)도 可就驅馳(가취구치)요 躍冶之金(약야지금)도 終歸
型範(종귀형범)이니 只一優遊不振(지일우유부진)이면 便終身無個進步(변
종신무개진보)니라. 白沙云(백사운)하되 爲人多病未足羞(위인다병미족수)
니 一生無病是吾憂(일생무병시오우)라 하니 眞確論也(진확론야)로다.

| 해설 | 사나운 말도 잘 길들이면 명마(名馬)가 되고, 품질이 나쁜 쇠붙이도 잘 다

루면 멋진 그릇이 된다. 사람도 마찬가지여서 타고난 천성이 좋지 않아도 열심히 분발하면 뛰어난 인물이 될 수 있다. 그러나 아무리 훌륭한 천성을 타고나도 노력하지 않고 빈둥거리며 세월을 보내면 아무런 발전도 이룰 수 없다. 명나라의 학자 백사의 말대로 사람으로서 몸에 병이 많은 게 부끄러운 일이 아니라 정신적으로 아무 걱정도 없이 사는 것이야말로 부끄러운 일이다.

78

사람이 한번 사리욕을 쫓는 마음을 가지면 강한 의지가 녹아 약해지고, 지혜는 막혀 어두워지며, 어진 마음은 변하여 사나워지고, 깨끗한 마음은 물들어 더러워지니 한평생 인품을 망친다. 옛 사람들은 탐하지 않음을 보배로 삼았으니, 이것이 곧 세상을 초월하는 방법이다.

人只一念貪私(인지일념탐사)면 便銷剛爲柔(변소강위유)하고 塞智爲昏(색지위혼)하며 變恩爲慘(변은위참)하고 染潔爲汚(염결위오)하여 壞了一生人品(괴료일생인품)하나니 故(고)로 古人(고인)은 以不貪爲寶(이불탐위보)라 所以度越一世(소이도월일세)니라.

| 해설 | 사람의 마음에 한번 탐욕이 싹트면 굳센 의지도 약해지고, 밝은 지혜도 어두워지며, 인정스런 마음도 각박해지고, 깨끗한 마음에 때가 묻어 인간의 본성을 잃는다. 그러므로 탐하지 않는 것이 세상일에 얽매이지 않고 사는 방법이다.

79

귀로 듣고 눈으로 보는 것은 바깥의 도둑이고, 정욕과 물욕(物慾)은 안의 도둑이다. 다만 주인인 본심(本心)이 맑게 깨어서 안채에 홀로 앉아 있으면, 도둑들도 변하여 집안 식구가 될 것이다.

耳目見聞(이목견문)은 爲外賊(위외적)이요, 情欲意識(정욕의식)은 爲內賊(위내적)이니 只是主人翁(지시주인옹)이 惺惺不昧(성성불매)하여 獨坐中堂(독좌중당)이면 賊便化爲家人矣(적변화위가인의)니라.

| 해설 | 귀로 듣고 눈으로 보는 모든 감각의 욕구는 사람의 마음을 현혹시키는 외부의 도둑이고, 정욕이나 물욕은 마음속에서 혼란을 일으키는 내부의 도둑이다. 그러나 주인인 본심이 정신을 바짝 차리고 있으면 외·내부의 도둑도 고분고분한 집안 식구가 되어 탐심과 욕망이 침범하지 못할 것이다.

80

아직 시작하지 않은 일의 성취를 도모하는 것은 이미 성취한 일의 업적을 보존하는 것보다 못하며, 이미 저지른 잘못을 후회하는 것은 장차 일으킬 실수를 미리 막는 것보다 못하다.

圖未就之功(도미취지공)은 不如保已成之業(불여보이성지업)이요, 悔旣往之失(회기왕지실)은 不如防將來之非(불여방장래지비)니라.

| 해설 | 아직 손도 대지 않은 일에 몰두하기보다는 이미 이루어 놓은 일에 더욱 분발하는 편이 현명하다. 지난 잘못을 뉘우치고 안타까워해 봤자 아무 소용이 없으므로 지난일은 잊어버리고 앞으로는 실수하지 않도록 힘써야 한다.

81

사람의 기상은 높고 넓어야 하나 세상일에 어둡고 행동이 거칠어서는 안 되며, 마음은 치밀해야 하나 조잡해서는 안 되며, 취미는 담백해야 하나 너무 메말라서는 안 되고, 지조를 지킬 때는 엄정해야 하나 격렬해서는 안 된다.

氣象(기상)은 要高曠而不可疎狂(요고광이불가소광)하고 心思(심사)는 要縝密而不可瑣屑(요진밀이불가쇄설)하며 趣味(취미)는 要沖淡而不可偏枯(요충담이불가편고)하고 操守(조수)는 要嚴明而不可激烈(요엄명이불가격렬)이니라.

| 해설 | 사람의 기상은 높고 넓어야 하지만 세상일에 너무 어두우면 상식 밖의 행동을 저지르기 쉽다. 마음가짐은 치밀하고 빈틈없어야 하지만 자질구레한 일에 매달리면 큰일을 하지 못한다. 취미는 담백해야 하지만 너무 메마르면 싱거워진다. 또 지

조는 엄정하게 지켜 나가야 하지만 너무 과격하면 고지식하고 원만하지 못하다.

82

바람이 성긴 대숲에 불어와도 지나가고 나면 소리가 남지 않으며, 기러기가 차가운 연못을 건너 날아도 가고 나면 그 그림자가 남지 않는다. 그러므로 군자는 일이 생겨야 비로소 마음이 나타나고, 일이 끝나면 마음도 따라서 빈다.

風來疎竹(풍래소죽)에 風過而竹不留聲(풍과이죽불류성)하고 雁度寒潭(한도한담)에 雁去而潭不留影(안거이담불류영)이니라. 故(고)로 君子(군자)는 事來而心始現(사래이심시현)하고 事去而心隨空(사거이심수공)이니라.

| 해설 | 대나무숲에는 조금만 바람이 불어와도 와삭와삭 소리가 난다. 그러나 바람이 지나가고 나면 고요해진다. 기러기가 차가운 연못 위를 날아가면 물 위에 기러기 그림자가 나타난다. 그러나 기러기가 지나가고 나면 연못에는 아무런 자취도 없다. 군자도 대숲과 연못을 닮아 일이 닥치면 맞아들여 이에 대응하지만 지나가 버리면 깨끗이 보내 마음에 담아 두지 않는다.

83

청렴결백하면서도 너그럽고, 인자하면서도 결단을 잘 내리며, 총명하면서도 남의 잘잘못을 잘 들춰내지 않고, 강직하면서도 지나치게 따지지 않는다면, 꿀을 넣은 과자이면서도 달지 않고 해산물이면서도 짜지 않은 것과 같으니, 이것이야말로 아름다운 덕(德)이다.

淸能有容(청능유용)하고 仁能善斷(인능선단)하며 明不傷察(명불상찰)하고 直不過矯(직불과교)면 是謂蜜餞不甛(시위밀전불첨)이요, 海味不鹹(해미불함)이니 纔是懿德(재시의덕)이라.

| 해설 | 청렴한 사람은 남을 포용하는 아량이 적고, 인자한 사람은 결단력이 모자라며, 총명한 사람은 남의 결점을 잘 들춰내고, 강직한 사람은 남의 잘잘못을 잘 따진다. 그러나 이렇듯 해로운 부분이 없어야 인격자다. 꿀을 넣어 만들어도 훌륭한 과자는 지나치게 달지 않고 좋은 해산물은 짜지 않으니, 바로 이것이 덕(德)이다.

84

가난한 집도 깨끗이 청소하고 가난한 여인도 깨끗하게 머리를 빗으면, 그 모습이 화려하지는 않더라도 절로 기품이 생겨 아름다워 보인다. 군자가 한때 곤궁과 적막함에 처했다 하여 어찌 자포자기할 수 있겠는가!

　貧家(빈가)도 淨拂地(정불지)하고 貧女(빈녀)도 淨梳頭(정소두)하면 景色(경색)은 雖不艷麗(수불염려)나 氣度(기도)는 自是風雅(자시풍아)니라. 士君子(사군자)는 一當窮愁蓼落(일당궁수료락)이나 奈何輒自廢弛哉(내하첩자폐이재)리요.

　|해설| 가난한 오두막이라도 구석구석 쓸면 깨끗해지고 가난한 여인도 머리를 단정하게 빗으면 비록 화려하지는 않더라도 기품이 있어 아름답다. 이처럼 군자는 한때 곤궁하여 초야에 묻혀 쓸쓸히 살지라도 낙심하지 말고 가난을 낙으로 삼아 도를 즐길 줄 알아야 한다.

85

　한가할 때 세월을 헛되이 보내지 않으면 급할 때 쓸모가 있고, 고요한 중에도 마음을 허공에 두지 않으면 활동할 때 쓸모가 있고, 어둠 속에서도 숨기지 않으면 밝은 곳에서 쓸모가 있다.

　閒中(한중)에 不放過(불방과)면 忙處(망처)에 有受用(유수용)하고 靜中(정중)에 不落空(불락공)이면 動處(동처)에 有受用(유수용)하며 暗中(암중)에 不欺隱(불기은)이면 明處(명처)에 有受用(유수용)하니라.

| 해설 | 사람은 평상시에 미래를 준비하고 있어야 한다. 한가한 때 미리 준비해 두면 급한 일을 당해도 당황하지 않고, 조용히 쉬고 있을 때 부지런히 실력을 길러 두면 활동할 때 도움이 된다. 또 남이 보지 않을 때도 바르게 살면 신임을 얻는다.

86

잠시라도 생각이 욕심을 향해 가는 것을 깨달으면 곧 도리의 길로 방향을 잡아 주어라. 생각이 일어나자마자 깨닫고 깨닫자마자 바꾼다면, 이것이 곧 재앙을 행복으로 만들고 죽음을 삶으로 돌려놓는 비결이니, 참으로 가볍게 여길 말이 아니다.

念頭起處(염두기처)에 纔覺向欲路上去(재각향욕로상거)면 便挽從理路上來(변만종리로상래)하라. 一起便覺(일기변각)하고 一覺便轉(일각변전)하면 此是轉禍爲福(차시전화위복)하고 起死回生的關頭(기사회생적관두)니 切莫輕易放過(절막경이방과)니라.

| 해설 | 자기의 생각이 잠시라도 욕심에 이끌리거든 곧 도리에 맞는 바른 길로 돌려놓아야 한다. 즉 어떤 생각이 일어나면 옳은 일인가 아닌가를 판단해 즉시 도리에 맞는 쪽으로 방향을 돌려야 한다. 이것이 재앙을 행복으로 만들고 죽음에서 삶을 얻는 비결이니 가볍게 여기지 마라.

87

고요한 가운데 생각이 맑으면 마음의 참된 모습을 볼 것이요, 한가한 가운데 기상이 조용하면 마음의 참된 활동을 알 것이며, 담백한 가운데 취미가 깨끗하고 안정되면 마음의 참된 맛을 얻을 것이니, 마음을 성찰하여 도를 터득하는 데는 이 세 가지보다 나은 것이 없다.

靜中(정중)에 念慮澄徹(염려징철)이면 見心之眞體(견심지진체)하고 開中(한중)에 氣象從容(기상종용)이면 識心之眞機(식심지진기)하며 淡中(담중)에 意趣沖夷(의취충이)면 得心之眞味(득심지진미)하나니 觀心證道(관심증도)에는 無如此三者(무여차삼자)니라.

| 해설 | 고요한 때 생각이 맑고 깨끗해야 마음의 참 모습을 볼 수 있고, 한가로울 때 기분이 조용히 가라앉아야 마음의 미묘한 움직임을 의식할 수 있으며, 담백한 가운데 집착하지 않아야 마음의 참된 맛을 느낄 수 있다. 이것이 마음의 참 모습을 알고 도를 터득하는 세 가지 요건이다.

88

고요한 가운데 고요함은 참된 고요함이 아니다. 분주한 가운데 고요를 얻어야 비로소 천성(天性)의 참된 경지에 이르렀다고 할 수 있다. 즐거움 가운데 즐거움을 얻는 것은 참된 즐거움이 아니다. 괴로움 가운데 즐거움을 얻어야 비로소 마음의 참된 움직임을 볼 수 있다.

靜中靜(정중정)은 非眞靜(비진정)이니 動處(동처)에 靜得來(정득래)라야 纔是性之眞境(재시성천지진경)이요, 樂處樂(낙처락)은 非眞樂(비진락)이니 苦中(고중)에 樂得來(낙득래)라야 纔見心體之眞機(재견심체지진기)니라.

| 해설 | 주위가 조용할 때 비로소 마음의 고요를 유지하는 것은 진정한 고요라고 말할 수 없다. 오히려 시끄럽고 분주하게 움직이는 가운데 마음의 흔들림이 없이 고요를 유지할 수 있어야 비로소 도(道)를 터득했다고 말할 수 있다. 또 근심걱정 없는 편안한 생활 속에서 즐거움을 느끼는 것은 당연한 일이니 진정한 즐거움이라 할 수 없다. 오히려 곤궁한 처지에서 조금도 실망하지 않고 즐거움을 느껴야 마음의 미묘한 움직임을 볼 수 있을 것이다.

89

남을 위해 자기를 희생하려거든 의심을 품지 마라. 의심을 품으면 희생하려던 본래의 뜻이 무척 부끄러워질 것이다. 남에게 은혜를 베풀고 나면 갚아 달라고 재촉하지 마라. 갚아 달라고 재촉하면 은혜를 베푼 마음까지도 함께 그르칠 것이다.

舍己(사기)어든 毋處其疑(무처기의)하라. 處其疑(처기의)하면 卽所舍之
志多愧矣(즉소사지지다괴의)리라. 施人(시인)이어든 毋責其報(무책기보)
하라. 責其報(책기보)하면 倂所施之心俱非矣(병소시지심구비의)니라.

| 해설 | 남을 위해 몸바쳐 일하기로 결심해 놓고도 중간에 이해(利害)를 비교하여
의심하거나 주저한다면, 벌써 그 희생 정신에 흠집이 생긴 것이다. 또 남에게 은혜를
베풀고 나서 보상을 바라거나 재촉한다면, 벌써 아무런 가치도 없어져 버린다.

90

하늘이 나에게 복을 박하게 준다면 내 덕을 후하게 하여 맞이할 것
이고, 하늘이 내 몸을 수고스럽게 한다면 내 마음을 편안히 하여 도
울 것이며, 하늘이 내 처지를 곤궁하게 한다면 나는 나대로 도를 깨
달아 헤쳐나갈 것이다. 그러니 하늘인들 나를 어찌하겠는가!

天薄我以福(천박아이복)이면 吾厚吾德以迓之(오후오덕이아지)하고 天
勞我以形(천로아이형)이면 吾逸吾心以補之(오일오심이보지)하며 天
厄我以遇(천액아이우)면 吾亨吾道以通之(오형오도이통지)리니 天且我奈何哉(천
차아내하재)리요.

| 해설 | 하늘이 나를 푸대접하여 복을 주려고 하지 않는다면 더욱 덕을 쌓아 행복
해질 것이다. 하늘이 내 몸을 괴롭힌다면 내 마음을 편안히 하여 고통에서 벗어날 것

78

이다. 하늘이 나를 곤궁한 처지에 놓는다면 진리의 힘으로 이것을 이겨 나갈 것이다. 그러므로 하늘이라 할지라도 나를 마음대로 하지는 못할 것이다.

91

지조가 곧은 선비는 복을 구하는 마음이 없으므로 하늘이 그 마음을 찾아가 복의 문을 열어 주고, 간사한 사람은 재앙을 피하는 데만 뜻을 두므로 하늘이 그 뜻 있는 곳에 재앙을 내려 넋을 빼앗는다. 하늘의 권능이 얼마나 기묘한가! 그러니 사람의 지혜와 기교가 무슨 소용이겠는가.

貞士(정사)는 無心徼福(무심요복)이라 天卽就無心處(천즉취무심처)하여 牖其衷(유기충)하고 憸人(섬인)은 着意避禍(착의피화)라 天卽就著意中(천즉취착의중)하여 奪其魄(탈기백)하나니 可見天之機權最神(가견천지기권최신)이니 人之智巧何益(인지지교하익)이리요.

| 해설 | 지조가 곧은 사람은 굳이 행운을 잡으려고 애쓰지 않지만 하늘이 그 마음을 가상히 여겨 복을 베풀고, 간사한 사람은 불행을 피하려고 애쓰지만 하늘이 그 마음을 미워하여 불행을 내리고 넋을 빼앗는다. 하늘의 권능이란 신비하고 오묘한 것이니, 인간이 잔꾀를 쓰려고 해도 아무 소용이 없다.

92

기생이라도 늘그막에 남편을 따르면 평생의 분 냄새가 사라져버리고, 열녀(烈女)라도 머리가 세어서 정조를 잃으면 반평생의 절개가 모두 허사가 되고 만다. 옛말에 이르기를 "사람을 보려거든 그 후반을 보라"고 했으니, 이는 참으로 명언이다.

聲妓(성기)도 晩景從良(만경종량)하면 一世之胭花無碍(일세지연화무애)하고 貞婦(정부)도 白頭失守(백두실수)하면 半生之淸苦俱非(반생지청고구비)니라. 語云看人(어운간인)에 只看後半截(지간후반절)하라 하니 眞名言也(진명언야)로다.

| 해설 | 젊어서 몸을 팔던 천한 기생이라도 늘그막에 남편을 얻어 정조를 지키고 남편을 따르면, 지난날의 흠집이 가려진다. 그러나 아무리 열녀라 할지라도 늘그막에 정조를 잃으면 반평생의 절개가 물거품이 되고 만다. 사람의 가치를 살피려면, 그 늘그막까지 보아야 한다.

93

일반 백성이라도 덕을 심고 은혜를 베풀면 곧 벼슬 없는 재상이요, 사대부라도 권세를 탐내고 은총을 팔면 결국 벼슬 있는 거지가 될 것이다.

平民(평민)도 肯種德施惠(긍종덕시혜)하면 便是無位的公相(변시무위적 공상)이요, 士夫(사부)도 徒貪權市寵(도탐권시총)하면 竟成有爵的乞人(경 성유작적걸인)이니라.

| 해설 | 벼슬길에 오르지 못한 평범한 사람이라도 덕을 펼치고 은혜를 베풀면 만 백성이 존경하는 정신적 재상이 될 수 있다. 이와 반대로 아무리 벼슬이 높아도 권력 을 탐내고 아랫사람들에게 뇌물이나 받는다면 벼슬자리에 앉은 도둑이나 거지에 불 과할 뿐이다.

94

조상의 은덕을 묻는다면 지금 내 몸이 누리는 것이니, 오랫동안 어렵 게 쌓아올린 그 노고를 생각할 것이요, 자손의 행복을 묻는다면 내가 그들에게 주는 것이니 행복이 기울어지기 쉬운 것을 경계할 것이다.

問祖宗之德澤(문조종지덕택)하면 吾身所享者(오신소향자)가 是(시)니 當 念其積累之難(당념기적루지난)하고 問子孫之福祉(문자손지복지)하면 吾身 所貽者(오신소이자)가 是(시)니 要思其傾覆之易(요사기경복지이)하라.

| 해설 | 우리가 지금 행복하게 살아가는 것은 오로지 조상의 은덕이다. 그들이 수

천 년 동안 쌓아올린 역사와 전통과 문화와 풍습을 보존하고 발전시키기까지 얼마나 많은 수고가 따랐겠는가! 우리는 조상들의 노고에 감사하는 마음을 가져야 할 것이다. 또한 자손들의 행복은 우리한테서 넘어가는 것이다. 우리가 그 터전을 튼튼히 마련해 주지 않는다면 그들의 행복이 기울어져 엎어지기 쉽다.

95

군자가 위선을 행한다면 소인이 마음대로 악을 저지르는 것과 조금도 다를 게 없고, 군자가 절개를 꺾는다면 소인이 스스로 잘못을 뉘우쳐 고치는 것만 못하다.

君子而詐善(군자이사선)이면 無異小人之肆惡(무이소인지사악)이요, 君子而改節(군자이개절)이면 不及小人之自新(불급소인지자신)이니라.

| 해설 | 학문과 덕행이 뛰어나야 할 군자가 양심을 속이고 위선을 행한다면 무식한 소인이 나쁜 짓을 하는 것과 다를 게 없다. 더구나 사리사욕에 빠져 절개를 꺾는다면 소인이 잘못을 뉘우치고 바른 길을 찾는 것만도 못하다.

96

집안 식구가 잘못을 저지르면 버럭 성내지도 말고 가볍게 내버려

두지도 마라. 곧이곧대로 말하기 곤란하거든 다른 일을 빌어 넌지시 일깨워주고, 오늘 깨닫지 못하면 내일을 기다려 다시 일깨워주되, 봄바람이 얼어붙은 것을 녹이듯 하고 따사로운 기운이 얼음을 녹이듯 하라. 이것이 곧 가정을 다스리는 방법이다.

家人有過(가인유과)어든 不宜暴怒(불의폭노)하고 不宜輕棄(불의경기)니라. 此事難言(차사난언)이어든 借他事隱諷之(차타사은풍지)하고 今日不悟(금일불오)어든 俟來日再警之(사래일재경지)하되 如春風解凍(여춘풍해동)하고 如和氣消氷(여화기소빙)하면 纔是家庭的型範(재시가정적형범)이니라.

| 해설 | 집안 식구가 잘못을 저질렀을 때 불끈 화를 내어 책망해서도 안 되지만, 가볍게 넘겨버리는 것도 안 된다. 잘못을 대놓고 말하기 어려우면 다른 일을 비유로 들어 은근하게 타이르고, 그래도 안 들으면 급히 서둘지 말고 다음에 기회를 만들어 깨우치도록 해야 한다. 따뜻한 봄바람이 얼음을 녹이듯 은연중에 스스로 잘못을 깨달아 고치도록 하는 것이 상책이다.

97

자기 마음이 언제나 원만해질 수 있다면 천하는 저절로 불만 없는 세상이 될 것이요, 자기 마음이 항상 너그럽고 평온하다면 천하에서 저절로 험악한 인정(人情)이 사라질 것이다.

此心常看得圓滿(차심상간득원만)이면 天下(천하)에 自無缺陷之世界(자무결함지세계)요, 此心常放得寬平(차심상방득관평)이면 天下(천하)에 自無險側之人情(자무험측지인정)이니라.

| 해설 | 항상 원만한 마음을 가지면 천하가 다 원만해 보일 것이며, 언제나 너그럽고 평화로운 마음을 가지면 상대방에게 사나운 생각을 갖지 않을 것이다.

98

청렴하고 검소한 선비는 반드시 화려한 것을 좋아하는 자에게 의심받고, 신중하고 엄격한 사람은 방종한 사람의 미움을 받게 마련이다. 하지만 군자는 그 지조를 조금도 바꾸지 말아야 하며, 그 주장 또한 너무 드러내지 말아야 한다.

澹泊之士(담박지사)는 必爲濃艶者所疑(필위농염자소의)요, 檢飭之人(검칙지인)은 多爲放肆者所忌(다위방사자소기)니 君子(군자)는 處此(처차)에 固不可少變其操履(고불가소변기조리)하고 亦不可太露其鋒芒(역불가태로기봉망)이니라.

| 해설 | 검소하게 사는 사람은 화려하게 사는 사람들에게 위선자라는 의심을 받고, 또 신중하고 엄격한 사람은 방종한 사람들에게 융통성이 없다고 미움받게 마련이다. 군자는 이에 흔들림 없이 자기의 소신을 굳게 지켜야 하며, 상대방하고 대립하는

아주 모난 주장을 내세워서도 안 된다.

99

역경에 처해 있으면 그 주위가 모두 침이 되고 약이 되어 절개와 행실을 갈고 닦게 하는데도 사람들이 미처 알지 못하고, 순조로운 상황에 처해 있으면 눈앞에 있는 것이 모두 칼이 되고 창이 되어 기름을 녹이고 뼈를 깎는데도 사람들이 미처 알지 못한다.

居逆境中(거역경중)이면 周身(주신)이 皆鍼砭藥石(개침폄약석)이라. 砥節礪行而不覺(저절려행이불각)하고 處順境內(처순경내)면 眼前(안전)이 盡兵刃戈矛(진병인과모)라 銷膏靡骨而不知(소고미골이부지)니라.

| 해설 | 불행한 처지에 놓여 있을 때는 주위의 모든 것들이 침이 되고 약이 되어 인격을 길러 주지만 사람들은 미처 깨닫지 못한다. 반대로 좋은 환경에 있을 때는 눈앞의 모든 것들이 안일과 사치 등 무서운 칼날이 되어 기름을 녹이고 뼈를 깎아 몸을 망치는데도 사람들은 미처 깨닫지 못한다. 역경은 약이 되고 순탄함은 독이 된다.

100

부유하게 자란 사람은 욕심이 사나운 불길 같고 권세가 사나운 불꽃 같다. 조금이라도 맑고 서늘한 기운을 띠지 않는다면, 그 불길이 남을 태우지는 않더라도 언젠가는 반드시 자기 자신을 불사를 것이다.

生長富貴叢中的(생장부귀총중적)은 嗜欲如猛火(기욕여맹화)하고 權勢似烈焰(권세사렬염)이라. 若不帶些淸冷氣味(약부대사청랭기미)하면 其火焰(기화염)이 不至焚人(부지분인)이나 必將自爍矣(필장자삭의)리라.

| 해설 | 지위가 높은 집안에서 풍족하게 자란 사람은 자칫 모든 가치를 물질과 권력에 두어 그것만을 맹렬히 추구하기 쉽다. 가슴속 가득 서늘한 기운을 받아 담담해지지 않는다면, 그 욕심의 불길이 설사 남을 태워 죽이지는 않더라도 언젠가 반드시 자기 자신을 불태우는 재앙을 가져올 것이다.

101

사람의 마음이 한결같이 참되면 능히 서리를 내릴 수도 있고, 성(城)을 무너뜨릴 수도 있으며, 쇠붙이나 돌을 뚫을 수도 있다. 그러나 거짓이 많은 사람은 형체만 갖추었을 뿐 본체는 이미 없어진 것이므로, 남을 대하면 얼굴이 얄밉고 혼자 있으면 자기의 형상과 그림자를 스스로 부끄러워한다.

人心一眞(인심일진)은 便霜可飛(변상가비)하고 城可隕(성가운)하며 金石可貫(금석가관)이나 若僞妄之人(약위망지인)은 形骸徒具(형해도구)나 眞宰

已亡(진재이망)이라. 對人則面目可憎(대인즉면목가증)이요, 獨居則形影自媿(독거즉형영자괴)니라.

| 해설 | 사람의 마음이 한결같이 참되면 천지신명(天地神明)도 감동시킬 만큼 놀라운 힘을 갖는다. 그러나 참되지 못하고 속임수가 많으면 겉모습만 인간의 탈을 썼을 뿐 사람다운 본체는 이미 찾아볼 수 없으니, 남을 대하는 얼굴도 밉살스럽고 혼자 있으면 자기 모습이나 그림자까지도 부끄럽게 느껴진다.

102

문장이 극치에 도달하면 유난히 기이하게 보이지 않고 다만 알맞을 뿐이요, 인품이 극치에 도달하면 본래 그대로의 모습일 뿐이다.

文章(문장)이 做到極處(주도극처)하면 無有他奇(무유타기)라 只是恰好(지시흡호)요, 人品(인품)이 做到極處(주도극처)하면 無有他異(무유타이)라 只是本然(지시본연)이니라.

| 해설 | 문장의 표현 기법이 최고의 경지에 도달하면 일부러 아름다운 문구를 사용하여 화려하게 꾸미려 하지 않고 다만 평범한 문장 속에 자기 생각과 느낌을 알맞게 표현한다. 마찬가지로 인격이 최고의 경지에 이르면 특별히 유난스러워 보이지 않고 인간 본연의 자세로 돌아간다.

103

이 세상을 환상으로 본다면 부귀와 명성은 말할 것도 없고 내 몸도 빌어 가진 형체에 지나지 않으며, 참된 세계로 본다면 부모와 형제는 말할 것도 없고 만물이 다 나와 한몸이다. 사람의 일체가 환상임을 깨닫고 만물이 나와 한몸임을 깨닫는다면 비로소 천하를 책임질 수도 있고, 또 세상의 속박에서 벗어날 수도 있다.

以幻迹言(이환적언)하면 無論功名富貴(무론공명부귀)요, 卽肢體(즉지체)도 亦屬委形(역속위형)하고 以眞境言(이진경언)하면 無論父母兄弟(무론부모형제)요, 卽萬物(즉만물)이 皆吾一體(개오일체)니 人能看得破(인능간득파)하고 認得眞(인득진)하면 纔可任天下之負擔(재가임천하지부담)하고 亦可脫世間之韁鎖(역가탈세간지강쇄)니라.

| 해설 | 헛된 모습으로 나타나는 현상계(現象界)의 입장에서 보면, 부귀나 명예는 말할 것도 없고 내 몸까지도 잠시 빌린 형체에 불과하다. 그러나 참된 존재인 실재계(實在界)에서 말하면, 부모나 형제는 물론이고 우주만물이 나와 한몸이다. 그러므로 현상계와 실재계의 진리를 깨닫고 나면 천하를 이끌어 나갈 커다란 임무를 맡을 수도 있고 욕망의 굴레에서 벗어나 초연할 수도 있다.

104

입에 맞는 음식은 모두 창자가 곯고 뼈가 썩는 독약이니 반쯤 먹어야 재앙이 없고, 마음에 쾌락을 주는 일은 모두 몸을 망치고 덕을 잃어버리는 매개물이니 반쯤에서 멈춰야 후회가 없을 것이다.

爽口之味(상구지미)는 皆爛腸腐骨之藥(개란장부골지약)이니 五分(오분)이면 便無殃(변무앙)이요, 快心之事(쾌심지사)는 悉敗身喪德之媒(실패신상덕지매)니 五分(오분)이면 便無悔(변무회)니라.

| 해설 | 너무 많이 먹으면 몸에 해로우므로 위장이 반쯤 찼을 때 식욕을 억제하지 않으면 맛있는 음식이 몸에 독이 되고 만다. 마찬가지로 아무리 유쾌한 일도 적당히 즐겨야 이에 너무 빠지면 몸과 마음을 망쳐 결국 후회해도 돌이킬 수 없다.

105

남의 작은 허물을 꾸짖지 말고 남의 비밀을 드러내지 말며 남의 지나간 과오를 들추지 마라. 이 세 가지가 덕을 기르고 해를 멀리 하게 해줄 것이다.

不責人小過(불책인소과)하고 不發人陰私(불발인음사)하며 不念人舊惡

(불념인구악)하라. 三者(삼자)는 可以養德(가이양덕)하고 亦可以遠害(역가이원해)니라.

| 해설 | 남의 허물을 비난하지 말고, 남의 비밀을 들추어내어 폭로하지 말며, 남의 지나간 과오를 오래 기억하지 마라. 이 세 가지가 덕을 기르고 남의 원망을 사지 않는 길이다.

106

선비와 군자는 몸가짐이 가벼워서는 안 된다. 자칫 가벼우면 외부의 사물에 동요되어 유연하고 침착한 태도를 잃는다. 그렇다고 마음 쓰는 것이 무거워서는 안 된다. 무거우면 사물에 얽매여 시원스럽고 활발한 기상을 잃는다.

士君子(사군자)는 持身不可輕(지신불가경)이니 輕則物能撓我(경즉물능요아)하여 而無悠閒鎭定之趣(이무유한진정지취)요, 用意不可重(용의불가중)이니 重則我爲物泥(중즉아위물니)하여 而無瀟洒活潑之機(이무소쇄활발지기)니라.

| 해설 | 군자와 선비는 몸가짐을 신중히 하여 외부의 사물에 흔들림 없이 여유 있고 침착한 풍미를 지녀야 한다. 또한 융통성을 가지고 사물에 얽매임 없이 시원하고 활달한 기상이 있어야 한다.

107

하늘과 땅은 영원하나 이 몸은 두 번 얻지 못하며, 인생은 백 년에 불과한데 이 하루는 금방 가버린다. 다행히 그 사이에 태어난 몸이니 삶의 즐거움을 누리지 못해도 안 되고, 또 헛되이 사는 것은 아닌가 걱정하지 않아도 안 된다.

天地(천지)는 有萬古(유만고)이나 此身(차신)은 不再得(부재득)이요, 人生(인생)은 只百年(지백년)이나 此日(차일)이 最易過(최이과)니라. 幸生其間者(행생기간자)는 不可不知有生之樂(불가부지유생지락)하고 亦不可不懷虛生之憂(역불가불회허생지우)니라.

| 해설 | 천지는 영원한 것이나 사람은 한 번 죽으면 그만이다. 인간은 백 년도 못되는 삶을 누리는데, 세월은 덧없이 빠르기만 하다. 다행히 이 세상에 태어난 이상, 삶의 즐거움도 누려야 하고, 또 헛되이 살아가는 것이 아닌지 걱정도 해야 한다.

108

덕을 베풀면 원망이 따라온다. 그럴 바에야 덕이 있다는 소리를 듣기보다 덕과 원한을 모두 잊게 해주는 편이 낫다. 또 은혜를 베풀면 원수가 생겨난다. 그럴 바에야 은혜를 알리기보다 차라리 은혜와 원수를 함께 없애는 편이 낫다.

怨因德彰(원인덕창)이라 故(고)로 使人德我(사인덕아)로는 不若德怨之兩
忘(불약덕원지양망)이요, 仇因恩立(구인은립)이라 故(고)로 使人知恩(사인
지은)으로는 不若恩仇之俱泯(불약은구지구민)이니라.

| 해설 | 덕이나 은혜는 한 사람에게만 베풀면 반드시 다른 사람의 원망을 받는다.
결국 베풀지 않은 것만 못한 결과를 가져온다. 덕과 은혜를 베풀 줄 모르는 매정한 자
가 되라는 뜻이 아니라 공평하게 베풀어야 함을 강조하는 말이다.

109

늘어서 생기는 병은 모두 젊었을 때 부른 것이며, 쇠퇴한 후의 재앙
은 모두 번성했을 때 지은 것이다. 그러므로 군자는 젊고 번성했을
때 더욱 두려워하며 삼간다.

老來疾病(노래질병)은 道是壯時招的(도시장시초적)이요, 衰後罪孽(쇠후
죄얼)은 都是盛時作的(도시성시작적)이니 故(고)로 持盈履滿(지영리만)을
君子尤兢兢焉(군자우긍긍언)하나니라.

| 해설 | 늘어서 생기는 병은 젊어서 혈기가 왕성할 때 몸을 함부로 다루었기 때문
이며, 형편이 나빠졌을 때 겪는 재앙은 번성할 때 지은 잘못 때문이다. 그러므로 군자

는 젊었을 때 몸을 조심하고 번성할 때 잘못을 범하지 않도록 조심해야 한다.

110

사사로이 은혜를 베푸는 것은 공정한 여론을 편드는 것보다 못하고, 새 친구를 사귀는 것은 옛 친구와의 우정을 두텁게 하는 것보다 못하며, 영광스런 명예를 내세우는 것은 숨은 덕을 심는 것보다 못하고, 기이한 절조(節操)를 숭상하는 것은 일상의 행실을 삼가는 것보다 못하다.

市私恩(시사은)은 不如扶公議(불여부공의)요, 結新知(결신지)는 不如敦舊好(불여돈구호)요, 立榮名(입영명)은 不如種隱德(불여종은덕)이요, 尙奇節(상기절)은 不如謹庸行(불여근용행)이니라.

| 해설 | 사사로운 은혜를 베풀고 그 보답을 바라기보다는 공정한 여론에 따라 살아가는 것이 바른 태도이며, 새 친구를 사귀기보다는 오래 사귄 친구하고 우정을 돈독하게 다지는 것이 옳은 방법이고, 영광된 이름을 세상에 알리기 위해 애쓰기보다는 남의 눈에 뜨이지 않게 덕을 행하는 것이 치세의 도리며, 특이한 절개를 세우려고 애쓰기보다는 평소의 행실에 실수가 없도록 삼가는 것이 더욱 중요하다.

111

공정하고 올바른 의견에는 반대하지 마라. 한번 반대하면 부끄러움을 만세에 남길 것이다. 권세와 사리사욕을 탐내는 곳에는 발을 들여놓지 마라. 한번 발을 붙이면 평생토록 더러움을 씻을 수 없을 것이다.

公平正論(공평정론)은 不可犯手(불가범수)니 一犯則貽羞萬世(일범즉이수만세)하고 權門私竇(권문사두)는 不可著脚(불가착각)이니 一著則點汚終身(일착즉점오종신)이니라.

| 해설 | 사사로운 정에 이끌려 공평하고 올바른 의견에 반대하면 영원히 그 부끄러움을 남길 것이며, 권력과 사리사욕에 눈이 어두운 집안에 자주 드나들면 평생 그 더러움을 씻을 수 없을 것이다.

112

뜻을 굽혀 남을 기쁘게 해주는 것은 몸을 바르게 하여 남의 미움을 사는 것보다 못하고, 착한 일을 하지 않고도 남의 칭찬을 받는 것은 악한 일을 하지 않고 남의 비난을 받는 것보다 못하다.

曲意而使人喜(곡의이사인희)는 不若直躬而使人忌(불약직궁이사인기)요,
無善而致人譽(무선이치인예)는 不若無惡而致人毀(불약무악이치인훼)니
라.

| 해설 | 자기의 정당한 의견을 굽혀 가면서까지 남에게 잘 보이려고 하기보다는
바르게 행동하고 남의 미움을 사는 편이 낫고, 잘한 일이 전혀 없으면서 남에게 칭찬
받기보다는 악한 일을 하지 않고도 남에게 비난받는 편이 낫다.

113

부모 형제가 변을 당하면 침착해야지 격정을 일으켜서는 안 된다.
친구의 잘못을 보면 마땅히 간곡하게 충고해야지 주저해서는 안 된다.

處父兄骨肉之變(처부형골육지변)에는 宜從容(의종용)이니 不宜激烈(불
의격렬)이며 遇朋友交遊之失(우붕우교유지실)에는 宜剴切(의개절)이니 不
宜優游(불의우유)니라.

| 해설 | 부모 형제가 갑자기 변을 당했을 때는 가능한 한 침착하고 냉정하게 대처
해 나가야 한다. 자칫 격정을 일으켜 지나치게 상심하지 말아야 한다. 또 친구의 잘못
을 보면 어물쩍 눈을 감아줄 것이 아니라 간곡하게 충고하여 주저없이 바른 길로 이
끌어야 한다.

114

작은 일도 빈틈없이 해결하고 어둠 속에서도 속이거나 숨기지 않으며 실패하고서도 포기하지 않는다면, 그야말로 진정한 영웅이라고 할 수 있다.

小處(소처)에 不滲漏(불삼루)하고 暗中(암중)에 不欺隱(불기은)하며 末路(말로)에 不怠荒(불태황)이면 纔是個眞正英雄(재시개진정영웅)이니라.

| 해설 | 아무리 사소한 일이라도 소홀히 하지 않고, 남이 보지 않는 일이라도 속이는 일이 없으며, 일에 실패했을 때도 실망하지 않고 다시 마음을 가다듬고 분발하는 사람이야말로 진정으로 훌륭한 사람이라고 할 수 있다.

115

천금으로도 한때의 환심을 사기 어려운가 하면, 한 끼 밥에 평생을 두고 감사할 수도 있다. 사랑이 지나치면 도리어 원수가 되고 지나치게 각박하면 도리어 기쁨이 된다.

千金(천금)도 難結一時之歡(난결일시지환)이요, 一飯(일반)도 竟致終身感(경치종신감)이니 蓋愛重(개애중)이면 反爲仇(반위구)요, 薄極(박극)이

翻成喜也(번성희야)니라.

| 해설 | 많은 돈을 준다고 해도 이해타산에서 나오는 것이라면 한때의 환심조차 얻지 못할 것이요, 밥 한 끼라도 진정이 담겨 있다면 그 은혜를 평생토록 잊지 못할 것이다. 큰 은혜를 베풀었는데도 도리어 원한을 사기도 하고 하찮은 선심이 큰 기쁨을 주기도 한다. 그러므로 때와 처지를 잘 헤아려서 베풀어야 한다.

116

교묘한 재주를 서툰 솜씨 속에 숨기고, 어둠으로 밝게 하며, 청렴하면서도 혼탁한 가운데 머물러 있고, 굽히는 것으로써 몸을 펴는 바탕으로 삼는 것, 이것이 세상을 살아가는 안전한 길이요 몸을 보호하는 안전한 곳이다.

藏巧於拙(장교어졸)하고 用晦而明(용회이명)하며 寓淸于濁(우청우탁)하고 以屈爲伸(이굴위신)은 眞涉世之一壺(진섭세지일호)요, 藏身之三窟也(장신지삼굴야)니라.

| 해설 | 아무리 비범한 재주가 있더라도 겉으로는 서툰 체하고, 뛰어난 지혜를 갖고 있으면서도 어리석고 어두운 체하면서 밝게 살피며, 청렴결백하면서도 어지러운 세상에 몸을 맡긴 채, 몸을 움츠리면서 장차 몸을 펴고 일어설 자세를 가다듬는 것, 이러한 생활 태도야말로 세상이라는 강을 무사히 건널 수 있고 몸을 보존할 수 있는 안

전한 길이다.

117

쇠퇴해 가는 모습은 번성한 가운데 있고 새로 자라나는 움직임은 시듦 속에 있는 법이다. 그러므로 군자는 편안할 때 마음을 바르게 가져 후환(後患)을 없애고, 어려운 처지에 놓였을 때 백 번을 참아 성공을 도모해야 한다.

衰颯的景象(쇠삽적경상)은 就在盛滿中(취재성만중)하고 發生的機緘(발생적기함)은 即在零落內(즉재영락내)니라. 故(고)로 君子(군자)는 居安(거안)엔 宜操一心以慮患(의조일심이려환)하고 處變(처변)에는 當堅百忍以圖成(당견백인이도성)이니라.

| 해설 | 잎과 꽃이 무성한 계절에 이미 조락(凋落)의 징후가 일어나고, 추운 겨울의 마른 가지와 시든 풀뿌리에서 힘차게 생동하는 기운이 느껴진다. 그러므로 군자는 순탄할 때 방심하지 말고 마음을 바르게 지켜 후환이 없도록 미리 단속하고, 역경에 처해도 실망하지 않고 끝까지 참고 견딤으로써 어려움을 극복하여 성공을 도모한다.

118

진기한 것에 경탄하고 이상한 것을 좋아하는 사람은 원대한 식견이 없으며, 의롭게 절개를 지키면서 자기 혼자 움직이는 사람은 영원한 지조가 없다.

驚奇喜異者(경기희이자)는 無遠大之識(무원대지식)이요, 苦節獨行者(고절독행자)는 非恒久操(비항구조)니라.

| 해설 | 세상에 보기 힘든 신기한 것을 좋아하는 사람은 천박하여 원대한 식견이 없다. 위대한 것은 평범한 일상 생활 속에 있는 것이지 결코 비범하거나 신기함 속에 있지 않다. 또 세상을 외면한 채 어려움을 참아내며 지키기 어려운 절개를 억지로 지켜 나가는 것은 진정한 지조가 아니다. 진정한 지조는 마음에서 스스로 우러나오는 것이지 억지로 생기는 것이 아니다.

119

분노의 불길이 타오르고 욕심의 물결이 끓어오를 때 이것을 명확하게 알고 이것을 명확하게 억제하려는 것이 있으니, 이것을 아는 것은 누구이고 이것을 누르려는 것은 누구인가? 이때에 홀연히 생각을 돌린다면 사악한 악마도 참된 마음을 가질 것이다.

當怒火慾水(당노화욕수)가 正騰沸處(정등비처)하여 明明知得(명명지득)하며 又明明犯着(우명명범착)하나니 知的是誰(지적시수)며 犯的又是誰(범적우시수)오. 此處(차처)에 能猛然轉念(능맹연전념)하면 邪魔便爲眞君矣(사마변위진군의)니라.

| 해설 | 마음속에 분노가 불길처럼 타오르고 욕심이 물결처럼 밀어닥칠 때, 누구나 그것을 알아차리고 억제하려는 마음을 가지고 있다. 그것은 바로 각자가 지닌 양심이다. 이때 크게 반성하여 마음을 돌리면 분노와 욕심 같은 사악한 악마는 사라지고 참된 양심이 나타난다.

120

한 쪽 말만 믿어 간사한 자에게 속지 말고, 자기 힘만 믿어 객기를 부리지 말며, 자기의 장점으로 남의 단점을 들춰내지 말고, 자기의 졸렬함으로 남의 유능함을 시기하지 마라.

毋偏信而爲奸所欺(무편신이위간소기)하고 毋自任而爲氣所使(무자임이위기소사)하며 毋以己之長而形人之短(무이기지장이형인지단)하고 毋因己之拙而忌人之能(무인기지졸이기인지능)하라.

| 해설 | 일의 진상을 파악하지 않은 채 한 쪽 말만 믿고 악한 사람에게 속지 마라. 자기의 능력을 과신하여 만용을 부리지 마라. 자기의 장점을 내세워 남의 단점을 드

러내지 마라. 자기가 무능하다고 해서 남의 유능함을 시기하지 마라.

121

　남의 단점은 덮어 주어야 한다. 남들 앞에 드러내어 알린다면, 자기의 단점으로 남의 단점을 공격하는 것이다. 남이 완고하면 잘 타일러서 깨우쳐 주어야 한다. 화를 내고 미워한다면 완고함으로써 완고함을 구제하는 것이다.

　人之短處(인지단처)는 要曲爲彌縫(요곡위미봉)이니 如暴而揚之(여폭이양지)하면 是(시)는 以短攻短(이단공단)이요, 人有頑的(인유완적)이어든 要善爲化誨(요선위화회)니 如忿而疾之(여분이질지)하면 是(시)는 以頑濟頑(이완제완)이니라.

　| 해설 | 누구나 단점을 갖고 있으므로 남의 단점을 감싸주는 아량이 있어야 한다. 폭로하여 세상에 알리는 것은 자기의 단점으로 남의 단점을 공격하는 짓이다. 또 완고하여 융통성이 없는 사람은 잘 타일러서 깨우쳐 주어야 한다. 화내고 미워한다면 그것이 바로 완고한 태도이므로 완고함으로써 완고함을 구제하는 격이 된다.

122

음흉하게 말이 없는 사람을 만나면 마음을 털어놓지 말고, 화를 잘 내고 잘난 체하는 사람을 만나면 입을 다물어라.

遇沈沈不語之士(우침침불어지사)어든 且莫輸心(차막수심)하고 見倖倖自好之人(견행행자호지인)이어든 應須防口(응수방구)하라.

| 해설 | 우물쭈물할 뿐 제대로 말하지 않는 사람은 음흉하기 짝이 없으니 속마음을 털어놓지 마라. 또 조금만 비위에 거슬려도 발끈하여 화를 내고 잘난 체하는 사람한테는 입을 다물고 가깝게 지내지 마라.

123

마음이 혼미하고 어지러울 때 깨달을 줄 알아야 하고, 마음이 긴장되었을 때 풀어놓을 줄 알아야 한다. 그렇지 않으면 마음이 혼미한 병을 고칠지라도 마음이 흔들리는 괴로움이 다시 찾아들 것이다.

念頭昏散處(염두혼산처)에는 要知提醒(요지제성)하고 念頭喫緊時(염두끽긴시)에는 要知放下(요지방하)니라. 不然(불연)이면 恐去昏昏之病(공거혼혼지병)이라도 又來憧憧之擾矣 (우래동동지요의)리라.

| 해설 | 마음이 흩어져 어지러울 때는 가다듬어 정신을 차릴 줄 알아야 하고, 반대로 지나치게 긴장했을 때는 마음의 고삐를 풀어놓아 늦출 줄 알아야 한다. 그렇지 못하면 정신이 혼미한 병에서 겨우 벗어나도 이내 초조감에 사로잡힌다.

124

맑게 갠 날, 푸른 하늘도 갑자기 변하여 천둥이 울리고 번개가 치며, 세찬 바람이 몰아치고 억수 같은 비가 쏟아져 내리다가도 별안간 밝은 달, 맑은 하늘로 변하니, 천지의 움직임이 어찌 한결같다고 하겠는가. 그것은 털끝만한 막힘 때문이니, 하늘의 상태가 어찌 한결같겠는가. 그것은 털끝만한 막힘 때문이니, 사람의 마음도 본래 이와 같다.

霽日青天(제일청천)도 倏變爲迅雷震電(숙변위신뢰진전)하며 疾風怒雨(질풍노우)도 倏變爲朗月晴空(숙변위랑월청공)하나니 氣機何常(기기하상)이리요. 一毫凝滯(일호응체)니 太虛何常(태허하상)이리요. 一毫障塞(일호장색)이니 人心之體(인심지체)도 亦當如是(역당여시)로다.

| 해설 | 맑게 갠 푸른 하늘이 어느새 캄캄해지고 천둥과 번개가 천지를 뒤흔드는가 하면 폭풍우가 휘몰아치던 사나운 날씨도 어느새 개어 달빛이 환히 비치기도 한다. 이처럼 천지의 움직임이 한결같지 않은 것은 모두가 조그마한 막힘 때문이다. 그 막힘이 뚫려 천둥과 번개, 폭풍과 폭우가 지나가면 자연 본래의 모습인 푸른 하늘이

나타난다. 사람의 마음도 조그마한 막힘으로 변화가 심하지만 그것이 지나가면, 마치 비가 갠 뒤의 푸른 하늘처럼 깨끗한 본래의 마음으로 되돌아오게 마련이다.

125

사욕을 억제할 경우에 "그것을 빨리 알지 못하면 억제하는 힘을 기르기가 쉽지 않다"고 말하는 사람도 있고, "비록 알았다고 하더라도 참는 힘이 부족하다"고 말하는 사람도 있다. 인식은 악마를 비추는 밝은 구슬이요, 힘은 악마를 베는 지혜로운 칼이니, 이 두 가지 모두 없어서는 안 되는 것이다.

勝私制欲之功(승사제욕지공)은 有曰(유왈) 識不早(식부조)면 力不易者(역불이자)하고 有曰(유왈) 識得破(식득파)라도 忍不過者(인불과자)하나니 蓋識(개식)은 是一顆照魔的明珠(시일과조마적명주)요, 力(역)은 是一把斬魔的慧劍(시일파참마적혜검)이니 兩不可少也(양불가소야)니라.

| 해설 | 사사로운 욕심을 억제하려면 사사로운 욕심이 무엇인지 빨리 알아야 한다고 말하는 사람도 있고, 사사로운 욕심을 억제하는 힘을 길러야 한다고 말하는 사람도 있다. 그러나 사사로운 욕심이 무엇인가를 인식하는 것이야말로 사욕이라는 악마를 비추는 밝은 구슬이요, 억제하는 힘은 그 악마를 베어 죽이는 칼이니, 두 가지 다 필요하다.

126

남의 속임수를 알면서도 말로 표현하지 않고 남에게 모욕을 당하면서도 얼굴빛이 변하지 않는다면, 그 가운데 무궁한 뜻이 있으며, 또 무궁한 수용이 있다.

覺人之詐(각인지사)라도 不形於言(불형어언)하고 受人之侮(수인지모)라도 不動於色(부동어색)이면 此中(차중)에 有無窮意味(유무궁의미)하며 亦有無窮受用(역유무궁수용)이니라.

| 해설 | 남의 속임수를 알아도 아무 말 하지 않고, 남에게 모욕을 당해도 얼굴빛이 변하지 않는다는 것은 쉬운 일이 아니다. 이러한 태도에는 무한한 품격(品格)이 있고, 또 무한한 활동을 할 수 있는 힘이 있다.

127

역경과 곤궁은 곧 호걸을 단련하는 용광로요 망치다. 그 단련을 받으면 몸과 마음이 함께 유익하고, 그 단련을 받지 않으면 몸과 마음이 모두 손해다.

橫逆困窮(횡역곤궁)은 是煆煉豪傑的一副鑪錘(시단련호걸적일부로추)

로 能受其煆煉(능수기단련)이면 則身心交益(즉신심교익)하고 不受其煆煉(불수기단련)이면 則身心交損(즉신심교손)이니라.

| 해설 | 역경과 곤궁은 인격을 단련하는 용광로와 쇠망치 구실을 한다. 이렇게 단련하면 몸과 마음이 모두 단단해져 쓸모 있는 사람이 될 것이요, 그렇지 못하면 몸과 마음이 모두 허약해져 큰일을 제대로 해내지 못할 것이다.

128

내 몸은 작은 천지다. 기쁨과 분노를 절도 있게 하고 좋아하고 싫어함도 적당히 하면 그것이 곧 내 몸과 조화를 이루는 공부다. 천지는 위대한 부모다. 백성이 원망하거나 만물이 병드는 일이 없다면, 이것이 곧 화목을 이루는 기상이다.

吾身(오신)은 一小天地也(일소천지야)라 使喜怒不愆(사희로불건)하고 好惡有則(호오유칙)이면 便是燮理的功夫(변시섭리적공부)니라. 天地(천지)는 一大父母也(일대부모야)라 使民無怨咨(사민무원자)하고 物無氛疹(물무분진)이면 亦是敦睦的氣象(역시돈목적기상)이니라.

| 해설 | 우리의 몸은 소우주다. 우주, 즉 천지에서는 사시(四時)의 운행이 일정한 법칙에 따르며 만물을 자라게 한다. 사람도 희로애락(喜怒哀樂)의 감정을 절도 있게 조정하고, 좋아하고 싫어함을 적당히 하는 것이 곧 자신을 조화롭게 다스리는 공부다.

또한 천지는 우리를 품에 안아 길러주는 위대한 부모다. 그러므로 한 사람의 원한도 사지 않고 만물이 병들지 않게 한다면 천지가 화목할 것이다.

129

"남을 해치려고 해도 안 되지만, 남에게 피해를 당하지 않도록 하라"고 하는데, 이것은 생각이 소홀함을 경계한 말이다. 또 "차라리 남에게 속을지언정 남이 속일까 봐 미리 걱정하지 마라"고 하는데, 이것은 생각이 지나쳐 상처받는 것을 경계한 말이다. 이 두 가지 말을 마음에 새겨두면 생각이 맑아지고 덕이 두터워질 것이다.

害人之心(해인지심)은 不可有(불가유)하고 防人之心(방인지심)은 不可無(불가무)라 하니 此(차)는 戒疎於慮也(계소어려야)니라. 寧受人之欺(영수인지기)언정 毋逆人之詐(무역인지사)라 하니 此(차)는 警傷於察也(경상어찰야)니라. 二語並存(이어병존)하면 精明而渾厚矣(정명이혼후의)리라.

| 해설 | 남을 해치려고 하면 물론 안 되지만, 너무 소홀히 하여 남이 자기를 해치려고 하는데 가만히 바라보기만 한다면 세상을 살아가기 어려울 것이다. 그렇다고 남을 지나치게 경계하는 눈으로 바라보면 세상 사람이 모두 도둑으로 보일 것이다. 괜히 의심하기보다는 차라리 한 번쯤 속는 것이 낫지 않겠는가? 너무 소홀히 하면 손해를 보고, 너무 경계하면 야박해진다. 이 두 가지를 마음에 새겨두면 생각이 맑아지고 인품이 원만해질 것이다.

130

사람들이 의심한다고 해서 확고한 신념을 굽히지 말고, 자기 생각에만 얽매여 남의 말을 물리치지 마라. 작은 은혜에 이끌려 대국(大局)을 손상시키지 말고, 여론을 빌려 사사로운 감정을 풀지 마라.

毋因群疑而阻獨見(무인군의이저독견)하고 毋任己意而廢人言(무임기의이폐인언)하며 毋私小惠而傷大體(무사소혜이상대체)하고 毋借公論以快私情(무차공론이쾌사정)하라.

| 해설 | 남이 자기를 믿지 않는다고 신념을 굽히지 마라. 마음에 들지 않는다고 남의 정당한 의견을 묵살하지 마라. 사사로운 타산 때문에 국가나 사회의 공익을 해치지 말고, 사사로운 감정을 풀기 위해 여론의 힘을 빌리지 마라. 이 네 가지는 민주 시민의 생활 신조다.

131

착한 사람과 빨리 친해질 수 없거든 미리 그를 칭찬하지 마라. 간악한 사람의 모함이 있을까 두렵다. 악한 사람을 쉽사리 멀리 할 수 없거든 그 사실을 미리 발설하지 마라. 뜻밖의 재앙이 닥칠까 두렵다.

善人(선인)을 未能急親(미능급친)이어든 不宜預揚(불의예양)이니 恐來
讒譖之奸(공래참잠지간)이요, 惡人(악인)을 未能輕去(미능경거)어든 不宜
先發(불의선발)이니 恐招媒孽之禍(공초매얼지화)니라.

| 해설 | 착한 사람을 만나도 가까워지기 전에는 다른 사람들에게 그를 칭찬하지
마라. 간악한 자들이 질투하여 이간시킬까 두렵다. 또 악한 사람을 멀리 하기 힘들면
그 일을 미리 입밖에 내지 마라. 이 말이 그의 귀에 들어가 재앙을 부를까 두렵다.

132

푸른 하늘에 빛나는 태양처럼 드높은 절개도 어두운 방 한구석에
서 기른 것이요, 천지를 뒤흔드는 뛰어난 경륜도 깊은 연못가에서 살
얼음을 밟듯 조심스럽게 얻은 것이다.

靑天白日的節義(청천백일적절의)는 自暗室屋漏中培來(자암실옥루중배
래)하고 旋乾轉坤的經綸(선건전곤적경륜)은 自臨深履薄處操出(자림심리박
처조출)이니라.

| 해설 | 청사(靑史)에 길이 빛날 높은 절개는 하루아침에 이루어진 것이 아니라
오랜 세월에 걸쳐 사람들이 보지 않는 어두운 곳에서 갈고 닦아 길러낸 것이다. 또 위
대한 정치가들의 뛰어난 경륜도 무작정 이루어진 것이 아니라 신중하고 면밀한 계획
이 뒷받침되어 있는 것이다.

133

어버이는 사랑하고 자식은 효도하며 형은 우애가 있고 아우는 공경하는 마음이 극진한 경지에 도달했다고 하더라도, 모두 당연한 것이니 털끝만큼도 감격스러워할 이유가 없다. 만일 베푸는 쪽에서 덕으로 자처하고 받는 쪽에서 은혜로 생각한다면, 이것은 길가에서 만난 사람이나 다를 게 없는 것이니 곧 장사꾼의 관계가 되고 만다.

父慈子孝(부자자효)하고 兄友弟恭(형우제공)하여 縱做到極處(종주도극처)라도 俱是合當如此(구시합당여차)라 著不得一毫感激的念頭(착부득일호감격적념두)니 如施者任德(여시자임덕)하고 受者懷恩(수자회은)이면 便是路人(변시로인)이니 便成市道(변성시도)니라.

| 해설 | 부모가 자식을 사랑하고, 자식이 부모에게 효도하며, 형제간에 우애가 있는 것은 모두가 천륜(天倫)의 도로서, 비록 극치를 이루었다고 하더라도 당연한 일이니 조금도 놀랄 게 없다. 만일 사랑한 쪽에서 은덕을 베푼 것으로 생각하고 받은 쪽에서 은혜로 생각한다면, 물건을 사고 파는 장사꾼의 관계로 전락하고 말 것이니, 우연히 길가에서 만난 사람과 다를 게 무엇이 있겠는가?

134

아름다움이 있으면 반드시 추함이 있어 맞서는 법이니, 스스로 아름답다고 자랑하지 않는다면 누가 나를 못생겼다고 하겠는가. 깨끗함이 있으면 반드시 더러움이 있어 맞서게 되는 법이니, 스스로 깨끗함을 좋아하지 않는다면 누가 나를 더럽다 하겠는가.

有妍(유연)이면 必有醜(필유추)하여 爲之對(위지대)하나니 我不誇妍(아불과연)이면 誰能醜我(수능추아)리요. 有潔(유결)이면 必有汚(필유오)하여 爲之仇(위지구)하나니 我不好潔(아불호결)이면 誰能汚我(수능오아)리요.

| 해설 | 세상에는 아름다움이 있으면 추함이 있고, 깨끗함이 있으면 더러움이 있게 마련이다. 이것들은 각각 상대가 있기 때문에 돋보이는 것이다. 마찬가지로 스스로 자랑하려 들지 않는다면 누가 굳이 그 단점을 끄집어내려고 하며, 자기의 청렴결백을 내세우지 않으면 누가 굳이 그의 불의를 들춰내려 하겠는가?

135

더워졌다 차가워졌다 하는 마음의 변화는 부자가 가난한 사람보다 더욱 심하고, 질투하고 시기하는 마음은 혈육이 남보다 더 심한 법이다. 냉정한 마음으로 대처하지 않고 평정한 마음으로 억제하지 않으면 번뇌 속에 빠지지 않는 날이 없을 것이다.

炎凉之態(염량지태)는 富貴(부귀)가 更甚於貧賤(갱심어빈천)하고 妬忌之
心(투기지심)은 骨肉(골육)이 尤狠於外人(우한어외인)이니 此處(차처)에
若不當以冷腸(약부당이냉장)하고 御以平氣(어이평기)하면 鮮不日坐煩惱障
中矣(선불일좌번뇌장중의)리라.

| 해설 | 아침저녁으로 변하는 것이 인심이다. 이 변화는 가난한 사람보다 부유하
고 지위가 높은 사람이 더 심하다. 시기와 질투는 남보다 혈육 사이에 더 심하다. 그러
므로 냉정하고 침착하지 않으면 마음 편할 날이 없다.

136

공로와 과실을 혼동하지 마라. 이것을 혼동하면 사람들이 게을러
질 것이다. 은혜와 원한을 너무 밝히지 마라. 이것을 밝히면 사람들
이 헤어져 떠날 것이다.

功過(공과)는 不容少混(불용소혼)이니 混則(혼즉) 人懷惰墮之心(인회타
타지심)하고 恩仇(은구)는 不可大明(불가대명)이니 明則(명즉) 人起携貳之
志(인기휴이지지)니라.

| 해설 | 공로에는 상이, 과실에는 벌이 따라야 한다. 만일 공로를 세워도 인정받

지 못한다면 애써 공을 세우려 들지 않을 것이며, 과실을 범해도 그대로 둔다면 과실을 예사로 범할 것이다. 이와 반대로 은혜와 원한은 너무 밝히지 말아야 한다. 이것을 지나치게 밝혀 은혜 있는 사람만 대접하고 원한 있는 사람을 박대하면 그가 등을 돌려 떠나 버릴 것이다.

137

벼슬이 너무 높지 말아야 한다. 너무 높으면 위태롭다. 뛰어난 재주는 다 쓰지 말아야 한다. 다 쓰면 쇠퇴하고 만다. 행동은 지나치게 고상하지 말아야 한다. 지나치게 고상하면 비난과 핀잔이 빗발친다.

爵位(작위)는 不宜太盛(불의태성)이니 太盛則危(태성즉위)하고 能事(능사)는 不宜盡畢(불의진필)이니 盡畢則衰(진필즉쇠)하며 行誼(행의)는 不宜過高(불의과고)니 過高則(과고즉) 謗興而毀來(방흥이훼래)니라.

| 해설 | 벼슬은 높이 올라가지 않는 것이 좋다. 높이 올라가면 그만큼 떨어질 위험도 크다. 뛰어난 재주는 다 쓰지 말고 조금은 남겨두는 것이 좋다. 재주를 다 쓰면 인기가 떨어져 쇠퇴하기 시작한다. 평소 행실이 너무 고상한 것은 좋지 않다. 혼자 고상한 척하면 사람들이 헐뜯게 마련이다.

138

　악은 그늘에 숨어 있는 걸 싫어하고 선은 햇빛에 나타나는 걸 싫어한다. 그러므로 드러난 악은 재앙이 작지만 숨은 악은 재앙이 크며, 드러난 선은 공이 작고 숨은 선은 공이 크다.

　惡(악)은 忌陰(기음)하고 善(선)은 忌陽(기양)하나니 故(고)로 惡之顯者(악지현자)는 禍淺(화천)하고 而隱者(이은자)는 禍深(화심)하며 善之顯者(선지현자)는 功小(공소)하고 而隱者(이은자)는 功大(공대)니라.

　| 해설 | 사람들은 남의 눈을 피해 가며 악을 행하지만 그 악은 숨어 있기를 싫어하니 언젠가는 겉으로 나타나게 마련이다. 그러므로 자기의 잘못을 뉘우치고 인정하면 죄가 작지만, 잘못을 숨기고 감싸면 죄는 더욱 커진다. 또 사람들은 자기가 잘한 일을 남에게 드러내어 자랑하기를 좋아하지만, 선한 일 자체는 겉으로 나타나기를 싫어한다. 그러므로 공은 자기의 선행을 남에게 드러낼수록 작아지고 숨길수록 커진다.

139

　덕(德)은 재능의 주인이고 재능은 덕의 종이니 재능만 있고 덕이 없는 것은 집 안에 주인이 없어 종이 마음대로 일을 처리하는 것과 같다. 그러니 어찌 도깨비가 날뛰지 않겠는가.

德者(덕자)는 才之主(재지주)요, 才者(재자)는 德之奴(덕지노)니 有才無德(유재무덕)은 如家無主而奴用事矣(여가무주이노용사의)라 幾何不魍魎而猖狂(기하불망량이창광)이리요.

| 해설 | 사람에게는 덕이 첫째이고, 재능이 그 다음이다. 그러므로 덕이 주인이고 재능은 종이 된다. 만일 덕이 없고 재능만 있다면 주인 없는 집안에서 종이 마음대로 일을 처리하는 것과 같으니, 어찌 도깨비가 날뛸 만큼 엉망이 되지 않겠는가!

140

간악한 자를 제거하고 아첨하는 소인을 막으려면 한 가닥 도망갈 길을 터 주어야 한다. 그들이 몸붙일 곳조차 없애버리는 것은 쥐구멍을 틀어막는 셈이니 도망갈 길을 모두 막는다면, 소중한 물건을 다 물어뜯어 못쓰게 만들 것이다.

鋤奸杜倖(서간두행)에는 要放他一條去路(요방타일조거로)니라. 若使之一無所容(약사지일무소용)이면 譬如塞鼠穴者(비여색서혈자)니 一切去路都塞盡(일체거로도색진)이면 則一切好物俱咬破矣(즉일체호물구교파의)리라.

| 해설 | 간악하고 아첨 잘하는 소인을 제거할 때는 도망갈 길을 터줌으로써 순순히 물러가도록 하는 것이 현명하다. 하나에서 열까지 몰아세우기만 하면, 오히려 발악하여 큰 화만 남길 것이다.

141

　잘못한 책임은 남과 나눠 지고 공(功)은 남과 나눠 갖지 마라. 공을 같이하면 서로 시기할 것이다. 고난은 남과 함께 겪어도 좋으나 안락은 남과 함께 누리지 마라. 안락을 함께 하면 서로 원수가 될 것이다.

　當與人同過(당여인동과)나 不當與人同功(부당여인동공)이니 同功則相忌(동공즉상기)요, 可與人共患難(가여인공환난)이나 不可與人共安樂(불가여인공안락)이니 安樂則相仇(안락즉상구)니라.

　| 해설 | 일을 하다가 잘못된 책임을 나눠 지는 것은 좋지만 공적을 함께 나눠 가지려고 하면 서로 혼자 차지하려고 시기하고 다툴 것이다. 또 고난을 남과 함께 하는 것은 좋지만 안락을 함께 누리려고 하면 서로 많이 차지하려고 다투어 나중에는 원수가 될 것이다.

142

　군자의 덕을 갖춘 선비가 가난하여 물질로 남을 돕지는 못하더라도 어리석은 사람이 미혹에 빠져 있을 때 한 마디 말로써 그를 일깨워 주고, 위급한 처지에 있는 사람을 만났을 때 한 마디 말로써 그를 구해 줄 수 있으니, 이 또한 무한한 공덕이다.

士君子(사군자) 貧不能濟物者(빈불능제물자)는 遇人痴迷處(우인치미처)에 出一言提醒之(출일언제성지)하고 遇人急難處(우인급난처)에 出一言解救之(출일언해구지)하나니 亦是無量功德(역시무량공덕)이니라.

| 해설 | 학덕이 높은 선비가 가난하여 물질로 남을 도와주지는 못하더라도 무지한 사람이 방황하고 있을 때 말 한 마디로 일깨워 줄 수도 있고, 위급한 처지에 있는 사람을 말 한 마디로 구제해 줄 수도 있는 것이다. 이것은 물질적인 도움 이상으로 남을 크게 구한 것이다.

143

굶주리면 가까이 하고 배부르면 떠나며, 따뜻하면 모여들고 추우면 버리는 것이 세상 사람들의 공통된 병이다.

饑則附(기즉부)하고 飽則颺(포즉양)하며 燠則趨(욱즉추)하고 寒則棄(한즉기)는 人情通患也(인정통환야)니라.

| 해설 | 세상 사람들은 배고프면 먹여 주는 사람에게 빌붙다가도 배가 불러오면 헌신짝처럼 버리고 떠나간다. 부유할 때는 모여들어 온갖 아첨을 하다가도 가난해지면 외면한 채 거들떠보지도 않는 것이 세상 사람들의 야박한 인심이다.

144

군자는 마땅히 냉철한 눈을 깨끗이 닦아야 하며, 확고한 신념을 갖고 가볍게 움직이지 말아야 한다.

君子(군자)는 宜淨拭冷眼(의정식랭안)이요, 愼勿輕動剛腸(신물경동강장)이니라.

| 해설 | 군자는 사물을 냉철한 눈으로 보고 이지적인 판단을 내려야 하며, 확고한 신념을 갖추어 경거망동하지 말아야 한다.

145

덕은 도량(度量)을 따라 발전하고 도량은 식견(識見)에 의해 자라난다. 그러므로 덕을 기르려면 도량을 넓히지 않을 수 없고, 도량을 넓히려면 식견을 키우지 않을 수 없다.

德隨量進(덕수량진)하고 量由識長(양유식장)하나니 故(고)로 欲厚其德(욕후기덕)이면 不可不弘其量(불가불홍기량)이요, 欲弘其量(욕홍기량)이면 不可不大其識(불가불대기식)이니라.

| 해설 | 사람의 덕은 그릇이 넓을수록 높아지는데, 그릇은 식견에 따라 넓어진다. 따라서 덕을 기르려면 그릇이 커야 하고 그릇이 크려면 식견을 넓혀야 한다.

146

외로운 등불이 반딧불처럼 깜박거리고 만물이 소리 없이 고요한 밤, 이때가 비로소 편안히 잠들 시간이다. 새벽꿈에서 막 깨어나 만물이 아직 움직이기 전, 이때가 혼돈 속에서 벗어날 시간이다. 이때를 틈타 마음의 빛을 밝혀 환하게 자신을 비춰 보면, 비로소 이목구비(耳目口鼻)가 모두 몸을 묶는 수갑이요, 정욕과 기호(嗜好)가 다 마음을 해치는 기계임을 깨달을 것이다.

一燈螢然(일등형연)에 萬籟無聲(만뢰무성)은 此吾人初入宴寂時也(차오인초입연적시야)요, 曉夢初醒(효몽초성)에 群動未起(군동미기)는 此吾人初出混沌處也(차오인초출혼돈처야)라 乘此而一念廻光(승차이일념회광)하여 炯然返照(형연반조)하면 始知耳目口鼻(시지이목구비)가 皆桎梏(개질곡)이요, 而情欲嗜好(이정욕기호)가 悉機械矣(실기계의)리라.

| 해설 | 하루의 일과를 마치고 밤이 깊어 머리맡의 외로운 등불이 깜박거리고 만물이 조용해질 때, 비로소 이때가 잠들 시간이다. 새벽잠에서 막 깨어 만물이 활동을 시작하기 직전의 고요한 시간이야말로 혼돈의 세계에서 빠져나오는 기쁨의 순간이다. 이런 때를 놓치지 말고 마음의 빛을 밝혀 자신을 비춰 보아야 한다. 이때 비로소

이목구비에서 느끼는 감각의 욕구가 모두 자기 몸을 속박하는 족쇄요, 정욕과 기호는 모두 마음을 해치는 장애물임을 분명히 깨달을 것이다.

147

자기를 반성하는 사람에게는 닥치는 일마다 모두 약이 되고, 남을 탓하는 사람에게는 일어나는 생각마다 모두 창과 칼이 된다. 하나는 모든 선의 길을 열어 주고 또 하나는 모든 악의 근원을 이루는 것이니, 그 양자는 하늘과 땅만큼의 거리가 있다.

反己者(반기자)는 觸事(촉사)가 皆成藥石(개성약석)이요, 尤人者(우인자)는 動念(동념)이 卽是戈矛(즉시과모)니 一以闢衆善之路(일이벽중선지로)하고 一以濬諸惡之源(일이준제악지원)하나니 相去霄壤矣(상거소양의)니라.

| 해설 | 언제나 자신을 반성하여 말과 행동이 도리에 벗어나지 않게 조심하는 사람에게는 모든 일이 덕을 기르는 마음의 양식이 되고, 남을 탓하여 모든 책임을 다른 사람에게 돌리는 사람은 생각하는 것마다 자기 자신을 해치고 만다. 그러므로 반성은 덕을 기르고, 남을 탓하는 것은 재앙을 부른다. 그 사이에는 하늘과 땅만한 거리가 있다.

148

사업과 문장은 몸과 함께 사라지지만, 정신은 오랜 세월에 걸쳐 한 결같이 새롭다. 공명과 부귀는 세상을 따라 바뀌지만 절개는 천 년이 하루 같은 법이다. 그러므로 군자는 저것으로 이것을 바꾸지 말아야 한다.

事業文章(사업문장)은 隨身銷毀(수신소훼)로되 而精神(이정신)은 萬古如新(만고여신)이요, 功名富貴(공명부귀)는 逐世轉移(축세전이)로되 而氣節(이기절)은 千載一日(천재일일)이니 君子(군자)는 信不當以彼易此也(신부당이피역차야)니라.

| 해설 | 아무리 훌륭한 사업이나 학문도 사람과 함께 사라지는 일시적인 것이나, 위대한 정신은 영구불멸하여 날로 새로워진다. 또 공명과 부귀는 세상이 바뀌는 대로 변하지만 높은 지조와 절개는 천 년이 지나도 하루같이 새롭다. 그러므로 군자는 일시적인 학문이나 부귀공명에 사로잡혀 위대한 정신과 절개를 잃지 말아야 한다.

149

고기잡이 그물에 기러기가 걸리고, 먹이를 노리는 버마재비를 참새가 뒤에서 노리고 있다. 계략 속에 또 계략이 숨어 있고 이변(異變)

밖에서 또 이변이 생기는 것이니, 지혜와 기교를 어찌 믿을 수 있겠는가.

漁網之設(어망지설)에 鴻則罹其中(홍즉리기중)하고 蟷螂之貪(당랑지탐)에 雀又乘其後(작우승기후)하나니 機裡藏機(기리장기)하고 變外生變(변외생변)이어늘 智巧(지교)를 何足恃哉(하족시재)리요.

| 해설 | 물고기를 잡으려고 쳐놓은 그물에 물에 내려앉던 기러기가 걸리기도 한다. 또 여름에 나물에서 울고 있는 매미를 버마재비가 잡아먹으려고 노리는데 그 뒤 나뭇가지에서는 참새가 버마재비를 잡아먹으려고 한다. 세상일은 이처럼 계략 속에 계략이 숨어 있고, 전혀 뜻밖의 이변이 일어나는가 하면 다시 그 이상의 이변이 일어난다. 그러니 인간의 작은 지혜와 얄팍한 재주를 어떻게 믿을 수 있겠는가.

150

사람으로 태어나 한 점 진실한 생각이 없으면 한낱 허수아비에 불과하니 하는 일마다 헛될 것이다. 세상을 살아가는 데 한 가닥 원활한 움직임이 없으면 한낱 나무 인형에 불과하니 가는 곳마다 막힐 것이다.

作人(작인)에 無點眞懇念頭(무점진간념두)면 便成個花子(변성개화자)리니 事事皆虛(사사개허)하고 涉世(섭세)에 無段圓活機趣(무단원활기취)면

便是個木人(변시개목인)이니 處處有碍(처처유애)리라.

| 해설 | 사람으로서 진실성이 없다면 허수아비와 마찬가지로 하는 일마다 헛수고가 될 것이다. 또 세상을 살아 나가는 데 조금도 융통성을 발휘하지 못한다면 장승이 서 있는 셈이니 가는 곳마다 충돌할 것이다.

151

물은 물결이 일지 않으면 저절로 조용하고, 거울은 먼지가 끼지 않으면 저절로 맑다. 그러므로 굳이 마음을 맑게 하려고 애쓸 필요가 없다. 흐린 것을 버리면 저절로 맑아질 것이다. 또한 굳이 즐거움을 찾으려고 애쓸 필요가 없다. 괴로움을 버리면 저절로 즐거울 것이다.

水不波則自定(수불파즉자정)하고 鑑不翳則自明(감불예즉자명)이라. 故(고)로 心無可淸(심무가청)이니 去其混之者(거기혼지자)면 而淸自現(이청자현)하며 樂不必尋(낙불필심)이니 去其苦之者(거기고지자)면 而樂自存(이락자존)이리라.

| 해설 | 물은 원래 고요한 것인데 바람이 불기 때문에 물결이 인다. 거울은 본래 맑은 것인데 먼지가 끼기 때문에 흐려진다. 사람의 마음도 마찬가지다. 그러니 굳이 마음을 깨끗이 하려고 애쓸 필요 없이 흐린 마음만 버리면 저절로 깨끗해질 것이다. 즐거움을 찾아 헤맬 필요 없이 괴로움만 버리면 저절로 즐거워질 것이다.

152

한 가지 생각으로 천지신명의 금계(禁戒)를 범하고, 한 마디 말로 천지의 조화를 깨뜨리며, 한 가지 일이 자손에게 재앙으로 남기도 한다. 가장 절실히 경계해야 할 일이다.

有一念而犯鬼神之禁(유일념이범귀신지금)하고 一言而傷天地之和(일언이상천지지화)하며 一事而釀子孫之禍者(일사이양자손지화자)니 最宜切戒(최의절계)라.

| 해설 | 세상에서는 사소한 일이 큰 화근이 되어 중대한 결과를 가져오는 경우가 있다. 생각 한 번 잘못함으로써 천지신명의 계명을 범하기도 하고, 한 마디 말이 천지 자연의 조화를 깨기도 하며, 한 번 실수가 자손에게 엄청난 재앙을 남기기도 한다. 그러므로 생각과 말과 행동을 삼가야 한다.

153

일을 급하게 서두르면 분명하지 않지만 너그럽게 늦추면 저절로 밝혀지는 수가 있다. 그러므로 조급하게 서둘러 남을 화나게 하지 마라. 사람은 부리려고 하면 순종하지 않지만 놓아두면 감화를 받는 수가 있다. 심하게 부려 그 완고함을 다하지 마라.

事有急之不白者(사유급지불백자)로되 寬之或自明(관지혹자명)하나니 毌躁急以速其忿(무조급이속기분)하고 人有操之不從者(인유조지부종자)로되 縱之或自化(종지혹자화)하나니 毌操切以益其頑(무조절이익기완)하라.

| 해설 | 일을 너무 급하게 서둘러서 규명하려 해도 밝혀지지 않는 수가 있는 반면, 너그럽게 놓아두면 저절로 밝혀지기도 한다. 그러므로 저절로 밝혀질 일을 조급하게 굴어서 상대방을 화나게 하는 일이 없도록 하라. 또 사람을 심하게 부리면 반감을 일으켜 복종하지 않는다. 오히려 간섭하지 않으면 상대방이 감화를 받아 스스로 일을 잘하는 수가 있다. 그러므로 너무 심하게 부려 상대방이 반감을 일으키지 않도록 하라.

154

절개가 청운을 내려다볼 만하고 문장이 백설보다 높을지라도, 덕성으로 단련되지 않는다면 결국은 단순한 혈기가 되고, 저급한 재주가 되고 만다.

節義(절의)가 傲靑雲(오청운)하고 文章(문장)이 高白雪(고백설)이라도 若不以德性(약불이덕성)으로 陶鎔之(도용지)하면 終爲血氣之私(종위혈기지사)하고 技能之末(기능지말)이니라.

| 해설 | 높은 절개가 고위고관을 눈 아래로 내려다볼 만하고 그 문장이 아무리 뛰어나다 할지라도 덕으로 이루어진 것이 아니라면, 결국 그 절개는 한낱 혈기에서 나

온 만용에 불과하며 그 문장은 잔재주에 지나지 않는다.

155

일을 그만두고 물러서려거든 전성기에 해야 하고, 몸을 두려거든 홀로 뒤쳐진 자리를 차지하라.

謝事(사사)는 當謝於正盛之時(당사어정성지시)하고 居身(거신)은 宜居於 獨後之地(의거어독후지지)하라.

| 해설 | 최고의 자리에 있을 때 은퇴하라. 그래야 자기도 명예롭고 남들도 애석하게 여길 것이다. 또 남보다 뒤쳐진 자리에 몸담아라. 거기에는 시기하거나 다투는 자가 없으므로 항상 안전하고 마음의 여유가 있다.

156

덕을 이루려거든 아주 사소한 일에서 조심하고, 은혜를 베풀려거든 갚을 수 없는 사람에게 하라.

謹德(근덕)은 須謹於至微之事(수근어지미지사)하고 施恩(시은)은 務施於 不報之人(무시어불보지인)하라.

| 해설 | 누구나 큰일에는 신중을 기하지만 작은 일에는 소홀하기 쉽다. 그러나 작은 일까지 빈틈없이 잘해내야 진실로 덕을 이룬 사람이다. 또 작은 은혜를 베풀고 큰 보답을 바란다면 장사꾼의 행위에 지나지 않는다. 보답을 바라지 않고 베풀어야 진정한 은혜다.

157

거리의 사람을 사귀는 것은 산골 늙은이를 사귀는 것만 못하고, 고관의 집에 가서 굽실거리는 것은 오두막에 안주하는 것만 못하며, 거리에 떠도는 소문을 듣는 것은 나무꾼과 목동의 노래를 듣는 것만 못하고, 지금 사람들의 부덕과 잘못된 행실을 말하는 것은 옛 사람의 아름다운 말과 행실을 이야기하는 것만 못하다.

交市人(교시인)은 不如友山翁(불여우산옹)하고 謁朱門(알주문)은 不如親白屋(불여친백옥)하며 聽街談巷語(청가담항어)는 不如聞樵歌牧詠(불여문초가목영)하고 談今人失德過擧(담금인실덕과거)는 不如述古人嘉言懿行(불여술고인가언의행)이니라.

| 해설 | 타산에 밝은 장돌뱅이들과 사귀기보다는 순박한 시골 늙은이와 사귀는 편이 낫고, 권력을 얻기 위해 고관의 집에 드나들면서 굽실거리기보다는 오두막에서 청빈에 안주하는 편이 나으며, 거리의 뜬소문에 귀를 기울이기보다는 순박한 나무꾼과 목동의 노래를 듣는 편이 낫고, 요즈음 사람들의 부덕을 들추어서 말하는 것보다

는 옛 사람들의 어진 언행에 대해 이야기하는 편이 낫다.

158

덕은 사업의 기초다. 기초가 견고하지 않은데도 그 집이 오래 가는 법은 없다.

德者(덕자)는 事業之基(사업지기)니 未有基不固而棟宇堅久者(미유기불고이동우견구자)니라.

| 해설 | 덕행은 모든 사업의 기초다. 기초가 흔들리는 건물은 튼튼하게 설 수 없다. 덕이라는 터전이 없고서는 어떠한 사업도 오래 가지 못한다.

159

마음은 후손을 위한 뿌리다. 뿌리를 심지 않고도 그 가지와 잎이 무성할 수는 없다.

心者(심자)는 後裔之根(후예지근)이니 未有根不植而枝葉榮茂者(미유근불식이지엽영무자)니라.

| 해설 | 우리의 마음가짐은 후손이 번영하는 뿌리다. 뿌리를 심지 않으면 가지와 잎사귀가 잘 자라지 못한다. 그러므로 후손이 번영하기를 바란다면 착한 마음을 가지고 덕을 쌓아야 한다.

160

옛 사람이 이르기를 "자기 집의 무진장한 재산을 버려두고 쪽박을 차고 남의 집 대문을 찾아다니면서 거지 흉내를 낸다"고 했다. 또 이르기를 "벼락부자가 된 가난뱅이들아, 꿈 같은 이야길랑 그만두어라. 뉘 집 부엌인들 연기가 나지 않겠는가!" 했다. 하나는 자기가 가진 것에 대해 눈먼 것을 경계한 말이고, 또 하나는 자기가 가진 것을 자랑하지 말라고 깨우치는 말이다. 도를 배울 때 간절한 훈계로 삼아야 할 것이다.

前人(전인)이 云(운)하되 抛却自家無盡藏(포각자가무진장)하고 沿門持鉢效貧兒(연문지발효빈아)라 하고 又云(우운)하되 暴富貧兒休說夢(폭부빈아휴설몽)하라. 誰家竈裡火無烟(수가조리화무연)이리요. 하니 一箴自昧所有(일잠자매소유)요, 一箴自誇所有(일잠자과소유)하니 可爲學問切戒(가위학문절계)니라.

| 해설 | 자기도 성인이 될 자질을 갖고 있으면서 그것을 모른 채 남에게서 구하려고 하는 것은 부유한 자기 집을 버려 두고 구걸하러 다니는 것과 같다. 또 가난뱅이가

갑자기 부자가 되면 보는 사람마다 이 꿈 같은 이야기를 자랑한다. 그러나 어느 집 굴뚝에서도 연기는 피어오른다. 누구나 하루에 밥 세 끼 먹기는 매 한 가지다. 자기가 가진 것을 알지 못하고 한눈을 팔거나 자기가 가진 것을 남에게 자랑하는 것 모두 어리석은 일이다. 학문을 하여 덕을 쌓는 사람이 명심해야 할 말이다.

161

도(道)는 공중의 것이니 사람마다 이끌어 행하게 하고, 학문은 날마다 먹는 밥과 같은 것이니 일마다 깨달아 경계하라.

道(도)는 是一重公衆物事(시일중공중물사)니 當隨人而接引(당수인이접인)이요, 學(학)은 是一個尋常家飯(시일개심상가반)이니 當隨事而警惕(당수사이경척)이니라.

| 해설 | 도덕은 성인군자뿐 아니라 누구나 지켜야 하므로 사람마다 바른 길로 이끌어 실천하게 해야 한다. 학문은 이론에 그치는 것이 아니라 우리가 늘 먹는 음식처럼 생활에 꼭 필요한 것이다. 그러므로 일상 생활에서 일어나는 모든 일을 그르치지 않도록 신중을 기해야 한다.

162

남을 믿는 것은 남이 성실해서가 아니라 자기 스스로 성실하기 때문이며, 남을 의심하는 것은 남이 속여서가 아니라 자기가 먼저 속이기 때문이다.

信人者(신인자)는 人未必盡誠(인미필진성)이나 己則獨誠矣(기즉독성의)요, 疑人者(의인자)는 人未必皆詐(인미필개사)나 己則先詐矣(기즉선사의)니라.

| 해설 | 세상에는 성실하지 않은 사람이 많은데도 남을 믿는 것은 바로 자기가 성실하기 때문이며, 세상에 성실한 사람이 많은데도 남을 의심하는 것은 바로 자기가 성실하지 않기 때문이다.

163

소견이 너그럽고 후한 사람은 봄바람이 포근하게 안아 기르는 것과 같아서 만물이 그를 만나면 살아난다. 시기심이 많고 각박한 사람은 북풍한설이 얼어붙게 하는 것과 같아서 만물이 그를 만나면 죽고만다.

念頭寬厚的(염두관후적)은 如春風煦育(여춘풍후육)하여 萬物(만물)이 遭之而生(조지이생)하고 念頭忌刻的(염두기각적)은 如朔雪陰凝(여삭설음응)하여 萬物(만물)이 遭之而死(조지이사)니라.

| 해설 | 마음이 너그러운 사람은 봄바람이 초목을 자라게 하는 것과 같아서, 그를 만나면 활기가 넘치고 인정과 번영이 있다. 마음이 비좁은 사람은 한겨울에 눈과 얼음이 초목을 얼어붙게 하는 것과 같아서, 그를 만나면 의기소침하여 침체와 혼란이 있을 뿐이다.

164

선(善)을 행하고도 그 이득이 보이지 않는 것은 풀 속의 동아와 같아서 모르는 사이에 절로 자라나고, 악(惡)을 행하고도 그 손실이 보이지 않는 것은 뜰 앞의 봄눈 같아서 모르는 사이에 녹아 없어지고 만다.

爲善(위선)에 不見其益(불견기익)이나 如草裡東瓜(여초리동과)하여 自應暗長(자응암장)하고 爲惡(위악)에 不見其損(불견기손)이나 如庭前春雪(여정전춘설)하여 當必潛消(당필잠소)니라.

| 해설 | 선행은 그 결과가 눈에 보이지 않더라도 착한 일을 한 사람의 인격 속에서 덕으로 자란다. 악행은 그 해독이 눈에 뜨이지 않더라도 인격을 해치는 독소가 되

어 사람을 멸망시킨다.

165

옛 친구를 만나면 우정을 더욱 새롭게 해야 하고, 은밀한 일을 당하면 마음을 더욱 분명히 나타내야 하며, 불운한 사람을 만나면 대접을 극진히 하여 은혜를 베풀어야 한다.

遇故舊之交(우고구지교)어든 意氣要愈新(의기요유신)하고 處隱微之事(처은미지사)어든 心迹宜愈顯(심적의유현)하며 待衰朽之人(대쇠후지인)이어든 恩禮當愈隆(은례당유륭)이니라.

| 해설 | 정든 옛 친구를 만나면 우정을 더욱 두텁게 하고, 비밀스런 일을 당하거든 어물거리지 말고 자기의 태도를 분명히 하라. 또 불우한 처지에 있는 사람은 더욱 극진히 대접하라.

166

근면은 덕과 의리에 민첩함을 말하는데, 세상 사람들은 근면을 빌려 자기의 가난을 구제한다. 또 검약은 재물과 이익에 냉담함을 말하는데, 세상 사람들은 검약을 빌려서 자기의 인색함을 꾸민다. 군자의 몸을 닦는 방법이 오히려 소인배들의 사리사욕을 꾀하는 도구가 되었으니 애석한 일이다.

勤者(근자)는 敏於德義(민어덕의)어늘 而世人(이세인)은 借勤以濟其貧(차근이제기빈)하고 儉者(검자)는 淡於貨利(담어화리)어늘 而世人(이세인)은 假儉以飾其吝(가검이식기린)하나니 君子持身之符(군자지신지부)가 反爲小人營私之具矣(반위소인영사지구의)라 惜哉(석재)로다.

| 해설 | 부지런함이란 본래 덕과 의리를 지키기에 민첩한 것을 말하는데, 세상 사람들은 가난에서 벗어나 재산을 모으는 것을 부지런하다고 한다. 또 검소함이란 본래 재물이나 이권을 탐내지 않는 것인데, 세상 사람들은 자기 재물에 인색한 것을 검소하다고 말한다. 부지런함과 검소함은 군자의 예요 도리인데, 애석하게도 소인이 자기의 사리사욕을 채우는 도구로 이용하고 있다.

167

생각나는 대로 즉흥적으로 시작하는 일은 시작하자마자 곧 그만두는 법, 어찌 멈추지 않고 굴러가는 수레바퀴일 수 있겠는가! 또한 감정으로 깨달은 것은 곧 흐려지는 법, 밝은 등불이 되지 못한다.

憑意興作爲者(빙의흥작위자)는 隨作則隨止(수작즉수지)하니 豈是不退之輪(기시불퇴지륜)이리요, 從情識解悟者(종정식해오자)는 有悟則有迷(유오

즉유미)하나니 終非常明之燈(종비상명지등)이나라.

| 해설 | 충분히 생각하고 면밀한 계획을 세운 뒤에 시작해야 멈추지 않고 굴러가는 수레바퀴처럼 일이 순조롭게 잘 진행되며, 즉흥적으로 시작하는 일은 오래 계속되지 못한다. 또 순간적인 감정으로 깨달은 지혜는 곧 흐려져 마음을 환히 비추는 등불이 되지 못한다.

168

남의 잘못은 마땅히 용서하되 내 잘못은 용서하지 말고, 나의 곤욕은 마땅히 참되 남의 곤욕은 구제해 주어라.

人之過誤(인지과오)는 宜恕(의서)로되 而在己則不可恕(이재기즉불가서)요, 己之困辱(기지곤욕)은 當忍(당인)이로되 而在人則不可忍(이재인즉불가인)이니라.

| 해설 | 남의 잘못은 너그럽게 용서하지만, 자신의 잘못은 깊이 반성하여 다시는 잘못을 되풀이하지 않도록 해야 한다. 또 남이 곤궁한 처지에 있으면 힘을 다하여 도와줘야 하지만 자신의 곤궁은 참고 견뎌야 한다.

169

　세속을 벗어나면 이것이 바로 기인이다. 짐짓 기이함을 숭상하는 사람은 기인이 되지 못하고 괴이한 자가 되고 만다. 혼탁한 세상의 더러움에 섞이지 않으면 청렴하다. 세속과 인연을 끊고 청렴을 구하면 청렴한 사람이 아니라 과격한 자가 되고 만다.

　能脫俗(능탈속)하면 便是奇(변시기)니 作意尙奇者(작의상기자)는 不爲奇而爲異(불위기이위이)하고 不合汚(불합오)하면 便是淸(변시청)이니 絶俗求淸者(절속구청자)는 不爲淸而爲激(불위청이위격)이니라.

　| 해설 | 명리(名利)를 탐내는 세속의 풍조를 벗어날 수 있는 사람이라면 기인이다. 일부러 기이한 언행을 일삼아 세상 사람들을 현혹시키는 것은 괴이한 사람이다. 또 혼탁한 세상의 더러움에 섞이지 않으면 청렴결백한 사람이다. 세속과 인연을 끊고 홀로 잘난 척하는 것은 청렴결백이 아니라 과격한 행동이다.

170

　은혜는 엷음에서 짙음으로 나아가야 한다. 먼저 짙고 나중에 엷으면 사람들은 그 은혜를 잊어버린다. 위엄은 엄격함에서 너그러움으로 나아가야 한다. 먼저 너그럽고 나중에 엄격하면 사람이 혹독하다는 원망을 듣는다.

恩宜自淡而濃(은의자담이농)이니 先濃後淡者(선농후담자)는 人忘其惠
(인망기혜)하고 威宜自嚴而寬(위의자엄이관)이니 先寬後嚴者(선관후엄자)
는 人怨其酷(인원기혹)이니라.

| 해설 | 남에게 은혜를 베풀 때는 처음에는 박하다가 차츰 후하게 해야 사람들이
그 은혜를 느낀다. 처음에 후하고 나중에 박하면 상대방은 후한 은혜까지도 잊어버린
다. 또 남에게 위엄을 보일 때는 처음에 엄격하고 차츰 너그럽게 해야 사람들이 즐겁
게 복종한다. 처음에 너그럽게 대하다가 나중에 엄격하면 가혹하다고 원망할 것이다.

171

마음이 비어 있으면 본성이 나타나게 마련이다. 마음을 쉬지 않고
본성을 보려는 것은 물결을 헤쳐 달을 찾는 것과 같다. 뜻이 맑으면
마음이 맑아지게 마련이나. 뜻을 밝게 하지 않고 마음이 밝기를 구하
는 것은 거울을 찾아 먼지를 더 일으키는 것과 같다.

心虛則性現(심허즉성현)하나니 不息心而求見性(불식심이구견성)은 如撥
波覓月(여발파멱월)이요, 意淨則心淸(의정즉심청)하나니 不了意而求明心
(불료의이구명심)은 如索鏡增塵(여색경증진)이니라.

| 해설 | 세속의 명리(名利)에서 벗어나 담담한 상태에 이르면 본성은 저절로 나타나게 마련이다. 그런데 마음으로는 여전히 세속의 명리를 추구하면서도 본성을 보려고 하는 것은 마치 물결 위의 달을 더욱 자세히 보려고 물결을 헤쳐 달의 모습까지도 흐트러뜨리는 것과 같다. 또 생각이 맑으면 마음은 저절로 맑아지게 마련이다. 그런데 생각은 여전히 세속의 부귀와 영화를 추구하여 어지러우면서 마음이 깨끗하기를 바라는 것은 맑은 거울에 비춰 보려고 하면서 더욱 먼지를 일으켜 그 위에 먼지를 더하는 것처럼 어리석다.

172

내 몸이 귀해져서 남들이 나를 받드는 것은 높은 관(冠)과 굵은 띠를 받드는 것이고, 내 몸이 천해져서 남들이 나를 업신여기는 것은 베옷과 짚신을 업신여기는 것이다. 그러니 본래의 나를 받드는 것이 아닌데 어찌 내가 기뻐하며, 본래의 나를 업신여기는 것이 아닌데 어찌 내가 화를 내겠는가!

我貴而人奉之(아귀이인봉지)는 奉此峩冠大帶也(봉차아관대대야)요, 我賤而人侮之(아천이인모지)는 侮此布衣草履也(모차포의초리야)니라. 然則原非奉我(연즉원비봉아)니 我胡爲喜(아호위희)며 原非侮我(원비모아)니 我胡爲怒(아호위노)리요.

| 해설 | 높은 벼슬에 있다고 세상 사람들이 나를 받든다면, 내 인격을 존경하기

때문이 아니라 내 관직을 받드는 것뿐이다. 그러니 내가 어찌 기뻐할 수 있겠는가! 또 가난하고 천하다고 세상 사람들이 나를 멸시한다면 이것은 내 인격을 무시하는 것이 아니라 나의 초라한 차림을 무시하는 것뿐이다. 그러니 어찌 화를 낼 수 있겠는가!

173

"쥐를 위해 언제나 밥을 남겨두고 부나비를 불쌍히 여겨 등불을 켜지 않는다" 했으니, 옛 사람의 생각은 우리를 성장시키는 기틀이다. 이것이 없다면 흙이나 나무 같은 형체일 뿐이다.

爲鼠常留飯(위서상류반)하고 憐蛾不點燈(연아부점등)이라 하니 古人此等念頭(고인차등념두)는 是吾人一點生生之機(시오인일점생생지기)라. 無此(무차)면 便所謂土木形骸而已(변소위토목형해이이)니라.

| 해설 | 옛 사람이 말하기를 "쥐가 굶주릴까 봐 밥을 먹다 남겨두고, 부나비가 타죽는 것이 염려되어 등불을 켜지 않는다"고 했다. 이처럼 작은 생물에게까지 미치는 자비로운 마음이야말로 인간을 정신적으로 성장시킨다. 인간에게 이런 자비심이 없다면 목석(木石)이나 다름없을 것이다.

174

마음의 본체는 천체와 같다. 인간의 기뻐하는 마음은 빛나는 별과 상서로운 구름이요, 성내는 마음은 진동하는 천둥과 사나운 폭우요, 인자한 마음은 온화한 바람과 단 이슬이요, 엄격한 마음은 여름 햇볕과 가을 무서리니, 어느 것인들 없어서야 되겠는가. 다만 때에 따라 일어나고 때에 따라 사라져서 조금도 거리낌이 없어야 하니, 이것이 곧 하늘과 한몸이 되는 길이다.

心體(심체)는 便是天體(변시천체)라. 一念之喜(일념지희)는 景星慶雲(경성경운)이요, 一念之怒(일념지노)는 震雷暴雨(진뢰폭우)요, 一念之慈(일념지자)는 和風甘露(화풍감로)요, 一念之嚴(일념지엄)은 烈日秋霜(열일추상)이니 何者少得(하자소득)이리요. 只要隨起隨滅(지요수기수멸)하여 廓然無礙(확연무애)하나니 便與太虛同體(변여태허동체)니라.

| 해설 | 사람의 마음과 우주의 정신은 본래 하나다. 기뻐하는 것은 별과 구름, 노여워하는 것은 우뢰와 폭우, 인자한 것은 산들바람과 단 이슬, 엄격한 것은 뜨거운 여름 햇살과 차가운 가을 서리와 통한다. 사람의 마음속에서 우주의 여러 가지 현상이 모두 일어난다. 그것이 일어날 때나 사라질 때 전혀 막힘이 없어야만 비로소 마음이 위대한 우주와 일치되었다고 할 수 있다.

175

일이 없을 때는 마음이 어두워지기 쉬우니 고요한 가운데 밝은 지혜로 비춰야 하고, 일이 있을 때는 마음이 흩어지기 쉬우니 마음을 밝게 하여 고요함에 힘써야 한다.

無事時(무사시)에는 心易昏冥(심이혼명)이니 宜寂寂而照以惺惺(의적적이조이성성)하고 有事時(유사시)에는 心易奔逸(심이분일)이니 宜惺惺而主以寂寂(의성성이주이적적)이니라.

| 해설 | 하는 일이 없고 한가할 때는 긴장이 풀려 마음이 어두워지기 쉽다. 그러므로 마음을 고요히 안정시키고 밝은 지혜로 사물을 비춰 봐야 한다. 반대로 일이 많아 바쁠 때는 마음이 산란하여 갈피를 잡지 못한다. 이럴 때는 밝은 지혜로 마음을 밝혀 침착해야 한다.

176

일을 의논하는 사람은 그 일 밖에서 이해의 실정을 다 알아야 하며, 일을 맡은 사람은 그 일 안에서 이해에 대한 생각을 잊어야 한다.

議事者(의사자)는 身在事外(신재사외)하여 宜悉利害之情(의실리해지정)

이요, 任事者(임사자)는 身居事中(신거사중)하여 當忘利害之慮(당망리해지려)니라.

| 해설 | 남의 일에 대해 의논의 상대가 된 사람은 그 일에 대해 객관적인 입장에서 냉철히 관찰하여 이해의 실정을 파악해야 한다. 그러나 그 일을 맡은 사람은 그 결과나 이해에 얽매이지 말고 밀고 나가야 한다.

177

군자가 높은 자리에 있을 때는 몸가짐을 엄정히 하고, 마음을 화평하게 가져야 하며, 조금이라도 탐욕스러운 무리를 가까이 하지 말고, 또 과격하여 독침을 가진 자를 건드리지 말아야 한다.

士君子(사군자)가 處權門要路(처권문요로)이면 操履要嚴明(조리요엄명)하고 心氣要和易(심기요화이)하며 毋少隨而近腥羶之黨(무소수이근성전지당)하고 亦毋過激而犯蜂蠆之毒(역무과격이범봉채지독)이니라.

| 해설 | 학문과 덕망이 뛰어난 선비는 높은 자리에 있을 때도 행실을 공명정대하게 하고 마음을 온화하게 가져 누구에게나 친근감을 주어야 한다. 또 권력에 아부하여 탐욕을 일삼는 무리들을 가까이 하지 말아야 하고 과격하게 소인배들을 공격하여 그들의 독침에 피해를 입는 일이 없도록 조심해야 한다.

178

절개와 의리를 내세우는 자는 절개와 의리 때문에 비난받고, 도덕과 학문을 내세우는 자는 도덕과 학문 때문에 원망을 듣는다. 그러므로 군자는 나쁜 일에 가까이 하지 않을 뿐만 아니라 자기의 명예도 내세우지 않으니, 오직 원만한 화기(和氣)만이 몸을 보전하는 보배가 된다.

標節義者(표절의자)는 必以節義受謗(필이절의수방)하고 榜道學者(방도학자)는 常因道學招尤(상인도학초우)하나니 故(고)로 君子(군자)는 不近惡事(불근악사)하고 亦不立善名(역불립선명)하나니 只渾然和氣(지혼연화기)가 纔是居身之珍(재시거신지진)이니라.

| 해설 | 절개와 의리를 내세우는 자는 내세운 만큼의 절개와 의리가 없으면 비난받게 마련이다. 도덕과 학문을 내세우는 자는 내세운 만큼의 도덕과 학문이 없으면 원망을 듣게 마련이다. 그러므로 군자는 이런 어리석은 짓을 하지 않을 뿐더러 자기의 명예를 내세우려고 하지도 않는다. 군자는 온화한 마음을 지니는 것을 처세의 도로 삼는다.

179

속이는 사람을 만나거든 정성으로 감동시키고, 포악한 사람을 만나거든 온화한 마음으로 감화시키며, 마음이 비뚤어져 사리사욕을 탐내는 사람을 만나거든 정의와 기절(氣節)로 격려하라. 이렇게 하면 세상에 나의 도야 속으로 들어오지 않을 사람이 없을 것이다.

遇欺詐的人(우기사적인)이어든 以誠心感動之(이성심감동지)하고 遇暴戾的人(우폭려적인)이어든 以和氣薰蒸之(이화기훈증지)하며 遇傾邪私曲的人(우경사사곡적인)이어든 以名義氣節激礪之(이명의기절격려지)하면 天下(천하)에 無不入我陶冶中矣(무불입아도야중의)니라.

| 해설 | 남을 잘 속이는 사람을 만나면 진심으로 감동시키고, 난폭한 사람은 따뜻한 마음으로 감화시키며, 마음이 비뚤어져 사리사욕에 빠진 자는 정의와 절개로 절제하게 하는 것이 좋다. 이렇게 하면 이 세상에서 바로 잡지 못할 사람이 아무도 없다.

180

조그마한 자비심도 능히 천지간의 온화한 기운을 빚어내며, 한 치 결백도 가히 꽃다운 이름을 백대(百代)에 전할 것이다.

一念慈祥(일념자상)은 可以醞釀兩間和氣(가이온양량간화기)요, 寸心潔白(촌심결백)은 可以昭垂百代淸芬(가이소수백대청분)이니라.

| 해설 | 한 사람의 자비심이 널리 퍼져 천지를 화기로 가득 채울 수도 있고, 사소

한 청렴결백이 후세에 길이 남아 그 맑은 이름을 빛낼 수도 있다.

181

  음흉한 계략과 괴이한 버릇, 이상한 행동과 기이한 능력은 모두 세상을 살아가는 데 재앙의 씨앗이 되는 법이다. 단지 평범한 덕행만이 혼돈을 벗어나 화평을 가져올 수 있다.

  陰謀怪習(음모괴습)과 異行奇能(이행기능)은 俱是涉世的禍胎(구시섭세적화태)니 只一個庸德庸行(지일개용덕용행)이 便可以完混沌而召和平(변가이완혼돈이소화평)이니라.

  | 해설 | 권모술수, 괴이한 버릇, 이상한 행동, 기이한 능력, 이런 것들은 모두 세상을 살아가는 데 있어 재앙을 부르는 원인이 된다. 오직 평범한 덕과 행동만이 혼미에서 벗어나 평화롭게 사는 길이다.

182

  옛말에 이르기를 "산에 오르면 험한 비탈길을 견뎌내고 눈을 밟거든 위험한 다리를 견뎌내라" 하였으니 이 '견딜 내(耐)' 한 글자는 깊은 뜻을 지니고 있다. 비뚤어진 험한 인정과 험난한 세상길을, 이 '내

(耐)’자 한 글자에 지탱해 나가지 않는다면, 어찌 가시덤불과 도랑
에 빠지지 않을 수 있겠는가!

語(어)에 云(운)하되 登山耐側路(등산내측로)하고 踏雪耐危橋(답설내위
교)라 하니 一耐字(일내자)는 極有意味(극유의미)로다. 如傾險之人情(여경
험지인정)과 坎坷之世道(감가지세도)에 若不得一耐字(약부득일내자)하여
撑持過去(탱지과거)면 幾何不墮入榛莽坑塹哉(기하불타입진망갱참재)리요.

| 해설 | 세상을 살아가는 것은 험한 산길을 걸어가고 위험한 다리를 건너가는 것
과 같으니, 참고 견디는 인내심이 없으면 각박하고 험한 세상에서 마음과 몸을 지탱
해내지 못하고 천길 함정에 떨어지고 만다.

183

사람들은 공명과 업적을 뽐내고 문장을 자랑하지만, 이것은 겉모
습에 의해 훌륭한 사람이 된 것뿐이다. 마음의 본체가 밝아 그 본래
의 모습을 잃지 않는다면, 비록 한 치의 공적이 없고 지식이 부족하
다 할지라도 절로 훌륭한 사람이 되는 것인데, 사람들은 이것을 알지
못한다.

誇逞功業(과정공업)과 炫耀文章(현요문장)은 皆是靠外物做人(개시고외
물주인)이니 不知心體瑩然(부지심체형연)하여 本來不失(본래불실)이면 卽

無寸功隻字(즉무촌공척자)라도 亦自有堂堂正正做人處(역자유당당정정주인처)로다.

| 해설 | 사람들은 자기가 이룬 공적이나 학문을 드러내어 자랑하지만, 자신이 아닌 외부 조건으로 얻은 것이니 진정 자기 것이 아니다. 인간의 진정한 가치는 마음에 있다. 마음의 바탕이 찬란히 빛나 본래의 모습을 잃지 않는다면, 비록 공적이 없고 지식이 변변치 못하다 할지라도 참으로 훌륭한 사람이다.

184

바쁜 중에 한가한 시간을 갖고 싶으면 먼저 한가한 때 마음의 자루를 꼭 잡아야 하고, 시끄러운 가운데 고요한 시간을 갖고 싶으면 먼저 고요한 때 마음의 중심을 세워라. 그렇지 않으면 마음이 경우에 따라 바뀌고, 일에 따라 흔들린다.

忙裡(망리)에 要偸閒(요투한)이면 須先向閒時討個霸柄(수선향한시토개파병)하고 鬧中(요중)에 要取靜(요취정)이면 須先從靜處立個主宰(수선종정처립개주재)하라. 不然(불연)이면 未有不因境而遷(미유불인경이천)하고 隨事而靡者(수사이미자)니라.

| 해설 | 사람이 바쁜 중에도 마음의 여유를 가지려면 한가한 때 마음의 고삐를 늦추지 말고 잘 단속해야 한다. 그리고 시끄러운 중에도 조용한 마음을 잃지 않으려면

조용한 때 주체성(主體性)을 가지고 마음의 중심을 잡아야 한다. 그래야만 환경의 변화와 사물의 변동에 따라 마음이 움직이는 걸 막을 수 있다.

185

자기 마음을 어둡게 하지 말고, 남에게 매정하지 말며, 재물을 탕진하지 마라. 이 세 가지는 천지를 위하여 마음을 세우고, 만인을 위하여 목숨을 세우고, 자손을 위하여 복을 이룬다.

不昧己心(불매기심)하고 不盡人情(부진인정)하며 不竭物力(불갈물력)하라. 三者可以爲天地立心(삼자가이위천지립심)하고 爲生民立命(위생민립명)하여 爲子孫造福(위자손조복)이니라.

| 해설 | 물욕(物慾) 때문에 마음을 어지럽히지 마라. 하늘의 뜻을 터득하는 길이다. 남을 가혹하게 대하지 마라. 모든 사람이 평안히 사는 길이다. 재력(財力)을 낭비하지 마라. 자손들이 행복하게 사는 길이다.

186

관직에 있는 사람에게 오직 두 마디만 하겠다. "공평하면 밝은 지혜가 생기고, 청렴하면 위엄이 생긴다"는 것이다. 집에 있는 사람에

게 오직 두 마디만 하겠다. "남에게 너그러우면 불평이 없고 검소하
면 살림이 넉넉해진다"는 것이다.

居官(거관)에 有二語(유이어)하니 曰(왈) 惟公則生明(유공즉생명)하고 惟
廉則生威(유렴즉생위)하며 居家(거가)에 有二語(유이어)하니 曰(왈) 惟恕則
情平(유서즉정평)하고 惟儉則用足(유검즉용족)이니라.

| 해설 | 벼슬에 있는 사람이 지켜야 할 일은 공평과 청렴이다. 공평무사하면 지혜
로워져 일이 원활하고 청렴결백하면 권위가 저절로 생긴다. 집에 있을 때 지켜야 할
일은 관대와 검소다. 남을 너그럽게 대하면 불평이 없고, 검소하게 살면 살림에 늘 여
유가 있다.

187

부귀를 누릴 때는 빈천의 괴로움을 알아야 하고, 젊은 시절에는 나
이 든 고통을 생각해야 한다.

處富貴之地(처부귀지지)에 要知貧賤的痛癢(요지빈천적통양)하고 當少
壯之時(당소장지시)에 須念衰老的辛酸(수념쇠로적신산)이니라.

| 해설 | 부귀와 영화를 누리고 있을 때는 비천한 처지에 있는 사람들의 괴로움을
헤아려 겸손할 줄 알아야 하며, 젊었을 때는 건강에 주의하여 늙어서 후회가 없어야

한다.

188

몸가짐이 지나치게 결백해서도 안 된다. 욕되고 더러운 것들도 용납해야 한다. 남과 사귈 때는 지나치게 분명하지 마라. 선악과 현명함, 우울함을 모두 받아들여야 한다.

持身(지신)엔 不可太皎潔(불가태교결)이니 一切汚辱垢穢(일체오욕구예)를 要茹納得(요여납득)하며 與人(여인)엔 不可太分明(불가태분명)이니 一切善惡賢愚(일체선악현우)를 要包容得(요포용득)하나니라.

| 해설 | 세상을 살아갈 때 너무 결백한 것도 곤란하다. 욕되고 더러운 것을 용납하는 넓은 아량이 있어야 한다. 사람을 사귈 때도 옳고 그른 것을 지나치게 따지지 말아야 한다. 착한 자나 악한 자나 현명한 자나 어리석은 자를 모두 받아들여야 한다.

189

소인과 원수가 되지 마라. 소인은 자기대로 상대가 있는 법이다. 군자에게 아첨하지 마라. 군자는 본디 사사로운 은혜를 베풀지 않는다.

休與小人仇讐(휴여소인구수)하라. 小人(소인)은 自有對頭(자유대두)니라.
休向君子諂媚(휴향군자첨미)하라. 君子(군자)는 原無私惠(원무사혜)니라.

| 해설 | 덕이 없는 소인을 상대할 때는 원한을 사지 말고 너그럽게 대하라. 소인
은 소인과 잘 어울린다. 덕이 높은 군자에게는 잘 보이려고 아첨할 필요가 없다. 군자
는 공평무사하므로 아첨한다고 해서 사사로운 인정에 끌려 부당한 은혜를 베풀지 않
는다.

190

욕심을 부리는 병은 고칠 수 있지만, 이론에 집착하는 병은 고치기
어렵다. 사물의 장애는 없앨 수 있지만, 의리에 얽매인 장애는 없애
기 어렵다.

縱欲之病(종욕지병)은 可醫(가의)나 而執理之病(이집리지병)은 難醫(난
의)요, 事物之障(사물지장)은 可除(가제)나 而義理之障(이의리지장)은 難除
(난제)니라.

| 해설 | 욕심 부리는 병은 고칠 수 있어도 이론에 집착하는 병은 고치기 어렵다.
또 물질에 얽매인 마음의 장애물은 제거할 수 있어도 정신적 의리에 얽매인 장애물은
좀처럼 제거할 수 없다. 즉 물질적인 병폐보다 정신적인 병폐가 더 고치기 어렵다.

191

몸을 갈고 닦음은 백 번 단련된 쇠와 같으니 급하게 이룬 것은 깊은 수양이 아니다. 일을 하는 것은 돌로 만든 활과 같으니 가볍게 쏜 것은 큰 공이 없다.

磨礪(마려)는 當如百鍊之金(당여백련지금)이니 急就者(급취자)는 非邃養(비수양)이요, 施爲(시위)는 宜似千鈞之弩(의사천균지노)니 輕發者(경발자)는 無宏功(무굉공)이니라.

| 해설 | 인격의 수양은 하루이틀에 이루어지지 않는다. 수없이 단련하여 좋은 쇠를 만들 듯이 꾸준한 노력이 필요하다. 또 활을 쏘는 사람이 실력을 길러 천균의 활로 쏘듯이, 사업을 할 때는 충분한 능력을 기른 뒤에 전력을 기울여야 좋은 결과를 얻을 수 있다.

192

미움을 사고 비난을 받을지언정 소인들이 아첨하고 좋아하는 사람이 되지 마라. 꾸중을 듣고 충고를 받을지언정 군자가 포용하는 사람이 되지 마라.

寧爲小人所忌毀(영위소인소기훼)언정　毋爲小人所媚悅(무위소인소미열)
하고　寧爲君子所責修(영위군자소책수)언정　毋爲君子所包容(무위군자소포
용)하라.

| 해설 | 소인에게 시기와 비난을 사는 것은 떳떳한 일이나 아부를 받아들여 그들
에게 환영받는다면 얼마나 쓸개 빠진 인물이겠는가. 군자에게 꾸지람을 듣고 충고를
듣는다면 인격 수양에 도움이 될 것이나, 군자가 너그럽게 잘못을 눈감아 준다면 그
는 버림받은 소인이 분명하다.

193

이(利) 때문에 좋아하는 사람은 도의(道義) 밖으로 벗어나기 때문
에 그 해(害)가 밖으로 나타나지만 얕고, 명예를 좋아하는 사람은 도
의 안에 숨어들기 때문에 그 해가 보이지 않지만 깊다.

好利者(호리자)는 逸出於道義之外(일출어도어지외)라　其害顯而淺(기해
현이천)하고　好名者(호명자)는　竊入於道義之中(찬입어도의지중)이라　其害
隱而深(기해은이심)이니라.

| 해설 | 사리사욕에 급급한 사람은 도의를 외면하기 때문에 그가 끼치는 해독이
곧 사람들의 눈에 뜨이지만, 물질적인 것에 그치므로 대단치 않다. 그러나 명예를 탐
내는 사람은 스스로 군자인 체하여 도의를 가장하기 때문에, 사람들의 눈에 잘 뜨이

지는 않지만 정신적으로 끼치는 해독이 더욱 심하다.

194

　남한테서 받은 은혜는 깊어도 갚지 않으면서 원한은 얕아도 갚고, 남이 악하다는 이야기를 들으면 불확실해도 의심하지 않으면서 착하다는 이야기는 확실해도 의심한다. 몹시 각박하고 경솔한 짓이니, 반드시 경계해야 한다.

　受人之恩(수인지은)에는 雖深不報(수심불보)나 怨則淺亦報之(원즉천역보지)하며 聞人之惡(문인지악)에는 雖隱不疑(수은불의)나 善則顯亦疑之(선즉현역의지)하나니 此刻之極(차각지극)이요, 薄之尤也(박지우야)니 宜切戒之(의절계지)니라.

　| 해설 | 남한테 많은 은혜를 받고도 갚을 생각조차 하지 않으면서 원한은 사소한 것이라도 반드시 보복하려고 한다. 또 남을 헐뜯는 말은 불확실한데도 믿어 버리면서 칭찬하는 말은 분명한 사실인데도 믿으려 하지 않는다. 그야말로 각박하고 경솔하기 이를 데 없는 짓이니 경계해야 한다.

195

    참소하고 비방하는 사람은 조각 구름이 햇빛을 가리는 것과 같아서 오래지 않아 절로 맑아지며, 아양을 떨고 아첨하는 사람은 창틈으로 들어오는 바람이 살갖에 스미는 것과 같아서 그 해로움을 깨닫기 어렵다.

    讒夫毀士(참부훼사)는 如寸雲蔽日(여촌운폐일)하여 不久自明(불구자명)이요, 媚子阿人(미자아인)은 似隙風侵肌(사극풍침기)하여 不覺其損(불각기손)이니라.

    | 해설 | 남을 중상모략하는 사람은 그리 경계하지 않아도 된다. 그런 참소는 조각 구름이 밝은 해를 가린 것 같아서 멀지 않아 진상이 밝혀지게 마련이다. 그러나 알랑거리고 아부하는 사람은 몹시 경계해야 한다. 그들의 웃는 얼굴과 듣기 좋은 말은 마치 창틈으로 스며드는 바람 같아서 알지 못하는 사이에 나를 옳지 않은 길로 인도하여 큰 손해를 당한다.

196

    산이 높고 험한 곳에는 나무가 없으나 골짜기에는 초목이 무성하게 자라고, 물살이 급한 곳에는 고기가 없지만 연못물이 고요하고 깊

게 고이면 물고기와 자라가 모여든다. 군자는 지나치게 고상한 태도
와 좁고 성급한 마음을 경계해야 한다.

　山之高峻處(산지고준처)에는 無木(무목)이나 而谿谷廻環(이계곡회환)하
면 則草木叢生(즉초목총생)하고 水之湍急處(수지단급처)에는 無魚(무어)나
而淵潭停蓄(이연담정축)하면 則魚鼈聚集(즉어별취집)하나니 此高絶之行
(차고절지행)과 褊急之衷(편급지충)은 君子重有戒焉(군자중유계언)이니라.

　| 해설 | 산이 너무 높고 험하면 나무가 자라지 못하지만 골짜기에서는 초목이 잘
자란다. 또 물살이 세고 급한 데서는 물고기가 살지 못하지만 고요한 연못에는 물고
기와 자라가 저절로 모여든다. 이와 마찬가지로 사람도 지나치게 고상한 척하거나 과
격하면 사람들이 따르지 않아 외톨이가 되므로 경계해야 한다.

197

　공을 세우고 사업에 성공한 사람은 대개 허심탄회하고 원만하며,
사업에 실패하고 기회를 잃은 사람은 너무 집요하고 고집이 세다.

　建功立業者(건공립업자)는 多虛圓之士(다허원지사)요, 僨事失機者(분사
실기자)는 必執拗之人(필집요지인)이니라.

　| 해설 | 큰일을 하는 사람은 포용력이 있어 남의 말을 받아들이고, 대인 관계가

원만하며, 일에 실패하고 기회를 놓친 사람은 욕심이 앞서 악착같고 고집이 세다.

198

세상을 살아갈 때는 속세와 보조를 맞추지도 말고 또 다르게 하지도 마라. 일을 할 때는 남이 싫어하게 만들지도 말고 또 기뻐하게 만들지도 마라.

處世(처세)에는 不宜與俗同(불의여속동)하고 亦不宜與俗異(역불의여속이)하며 作事(작사)에는 不宜令人厭(불의령인염)하고 亦不宜令人喜(역불의령인희)하라.

| 해설 | 세상을 살아갈 때는 속세에 휩쓸려도 안 되고 속세와 너무 동떨어져도 안 된다. 속세에 살면서 속세의 마음을 갖지 않는 것이 좋다. 또 일을 하면서 사람들의 비위를 다 맞출 수는 없다. 그들이 지나치게 싫어하지도 않고 지나치게 좋아하지도 않는 중용을 취하는 것이 바람직하다.

199

하루 해가 이미 저물었지만 연기와 노을이 아름답고, 한해가 저물려 하지만 귤은 더욱 향기롭다. 그러므로 만년일수록 군자는 정신을 더욱 가다듬어야 한다.

日旣暮而猶烟霞絢爛(일기모이유연하현란)하고 歲將晚而更橙橘芳馨(세
장만이갱등귤방형)하나니 故(고)로 末路晚年(말로만년)은 君子更宜精神百
倍(군자갱의정신백배)니라.

| 해설 | 해가 지면 저녁 연기와 노을이 하루를 아름답게 장식하고, 한해가 다 갈
무렵이면 귤이 익어 그윽한 향기를 풍긴다. 사람의 일생에서도 만년이 중요하니, 늙었
다고 하는 일 없이 세월을 헛되이 보내면 안 된다.

200

매가 조는 듯 앉아 있고 호랑이는 병든 듯 걸어가지만, 이것이 바로
사람을 움켜쥐고 잡아먹는 수단이다. 그러므로 군자는 총명함을 나
타내지 말고 재능을 드러내지 말아야 한다. 이것이 어깨에 큰일을 짊
어질 힘이 될 것이다.

鷹立如睡(응립여수)하고 虎行似病(호행사병)하나니 正是他攫人噬人手
段處(정시타확인서인수단처)니라. 故(고)로 君子(군자)는 要聰明不露(요총
명불로)하고 才華不逞(재화부정)하나니 纔有肩鴻任鉅的力量(재유견홍임
거적력량)이니라.

| 해설 | 매가 앉아 있는 모습은 조는 것 같고, 호랑이가 걸어가는 모습은 병든 것 같다. 그러나 그들은 용맹을 숨긴 채 먹이를 움켜잡고 물어뜯을 기회를 노리는 것이다. 사람도 큰일을 해내려면 지혜와 재능을 함부로 드러내지 말아야 한다.

201

검약은 미덕이지만 지나치면 인색하고 비루해져 도리어 정도(正道)를 손상시키고, 겸손은 아름다운 행실이지만 지나치면 아첨과 비굴이 되어 불손한 마음이 나타난다.

儉(검)은 美德也(미덕야)나 過則爲 吝(과즉위간린)하고 爲鄙嗇(위비색)하여 反傷雅道(반상아도)하고 讓(양)은 懿行也(의행야)나 過則爲足恭(과즉위족공)하고 爲曲謹(위곡근)하여 多出機心(다출기심)이니라.

| 해설 | 검소와 절약은 미덕이지만 지나치면 인색하고 비루해져 오히려 옳지 않은 길로 가고 만다. 남에게 겸손한 것은 아름다운 행실이지만 지나치면 아첨과 비굴이 되어 본심을 숨기고 잔꾀를 부리고 싶어진다.

202

일이 뜻대로 되지 않는다고 근심하지 말고, 흡족하다고 기뻐하지 말며, 오랫동안 편안할 거라고 믿지 말고, 처음 당하는 어려움이라고 피하지 마라.

毋憂拂意(무우불의)하고 毋喜快心(무희쾌심)하며 毋恃久安(무시구안)하고 毋憚初難(무탄초난)하라.

| 해설 | 일이 뜻대로 되지 않는다고 근심할 필요는 없다. 좀더 성의를 다해 노력하면 성공을 거둘 것이다. 반대로 일이 순조롭게 뜻대로 잘 된다고 기뻐해서도 안 된다. 기쁨에 도취되면 뜻하지 않은 실패를 맛본다. 오랫동안 무사했다고 안심하지 마라. 언제 불운이 닥칠지 모르니 조심해야 한다. 반대로 처음에 일이 어렵다고 두려워할 것도 없다. 그 어려움을 뚫고 나가면 일이 잘 풀릴 것이다.

203

술잔치가 많으면 좋은 집안이 아니고, 명성을 떨치고 싶어하면 훌륭한 선비가 아니며, 높은 벼슬을 탐내면 어진 신하가 아니다.

飮宴之樂多(음연지락다)는 不是個好人家(불시개호인가)요, 聲華之習勝(성화지습승)은 不是個好士子(불시개호사자)요, 名位之念重(명위지념중)은 不是個好臣士(불시개호신사)니라.

| 해설 | 자주 술잔치를 베풀어 흥청거리는 집안은 보잘것없고 명성 떨치기에 급

급한 선비는 저급하고, 높은 벼슬자리를 탐하는 신하는 충성스럽지 못하다.

204

세상 사람들은 마음에 맞는 것으로 즐거움을 삼으니 오히려 즐거운 마음에 이끌려 괴로움 가운데 몸을 담으며, 통달한 선비는 마음에 어긋나는 것으로 즐거움을 삼으니 마침내 괴로운 마음이 즐거워진다.

世人(세인)은 以心肯處爲樂(이심긍처위락)이라. 却被樂心引在苦處(각피락심인재고처)하고 達士(달사)는 以心拂處爲樂(이심불처위락)이라 終爲苦心換得樂來(종위고심환득락래)니라.

| 해설 | 세상 사람들은 부귀와 영화를 누려야 즐거워하기 때문에, 즐거움을 추구하는 마음에 끌려 오히려 괴로운 처지에 놓인다. 이와 반대로 인생에 통달한 선비는 부귀영화의 욕망을 억제하는 걸 즐거워하기 때문에 어렵더라도 고통 없이 즐겁게 살아간다.

205

가득 찬 곳에 있는 사람은 물이 넘치려다가 아직 넘치지 않은 것과 같아서 다시 한 방울이 더해지는 것도 꺼리고, 위급한 처지에 있는 사람은 나무가 꺾이려다가 아직 꺾이지 않은 것과 같아서 살짝만 눌러도 싫어한다.

居盈滿者(거영만자)는 如水之將溢未溢(여수지장일미일)하여 切忌再加一滴(절기재가일적)이요, 處危急者(처위급자)는 如木之將折未折(여목지장절미절)하여 切忌再加一溺(절기재가일닉)이니라.

| 해설 | 부귀가 넘치는 사람은 그릇에 물이 가득 찬 것 같아서 한 방울이라도 더해지는 것을 싫어한다. 또 위급한 처지에 있는 사람은 나무가 휘어져 꺾어질 듯한 상태와 같아서 살짝 누르는 것도 싫어한다. 그러므로 군자는 너무 가득한 자리나 위험한 처지에 놓이지 않도록 조심해야 한다.

206

냉정한 눈으로 사람을 보고, 냉정한 귀로 남의 말을 들으며, 냉정한 감정으로 일을 처리하고, 냉정한 마음으로 도리를 생각하라.

冷眼觀人(냉안관인)하고 冷耳聽語(냉이청어)하며 冷情當感(냉정당감)하고 冷心思理(냉심사리)하라.

| 해설 | 사람들은 냉정을 잃어 올바른 판단을 하지 못하기 때문에 일을 그르치는 경우가 많다. 냉정한 눈으로 사람을 관찰해야 바로 볼 수 있고, 냉정한 귀로 남의 말을

들어야 옳고 그름을 가릴 수 있으며, 냉정한 감정으로 일을 처리해야 실수하지 않고, 냉정한 마음으로 도리를 생각해야 진리를 깨달을 수 있다.

207

어진 사람은 마음이 너그럽고 느긋하니 복이 두텁고 경사가 오래 가서 하는 일마다 너그럽고 여유 있는 기상을 이룬다. 그러나 마음이 천한 사람은 생각이 좁고 다급해서 복을 받지 못하고 혜택이 짧아 하는 일마다 옹졸하고 조급하다.

仁人(인인)은 心地寬舒(심지관서)라 便福厚而慶長(변복후이경장)하여 事事成個寬舒氣象(사사성개관서기상)하고 鄙夫(비부)는 念頭迫促(염두박촉)이라 便祿薄而澤短(변록박이택단)하여 事事得個迫促規模(사사득개박촉규모)니라.

| 해설 | 어진 사람은 마음이 너그럽고 느긋하여 복도 많고 집안의 경사도 오랫동안 그치지 않으며 하는 일마다 순조롭다. 그러나 마음이 비천한 사람은 옹졸하고 다급하므로 복이 없어 자손들도 혜택을 받지 못하며 하는 일마다 옹색하고 나아지는 게 없다.

208

악한 말을 들을지라도 미워하지 마라. 참소하는 자의 분풀이가 될까 두렵다. 선한 말을 들을지라도 친해지지 마라. 간사한 자의 출세를 도울까 두렵다.

聞惡(문악)이라도 不可就惡(불가취오)니 恐爲讒夫洩怒(공위참부설노)요, 聞善(문선)이라도 不可急親(불가급친)이니 恐引奸人進身(공인간인진신)이니라.

| 해설 | 나쁜 말을 들었다고 경솔하게 속단하여 미워하지 마라. 고자질하는 사람의 분풀이인 경우가 많다. 또 좋은 말을 들었다고 급히 사귀지 마라. 간사한 자의 출세를 도와주어 사회에 해를 끼치면 안 된다.

209

성질이 조급하고 마음이 거친 사람은 한 가지 일도 이룰 수가 없고, 마음이 온화하고 성질이 평온한 사람은 백 가지 복이 저절로 모여든다.

性燥心粗者(성조심조자)는 一事無成(일사무성)이요, 心和氣平者(심화기

평자)는 百福自集(백복자집)이니라.

| 해설 | 성질이 조급하여 침착하지 못하고 마음이 거친 사람은 계획성이 없기 때문에 한 가지 일도 제대로 해내지 못한다. 마음이 온화하고 성질이 평온한 사람은 침착하여 일을 신중히 처리하기 때문에 모든 일이 잘 되어 여러 가지 복이 저절로 모여든다.

210

사람을 부릴 때는 각박하게 대하지 마라. 각박하면 온힘을 다해 일하려고 생각하던 사람도 떠나 버린다. 친구를 사귈 때는 함부로 사귀지 마라. 함부로 사귀면 아첨하는 자도 찾아올 것이다.

用人(용인)엔 不宜刻(불의각)이니 刻則思效者去(각즉사효자거)하고 交友(교우)엔 不宜濫(불의람)이니 濫則貢諛者來(남즉공유자래)니라.

| 해설 | 사람을 혹사시키지 마라. 힘껏 일해 보려던 성실하고 유능한 사람도 떠나 버린다. 또 사람을 사귈 때는 어느 정도 가려서 사귀어라. 아무나 함부로 사귀면 내게 아첨하는 소인이 생긴다.

211

바람이 거세고 빗발이 사나운 곳에서는 다리를 튼튼히 세워야 하고, 꽃이 만발하고 능수버들이 아름다운 곳에서는 눈을 높은 곳에 두어야 하며, 길이 위태롭고 험한 곳에서는 머리를 빨리 돌려야 한다.

風斜雨急處(풍사우급처)에는 要立得脚定(요립득각정)하고 花濃柳艶處(화농유염처)에는 要著得眼高(요착득안고)하며 路危徑險處(노위경험처)에는 要回得頭早(요회득두조)니라.

| 해설 | 세찬 비바람 속에서 두 다리에 힘을 주어 버티고 서듯, 어지러운 역경에 부딪치면 정신을 가다듬어 침착하게 살아가야 한다. 꽃향기가 짙고 버들이 아름다운 곳에서는 한눈을 팔기 쉽다. 음탕한 유흥에 현혹되지 말고 큰 목표를 향해 매진해야 한다. 위태롭고 험한 길에서는 곧 발길을 돌려야 한다. 어물어물하다 보면 함정에 깊이 빠진다.

212

절의가 있는 사람은 온화한 마음을 길러야 비로소 성내어 다투는 길을 열지 않을 것이고, 공명이 있는 사람은 겸양의 덕을 쌓아야 질투의 문이 열리지 않을 것이다.

節義之人(절의지인)은 濟以和衷(제이화충)하면 纔不啓忿爭之路(재불계분쟁지로)하고 功名之士(공명지사)는 承以謙德(승이겸덕)하면 方不開嫉妬之門(방불개질투지문)이니라.

| 해설 | 절개와 의리가 강한 사람은 성질이 강직하고 과격하여 남과 충돌하기 쉽다. 그러므로 온화한 마음을 길러야 한다. 또 명예욕이 강한 사람은 교만하기 쉬우니 겸손한 마음을 길러야 한다. 그러면 남의 질투를 피할 수 있다.

213

선비가 벼슬자리에 있을 때는 편지 한 장이라도 절도 있게 써야 한다. 사람들이 그 마음을 들여다보기 어려워야 요행을 바라고 모여들지 않기 때문이다. 고향에서 살 때는 자세를 너무 높게 하지 말아야 한다. 사람들에게 마음을 보여 줌으로써 옛정을 두텁게 해야 하기 때문이다.

士大夫(사대부)는 居官(거관)에 不可竿牘無節(불가간독무절)이니 要使人難見(요사인난견)하여 以杜倖端(이두행단)이요, 居鄉(거향)엔 不可崖岸太高(불가애안태고)니 要使人易見(요사인이견)하여 以敦舊好(이돈구호)니라.

| 해설 | 벼슬자리에 있을 때는 편지 한 장을 쓰더라도 남들에게 틈을 보이면 안 된다. 요행을 바라는 소인들이 모여들기 때문이다. 그러나 벼슬에서 물러나 고향에 와

서 살 때는 겸손한 자세로 마음의 문을 열어 사람들과 옛정을 두텁게 해야 한다.

214

대인을 두려워하지 않으면 안 된다. 대인을 두려워하면 방종한 마음이 사라질 것이다. 소인도 두려워하지 않으면 안 된다. 소인을 두려워하면 거만하고 사납다는 말이 사라질 것이다.

大人(대인)은 不可不畏(불가불외)니 畏大人則無放逸之心(외대인즉무방일지심)이요, 小人(소인)도 亦不可不畏(역불가불외)니 畏小人則無豪橫之名(외소인즉무호횡지명)이니라.

| 해설 | 학문과 덕이 높은 사람을 어려워하면 자신도 모르는 사이에 감화를 받아 방종한 마음이 사라질 것이다. 백성을 존중하고 어려워하면 친근감이 생겨 거만하다거나 사납다는 말은 듣지 않을 것이다.

215

일이 조금이라도 뜻대로 되지 않으면 자기보다 못한 사람을 생각하라. 원망이 저절로 없어질 것이다. 마음이 조금이라도 게을러지면 자기보다 나은 사람을 생각하라. 저절로 분발할 것이다.

事稍拂逆(사초불역)에는 便思不如我的人(변사불여아적인)이면 則怨尤自消(즉원우자소)하고 心稍怠荒(심초태황)에는 便思勝似我的人(변사승사아적인)이면 則精神自奮(즉정신자분)이니라.

| 해설 | 일이 뜻대로 되지 않는다고 낙심하지 말고 세상에는 자기보다 못한 사람도 많다는 것을 생각해 보라. 위안을 얻을 것이다. 마음이 해이하고 나태해지면 세상에는 자기보다 나은 사람이 많다는 것을 생각하라. 심기일전하여 분발할 것이다.

216

기쁨에 들떠서 가벼이 승낙하지 말고, 술에 취한 것을 핑계삼아 성내지 마라. 유쾌하다고 일을 많이 벌이지 말고, 싫증난다고 일을 그만두지 마라.

不可乘喜而輕諾(불가승희이경낙)하고 不可因醉而生嗔(불가인취이생진)하며 不可乘快而多事(불가승쾌이다사)하고 不可因倦而鮮終(불가인권이선종)이니라.

| 해설 | 감정에 휩쓸려 경솔하게 행동하면 안 된다. 기쁠 때 가볍게 일을 승낙하면 나중에 크게 후회한다. 술에 취했을 때는 감정에 치우쳐 화를 내기 쉬우니 조심해야 한다. 또 일이 순조로워 기분이 좋을 때는 쓸데없이 일을 벌이지 말아야 하며, 일이 잘 풀리지 않아서 마음이 괴롭고 고달프다고 끝맺음을 소홀히 해서는 안 된다.

217

　독서를 잘하는 사람은 신이 나서 손발이 춤추는 경지에 이르러야 비로소 형식에 구애받지 않는다. 사물을 잘 관찰하는 사람은 마음과 정신이 융합되는 경지에 이르러야 비로소 사물의 외형에 얽매이지 않는다.

　善讀書者(선독서자)는 要讀到手舞足蹈處(요독도수무족도처)하나니 方不落筌蹄(방불락전제)하고 善觀物者(선관물자)는 要觀到心融神洽時(요관도심융신흡시)하나니 方不泥迹象(방불니적상)이니라.

　| 해설 | 독서를 잘하는 사람은 자기도 모르는 사이에 목청을 돋우고 어깨춤이 나오는 경지에 이르러야 한다. 그래야 비로소 문장에 얽매이지 않고 그 속에 담긴 참뜻을 터득할 수 있다. 또 사물을 관찰할 때는 정신을 집중시켜 자기와 사물을 하나로 융합시켜야 한다. 그래야 비로소 외형에 구애받지 않고 그 진상을 깨달을 수 있다.

218

　하늘은 한 사람을 현명하게 만들어 모든 사람의 어리석음을 깨우치려 하지만, 세상에서는 자기의 장점을 들어 남의 단점을 들춰낸다. 또 하늘은 한 사람을 부자로 만들어 가난을 구제하려 하나 세상에서는 가진 것에 의지하여 가난을 업신여긴다. 천벌을 받아 마땅한 사람들이다.

天賢一人(천현일인)하여 以誨衆人之愚(이회중인지우)어늘 而世反逞所長(이세반정소장)하여 以形人之短(이형인지단)하며 天富一人(천부일인)하여 以濟衆人之困(이제중인지곤)이어늘 而世反挾所有(이세반협소유)하여 以凌人之貧(이릉인지빈)하나니 眞天之戮民哉(진천지륙민재)로다.

| 해설 | 하늘이 현명한 사람을 세상에 보낸 것은 어리석은 대중을 깨우치기 위함이다. 그런데 세상의 현명한 자들은 뛰어난 학식과 재능을 내세워 남의 무지를 비웃거나 단점을 드러내기 일쑤다. 또 하늘이 부자를 낸 것은 가난한 사람들을 구제하기 위함이다. 그런데 세상의 부자들은 조금 가졌다는 이유로 갖지 못한 자들을 업신여긴다. 이런 자들은 모두 천벌을 받아 마땅하다.

219

학문과 덕이 극치에 이른 사람이 무엇을 생각하며 무엇을 근심하겠는가. 어리석은 사람은 지식도 생각도 없으니, 오히려 함께 학문을 논할 수도 있고, 또 더불어 공을 세울 수도 있다. 다만 재주가 어중간한 사람은 나름대로의 생각과 지식이 많아 억측과 시기도 많으니 매사에 함께 일하기가 참으로 어렵다.

至人(지인)은 何思何慮(하사하려)리요. 愚人(우인)은 不識不知(불식부지)라 可與論學(가여론학)하고 亦可與建功(역가여건공)이로되 唯中才的人(유중재적인)은 多一番思慮知識(다일번사려지식)이라 便多一番臆度猜疑(변다일번억탁시의)하여 事事難與下手(사사난여하수)니라.

| 해설 | 현명한 자와 어리석은 자는 학문이나 덕으로 볼 때는 극단을 이루지만, 꾸밈이 없이 순수하다는 점에서는 같다. 그러므로 이들은 학문을 논할 수도 있고 함께 일할 수도 있다. 그러나 어중간한 자들은 나름대로 생각도 있고 지식도 있어 억측과 시기도 많다. 이들과 함께 일한다는 것은 참으로 어렵다.

220

입은 곧 마음의 문이니 입을 엄하게 다물지 않으면 진정한 기밀이 모두 새어나가며, 뜻은 마음의 발이니 뜻을 엄격하게 막지 않으면 옳지 않은 길로 달아나 버린다.

口乃心之門(구내심지문)이니 守口不密(수구불밀)이면 洩盡眞機(설진진기)하고 意乃心之足(의내심지족)이니 防意不嚴(방의불엄)이면 走盡邪蹊(주진사혜)니라.

| 해설 | 마음속으로 생각하는 것을 입을 통해 쏟아내므로 입은 곧 마음의 문이라고 할 수 있다. 그러므로 말을 삼가하지 않으면 마음의 기밀이 다 새어나가고 만다. 또

뜻이 가는 대로 마음이 따라가니 뜻은 마음의 발이라 할 수 있다. 그러므로 뜻을 엄격하고 바르게 세우지 않으면 옳지 않은 길로 가기 쉽다.

221

남을 꾸짖을 때는 허물 속에서 허물 없음을 찾아내도록 하라. 그러면 감정이 평온해질 것이다. 자신을 꾸짖을 때는 허물 없는 속에서 허물을 찾아내도록 하라. 그러면 덕이 자랄 것이다.

責人者(책인자)는 原無過於有過之中(원무과어유과지중)하면 則情平(즉정평)하고 責己者(책기자)는 求有過於無過之內(구유과어무과지내)하면 則德進(즉덕진)이니라.

| 해설 | 사람들은 흔히 남의 잘못에는 가혹하고 자기 잘못에는 관대하다. 그러나 남의 잘못을 꾸짖을 때는 잘못 중에서 허물이 아닌 부분을 찾아내야 마음이 평온해지고 노여움이 사라질 것이다. 그러나 자기 잘못을 꾸짖을 때는 잘못이 없는 중에서도 혹시 잘못이 있지 않을까 하여 스스로 반성한다면 덕이 높아질 것이다.

222

어린이는 어른의 싹이요, 수재는 사대부의 씨앗이니, 화력(火力)이

모자라 충분히 단련하지 않았다면, 훗날 세상에 나가 조정에서 일할 때 훌륭한 그릇이 되기 어려울 것이다.

子弟者(자제자)는 大人之胚胎(대인지배태)요, 秀才者(수재자)는 士夫之胚胎(사부지배태)니 此時(차시)에 若火力不到(약화력부도)하여 陶鑄不純(도주불순)하면 他日(타일)에 涉世立朝(섭세립조)하여 終難成個令器(종난성개령기)니라.

| 해설 | 어린이는 곧 어른이 되며 과거에 합격한 수재는 곧 사대부의 높은 벼슬아치가 된다. 그러므로 쇠를 강력한 화력으로 수없이 단련하여 좋은 쇠붙이를 만들 듯 제대로 단련시켜야 한다. 만일 화력이 모자라 단련을 못했다면 어찌 되겠는가. 훗날 조정에 나가 중책을 맡았을 때 이를 감당할 만한 훌륭한 인물이 못될 것이다.

223

군자는 환난에 처해도 근심하지 않으나 즐거운 잔치를 보면 근심하며, 권세 있는 사람을 만나도 두려워하지 않으나 외로운 사람을 대하면 안타까워한다.

君子(군자)는 處患難而不憂(처환난이불우)하고 當宴遊而惕慮(당연유이척려)하며 愚權豪而不懼(우권호이불구)하고 對惸獨而驚心(대경독이경심)이니라.

| 해설 | 군자는 어려움 속에서는 태연하지만 즐거운 잔치가 열린 자리에서는 마음이 흐려질까 봐 근심한다. 그리고 권력을 가진 자 앞에서는 조금도 두려워하지 않으나 의지할 곳 없는 외로운 사람을 만나면 측은한 마음이 들어 안타까워한다.

224

복숭아꽃과 오얏꽃이 곱다고 하나 어찌 푸른 소나무와 잣나무의 굳은 절개만 하겠는가. 배와 살구가 달다고 하나 어찌 노란 유자와 푸른 귤의 맑은 향기를 당하겠는가. 진실로 그렇다! 아름답고 일찍 시드는 것은 담백하고 오래 가느니만 못하고, 일찍 빼어난 것은 늦게 이루니만 못하다.

桃李雖艶(도리수염)이나 何如松蒼栢翠之堅貞(하여송창백취지견정)이며 梨杏雖甘(이행수감)이나 何如橙黃橘綠之馨冽(하여등황귤록지형렬)이리요. 信乎(신호)라 濃夭(농요)는 不及淡久(불급담구)하며 早秀(조수)는 不如晚成也(불여만성야)로다.

| 해설 | 복숭아꽃이나 오얏꽃이 곱기는 하지만 어찌 사철 변함 없이 푸르른 소나무나 잣나무의 절개를 따르겠는가! 일찍 익는 배나 살구가 달다고 하나 어찌 한겨울에 익는 유자와 귤의 맑은 향기를 따르겠는가! 아름다워도 빨리 시들어 버리면 아무 소용이 없다. 담백하고 오래 가는 것만 못하다. 일찍 두각을 나타내기보다는 오랜 세월을 두고 꾸준히 노력하여 뒤늦게 이루는 것이 더 좋다.

225

바람이 자고 물결이 고요한 가운데 인생의 참된 경지를 볼 수 있고, 담백하고 조용한 곳에서 마음의 본모습을 알 수 있다.

風恬浪靜中(풍념랑정중)에 見人生之眞境(견인생지진경)하고 味淡聲希處(미담성희처)에 識心體之本然(식심체지본연)이니라.

| 해설 | 바람이 세차고 물결이 거센 시끄러운 생활 속에서는 인생의 참된 모습을 찾아볼 수 없다. 바람이 자고 물결이 고요한 때라야 마음도 평안을 얻어 인생의 참된 경지를 볼 수 있다. 또 달콤한 맛과 아름다운 소리는 사람의 마음을 끌지만 인간 본연의 마음은 알 수 없다. 담백한 맛과 소리 드문 고요함 속에서라야 비로소 본심으로 돌아갈 수 있다.

後集

1

산림의 즐거움을 말하는 사람은 아직 산림의 맛을 진정으로 알지 못하는 것이며, 명리를 말하기 싫어하는 사람은 아직 명리를 잊지 못하는 것이다.

談山林之樂者(담산림지락자)는 未必眞得山林之趣(미필진득산림지취)요, 厭名利之談者(염명리지담자)는 未必盡忘名利之情(미필진망명리지정)이니라.

| 해설 | 자연 속에 묻혀 사는 전원 생활의 즐거움에 대해 자주 이야기하는 사람은 아직 전원 생활의 진정한 맛을 모르는 것이다. 전원 생활의 진정한 맛을 아는 사람은

함부로 말하지 않는다. 진정한 맛이란 말로 쉽게 표현할 수 없는 것이다. 또 명리를 말하기 싫어하는 사람은 아직도 명리에 대해 미련이 남은 것이다. 진정으로 명리를 초월한 사람은 명리를 떠나 살고, 또 명리를 염두에 두지 않는다.

2

낚시질은 한가한 일이지만 살리고 죽이는 권리를 쥐고 있고, 바둑이나 장기는 고상한 놀이지만 전쟁하는 마음으로 움직여야 한다. 일을 좋아하는 것은 일을 줄여 한가롭게 지냄만 못하고, 재능이 많은 것은 무능하여 자기의 본성을 지키는 것만 못함을 알 수 있다.

釣水(조수)는 逸事也(일사야)로되 尙持生殺之柄(상지생살지병)하고 奕棋(혁기)는 淸戱也(청희야)로되 且動戰爭之心(차동전쟁지심)하나니 可見喜事(가견희사)는 不如省事之爲適(불여생사지위적)하고 多能(다능)은 不若無能之全眞(불약무능지전진)이니라.

| 해설 | 한가로이 낚시를 즐기는 것은 좋은 일이지만 거기에는 물고기를 죽이는 잔인함이 있다. 바둑과 장기는 고상한 놀이지만 거기에는 남을 이기려는 마음이 있다. 이러한 사실로 볼 때, 일하기를 좋아하기보다는 될 수 있는 대로 일을 줄여 한가롭게 세상을 살아가는 편이 낫고, 재주가 많은 것보다는 무능하여 자기의 본성을 온전히 유지해 나가는 편이 낫다.

3

꾀꼬리가 지저귀고 꽃이 만발하며 산이 붉게 물들고 골짜기가 아름다운 것은 모두 천지의 거짓 모습이요, 물이 마르고 낙엽이 지며 앙상한 바위와 메마른 언덕이 드러나야 비로소 천지의 참된 모습을 볼 수 있다.

鶯花茂而山濃谷艶(앵화무이산농곡염)은 總是乾坤之幻境(총시건곤지환경)이요, 水木落而石瘦崖枯(수목락이석수애고)는 纔見天地眞吾(재견천지진오)니라.

| 해설 | 계절따라 변화하는 자연의 풍경 속에서 자연의 참된 모습을 발견해야 한다. 꾀꼬리가 지저귀고 꽃이 아름답게 피어나 산과 골짜기의 경치가 아름다운 것은 한때의 장식일 뿐 자연의 본래 모습이 아니다. 이윽고 시간이 흘러 물기가 마르고 잎이 진 앙상한 언덕, 이것이 자연 본래의 모습이다. 마찬가지로 부귀와 영화는 겉치레에 불과하다. 모든 허식을 벗어 버릴 때 인간의 본성이 드러난다.

4

세월은 본래 긴데도 바쁜 사람은 스스로 짧다고 하며, 천지는 본래 넓은데도 천박한 사람은 스스로 좁다고 하며, 바람과 꽃과 눈과 달은 본래 한가로운데도 악착스런 사람은 스스로 번거롭다고 한다.

歲月(세월)은 本長(본장)이나 而忙者自促(이망자자촉)하고 天地(천지)는
本寬(본관)이나 而鄙者自隘(이비자자애)하며 風花雪月(풍화설월)은 本閒
(본한)이나 而勞攘者自冗(이로양자자용)이니라.

| 해설 | 본래 세월은 길고 천지는 넓으며 자연은 한가한 것인데 사람의 마음가짐
에 따라 짧고 좁고 번잡한 것으로 보이기도 한다. 일에 몰리고 시간에 쫓기는 사람은
세월이 짧다고 한탄하며, 물욕에 사로잡힌 천박한 사람은 천지가 좁다고 탓한다. 또
봄의 꽃, 여름의 바람, 가을의 달, 겨울의 눈은 본래 한가한 것이지만 명리에 악착같이
매달리는 사람은 조용히 느껴 보지도 못한 채 번거롭다고만 여긴다.

5

정취는 많은 것에서 얻는 것이 아니니, 쟁반만한 작은 연못, 주먹만
한 작은 돌 하나에도 산수의 정취가 깃들여 있다. 훌륭한 경치는 먼
데 있는 것이 아니니, 쑥대가 우거진 창문과 대나무로 엮은 집에도
시원한 바람과 밝은 달이 한가롭게 찾아든다.

得趣不在多(득취부재다)하나니 盆池拳石間(분지권석간)에 煙霞具足(연
하구족)하며 會景不在遠(회경부재원)하나니 蓬窓竹屋下(봉창죽옥하)에 風
月自賖(풍월자사)니라.

| 해설 | 아름다운 정취는 대단한 데서만 찾아볼 수 있는 것이 아니다. 쟁반만한 연못, 주먹만한 돌에서도 자연의 정취를 느낄 수 있다. 이것을 느끼지 못하는 것은 감각이 무디고 정서가 메말라 있기 때문이다. 또 반드시 멀리 있는 명승지를 찾아가야만 훌륭한 경치를 볼 수 있는 것은 아니다. 시원한 바람과 밝은 달은 오두막 초가집에도 똑같이 찾아든다.

6

고요한 밤에 종소리를 듣고 꿈속의 꿈을 깨우고, 맑은 연못에 비친 달 그림자를 보고 몸 밖의 몸을 엿본다.

聽靜夜之鐘聲(청정야지종성)에 喚醒夢中之夢(환성몽중지몽)하고 觀澄潭之月影(관징담지월영)에 窺見身外之身(규견신외지신)이니라.

| 해설 | 밤 깊어 절간에서 들려오는 종소리가 허망한 꿈속에서 깨어나게 해주고, 맑은 연못에 비친 달 그림자는 이 육신 밖에 우주의 본체와 일체가 된 또 하나의 내가 있음을 깨닫게 해준다.

7

새가 지저귀고 벌레가 우는 소리는 모두 마음을 전하는 비결이고,

꽃잎과 풀빛은 진리를 나타내는 문장이다. 그러므로 배우는 사람은 마음을 맑게 하고 가슴을 밝게 하여 보고 듣는 모든 것에서 항상 깨닫는 것이 있어야 한다.

鳥語蟲聲(조어충성)도 總是傳心之訣(총시전심지결)이요, 花英草色(화영초색)도 無非見道之文(무비견도지문)이니 學者(학자)는 要天機淸徹(요천기청철)하고 胸次玲瓏(흉차령롱)하여 觸物(촉물)에 皆有會心處(개유회심처)니라.

| 해설 | 새와 벌레의 울음소리도 가만히 귀기울이면 자연의 마음을 전해들을 수 있고, 들판의 꽃 한 송이 풀 한 포기도 자세히 바라보면 우주의 진리를 발견할 수 있다. 그러므로 진리를 배우려는 사람은 마음을 맑게 하고 가슴을 밝게 하여 보고 듣는 모든 것에서 진리를 깨달을 수 있어야 한다.

8

글자가 쓰여진 책은 읽을 줄 알지만 글자가 쓰여 있지 않은 책은 읽을 줄 모르며, 줄이 달린 거문고는 탈 줄 아나 줄이 없는 거문고는 탈 줄 모른다. 형체가 있는 것만 사용할 줄 알고 정신을 사용할 줄 모른다면, 어찌 거문고와 책의 참된 맛을 알겠는가!

人解讀有字書(인해독유자서)로되 不解讀無字書(불해독무자서)하며 知彈

有絃琴(지탄유현금)이로되 不知彈無絃琴(부지탄무현금)하나니 以跡用(이적용)하고 不以神用(불이신용)이면 何以得琴書之趣(하이득금서지취)리요.

| 해설 | 세상 사람들은 진리를 책에서만 찾으려 할 뿐 삼라만상 속에서 찾으려고 하지 않으며, 줄이 있는 거문고 소리만 즐기려고 할 뿐 천지자연의 음악 소리는 즐길 줄 모른다. 이것은 모두 형체에만 얽매여 정신을 올바르게 사용할 줄 모르기 때문이니, 어찌 글과 거문고의 진수를 알겠는가.

9

마음에 물욕이 없으면 가을 하늘과 잔잔한 바다요, 자리에 거문고 와 책이 있으면 곧 신선이 사는 곳이다.

心無物慾(심무물욕)이면 卽是秋空霽海(즉시추공제해)요, 坐有琴書(좌유금서)면 便成石室丹丘(변성석실단구)니라.

| 해설 | 지나친 욕심을 버리면 걱정과 괴로움이 사라지므로, 험악한 세상에서 살더라도 구름 한 점 없는 가을 하늘이나 잔잔한 바다와 같다. 또한 거문고와 책을 옆에 두고 마음을 밝힌다면, 속세에 살지라도 신선이 사는 곳처럼 즐거울 것이다.

10

　손님과 벗이 구름처럼 모여들어 실컷 마시고 마냥 즐기다가 이윽고 시간이 다 되어 촛불이 가물거리고 향로의 연기가 사라지고 차마저 식고 나면, 저절로 흐느낌이 복받치며 한없이 쓸쓸해진다. 세상일이 다 이와 같은데, 사람들은 어찌하여 하루빨리 생각을 돌리지 않는 것일까?

　賓朋(빈붕)이 雲集(운집)하여 劇飮淋漓樂矣(극음림리락의)하다가 俄而漏盡燭殘(아이루진촉잔)하고 香銷茗冷(향소명냉)하면 不覺反成嘔咽(불각반성구열)하며 令人索然無味(영인삭연무미)하나니 天下事率類此(천하사솔류차)어늘 人奈何不早回頭也(인내하부조회두야)오.

　| 해설 | 육체적인 쾌락은 저속한 것이다. 다정한 벗들이 많이 모여 술을 마시면서 노래하고 춤추는 그 순간은 즐겁지만, 밤이 이슥하여 화로의 불도 꺼지고 촛불은 가물거리고 차마저 싸늘하게 식을 때쯤이면 즐거움은 온 데 간 데 없고 흐느껴 울고 싶을 정도로 쓸쓸해진다. 세상의 부귀와 영화도 이와 같아서 즐거움을 주나 오래 가지 못하며 그 최후는 허무하다. 이런 순간적인 쾌락에서 생각을 돌려, 도덕적인 만족에서 느낄 수 있는 영원한 즐거움을 깨달아야 할 것이다.

11

사물 속에 깃들여 있는 참뜻을 이해한다면 천하의 아름다운 경치도 모두 마음속에 들어오고, 눈앞에 펼쳐진 비밀을 깨닫는다면 천고의 뛰어난 영웅도 모두 손아귀에 들어온다.

會得個中趣(회득개중취)면 五湖之煙月(오호지연월)도 盡入寸裡(진입촌리)하고 破得眼前機(파득안전기)면 千古之英雄(천고지영웅)도 盡歸掌握(진귀장악)이니라.

| 해설 | 사물 속에 깃들여 있는 본질을 이해한다면 직접 가보지 않아도 오대호(五大湖)의 풍경이 절로 마음속에 들어온다.

12

산하와 대지도 작은 티끌에 속하는데 하물며 티끌 속의 티끌이야 말해 무엇 하겠는가. 피와 살로 이루어진 몸뚱이도 물거품과 그림자로 돌아가는데 하물며 그림자 밖의 그림자야 말해 무엇 하겠는가. 최고의 지혜가 아니면 맑은 마음이 없는 것이다.

山河大地(산하대지)도 已屬微塵(이속미진)이어늘 而況塵中之塵(이황진중지진)이리요, 血肉身軀(혈육신구)도 且歸泡影(차귀포영)이어늘 而況影外之影(이황영외지영)이리요. 非上上智(비상상지)면 無了了心(무료료심)이니라.

| 해설 | 산이나 강, 대지 등 자연도 무한한 우주에 비하면 조그마한 티끌에 지나지 않는데, 그 티끌 속의 티끌에 불과한 인간이야 말해 무엇 하겠는가. 인간의 몸뚱이도 멀지 않아 물거품이나 그림자처럼 사라져 버리는데, 그 그림자 밖의 그림자 같은 부귀영화 따위야 말해 무엇 하겠는가. 이런 진리를 꿰뚫어보는 지혜 없이는 모든 집착에서 벗어난 맑은 마음을 지닐 수 없다.

13

석화(石火) 같은 불빛 속에서 길고 짧음을 다툰들 그 세월이 얼마나 길며, 달팽이뿔 위에서 자웅을 겨룬들 그 세계가 얼마나 크겠는가.

石火光中(석화광중)에 爭長競短(쟁장경단)하나니 幾何光陰(기하광음)이리요. 蝸牛角上(와우각상)에 較雌論雄(교자논웅)하나니 許大世界(허대세계)리요.

| 해설 | 돌과 돌이 부딪쳐 번쩍 하듯 인생은 짧은 순간에 불과하다. 그러니 사람들이 그 속에서 길고 짧은 것을 견주어본들 무슨 소용이 있겠는가. 세상이 넓다고 하지만 달팽이 뿔만큼이나 좁은 것이다. 그 좁은 세상에서 다투며 치열한 경쟁을 벌이고 있으니 그 영광이 얼마나 크겠는가.

14

꺼져 가는 등잔에 불꽃이 없고 떨어진 가죽옷에 따스함이 없으면 살풍경하기 짝이 없고, 몸이 마른 나무와 같고 마음이 식은 재와 같으면 적막에 떨어질 수밖에 없다.

寒燈無焰(한등무염)하고 敝裘無溫(폐구무온)은 總是播弄光景(총시파롱광경)이요, 身如槁木(신여고목)하고 心似死灰(심사사회)는 不免墮在頑空(불면타재완공)이니라

| 해설 | 기름이 없어 등잔불이 가물거리고 가죽이 다 낡아 썰렁하다면 검소가 지나쳐 삭막하기 이를 데 없다. 몸이 마른 나무와 같고 마음이 싸늘하게 식은 재와 같다면 이것은 도(道)를 깨달은 것이 아니라 허무(虛無)로 타락한 것이다.

15

사람은 마음만 먹으면 당장에 그만둘 수 있으나 따로 그만둘 곳을 찾는다면, 아들을 장가들이고 딸을 시집보내는 일이 끝났다 하더라도 일이 적지 않을 것이다. 중과 도사가 좋다 하나 그 마음만으로는 깨달을 수가 없다. 옛 사람이 이르기를 "당장 그만두면 그만둘 수 있으나 그만둘 때를 찾는다면 그만둘 때가 없을 것이다"라고 했으니

참으로 밝은 견해다.

人肯當下休(인긍당하휴)면 便當下了(변당하료)나 若要尋個歇處(약요심개헐처)면 則婚嫁雖完(즉혼가수완)이라도 事亦不少(사역불소)하나니 僧道雖好(승도수호)나 心亦不了(심역불료)니라. 前人(전인)이 云(운)하되 如今休去(여금휴거)면 便休去(변휴거)라 若覓了時(약멱료시)면 無了時(무료시)라 하니 見之卓矣(견지탁의)로다.

| 해설 | 지금까지의 생활을 그만두려고 생각했을 때 즉시 실천에 옮기지 못하고 그 시기를 따로 찾는다면 영원히 때가 오지 않을 것이다. 생각났을 때 헛된 욕심을 버리고 도를 구해야 곧 진리를 깨달을 수 있다.

16

냉정한 마음으로 열광했을 때를 생각해 보면 정열에 사로잡혀 분주했던 것이 부질없음을 깨달으며, 번잡했다가 한가로워지면 한가한 즐거움이 가장 긴 것임을 깨닫는다.

從冷視熱然後(종랭시열연후)에 知熱處之奔走無益(지열처지분주무익)하고 從冗入閒然後(종용입한연후)에 覺閒中之滋味最長(각한중지자미최장)이니라.

| 해설 | 한창 일할 때는 올바른 판단이 서지 않는다. 냉정해졌을 때 그 일을 곰곰이 돌이켜 생각해 보아야 비로소 그 어리석음을 깨닫는다. 또 한창 바쁠 때는 한가한 맛을 모른다. 바쁜 생활에서 겨우 한가해지면 비로소 한가함의 참맛을 깨닫는다.

17

부귀를 뜬구름처럼 여기는 기풍이 있을지라도 반드시 바위굴에서 살 필요는 없으며, 자연을 좋아하는 마음이 고질병이 되면 안 되지만 스스로 술에 취하고 시를 읊는 풍류는 즐겨야 한다.

有浮雲富貴之風(유부운부귀지풍)이라도 而不必巖棲穴處(이불필암서혈처)하고 無膏肓泉石之癖(무고황천석지벽)이라도 而自常醉酒耽詩(이자상취주탐시)니라.

| 해설 | 부귀와 영화를 뜬구름처럼 여기는 것은 좋지만, 굳이 세상을 등지고 산 속 깊숙이 숨어 살 필요는 없다. 속세에 묻혀 살면서도 그런 기풍을 지녀야 하는 것이다. 또 산수와 자연을 좋아하는 마음이 고질병처럼 습관이 될 필요는 없으나 한 잔 술에 취하고 시를 읊조리는 풍류는 항상 있어야 한다.

18

명리를 위해 모두들 열을 올려 다퉈도 미워하지 마라. 고요하고 담백함은 내가 즐기되 나 홀로 깨어 있음을 자랑하지 마라. 이것이 불교에서 말하는 "법(法)에도 얽매이지 않고 공(空)에도 얽매이지 않아" 몸과 마음이 모두 자유로운 사람이다.

競逐(경축)은 聽人(청인)하여 而不嫌盡醉(이불혐진취)하고 恬淡(념담)은 適己(적기)하여 而不誇獨醒(이불과독성)이니라. 此(차)는 釋氏所謂不爲法纏(석씨소위불위법전)하고 不爲空纏(불위공전)이니 身心(신심)이 兩自在者(양자재자)니라.

| 해설 | 부귀공명을 위한 다툼은 남에게 맡겨 버려라. 그들이 부귀공명에 열중한다고 미워할 것은 없다. 자기 홀로 이에 얽매이지 않고 조용히 담담하게 산다고 해서 자랑할 것도 없다. 이것이 바로 불교에서 말하는 "사물에도 얽매이지 않고 공적에도 얽매이지 않아" 몸과 마음이 자유로워지는 길이다.

19

길고 짧음은 생각에 달려 있고, 넓고 좁음은 마음에 달려 있다. 그러므로 마음이 한가한 사람은 하루가 천고보다 멀고, 뜻이 넓은 사람은 단칸방이 하늘과 땅 사이만큼 넓다.

延促(연촉)은 由於一念(유어일념)하고 寬窄(관착)은 係之寸心(계지촌심)
이니 故(고)로 機閒者(기한자)는 一日(일일)이 遙於千古(요어천고)하고 意
廣者(의광자)는 斗室(두실)이 寬若兩間(관약량간)이니라.

| 해설 | 세월이 길고 짧은 것도 생각하기에 달려 있고, 세상이 넓고 좁은 것도 마
음먹기에 달려 있다. 마음이 한가하면 하루도 아득히 오랜 세월처럼 길고, 소견이 넓
으면 단칸방도 우주만큼 넓어 보인다.

20

물욕을 줄이고 또 줄여 꽃을 가꾸고 대나무를 심으니 오유(烏有)
선생이 되어 간다. 세상일을 잊고 또 잊어 향을 피우고 차를 달이니
백의동자를 물어 무엇 하겠는가.

損之又損(손지우손)하며 栽花種竹(재화종죽)하니 儘交還烏有先生(진교
환오유선생)이요, 忘無可忘(망무가망)하며 焚香煮茗(분향자명)하니 總不問
白衣童子(총불문백의동자)니라.

| 해설 | 헛된 욕심을 다 버린 뒤 꽃과 대나무를 심어 놓고 한가로운 생활을 즐기
니 이 몸이 그대로 무(無)요, 세상일을 다 잊은 후 향을 피워 놓고 차를 끓여 마시니 술

이 없어도 무아의 경지에서 유유자적하게 살아간다.

21

눈앞에 닥치는 모든 일에 만족할 줄 알면 선경(仙境)이나 만족할
줄 모르면 속세이며, 세상에 나타나는 모든 원인을 잘 쓰면 살리는
작용이 되나 잘못 쓰면 죽이는 작용이 된다.

都來眼前事(도래안전사)는 知足者仙境(지족자선경)이나 不知足者凡境
(부지족자범경)이며 總出世上因(총출세상인)은 善用者生機(선용자생기)나
不善用者殺機(불선용자살기)니라.

| 해설 | 살아가는 데 필요한 모든 조건에 만족할 줄 알면 이 세상이 그대로 선경
이나 만족할 줄 모르면 괴로운 속세일 뿐이다. 그러니 선경은 따로 있는 것이 아니라
내 마음속에 있다. 또 이 세상에 나타나는 모든 원인을 올바르게 사용하면 만물을 살
리나 잘못 사용하면 죽이고 만다.

22

권력을 좇고 권세에 아부하다 받는 재앙은 몹시 참혹하고 또 매우
빠르며, 고요한 데 살고 편안함을 지키는 맛은 가장 담백하고 또 가

장 오래 간다.

趨炎附勢之禍(추염부세지화)는 甚慘亦甚速(심참역심속)하며 棲恬守逸之味(서념수일지미)는 最淡亦最長(최담역최장)이니라.

| 해설 | 권세나 세도는 오래 가지 못한다. 권세에 아부하여 호사를 누리는 자는 그 권세가 무너짐과 동시에 몰락하게 마련이므로 재앙도 빨리 오니 비참하기 짝이 없다. 반대로 욕심 없이 편안하게 사는 즐거움은 담백하며 오래 지속된다.

23

소나무 우거진 시냇가를 지팡이 짚고 홀로 가노라면 멈춰 서는 곳마다 구름이 해진 누더기 옷에서 일어나고, 대나무 우거진 창가에서 책을 베개삼아 누웠다가 잠을 깨어 보니 달빛이 낡은 담요를 비추고 있다.

松澗邊(송간변)에 携杖獨行(휴장독행)하면 立處(입처)에 雲生破衲(운생파납)하고 竹窓下(죽창하)에 枕書高臥(침서고와)하면 覺時(각시)에 月侵寒氈(월침한전)이니라.

| 해설 | 소나무가 우거진 맑은 시냇가에서 지팡이를 짚고 산책하노라면 골짜기에서 떠오르는 흰 구름이 자기의 헌 옷자락에서 움직이는 것처럼 느껴진다. 또 대나

무가 우거진 창가에서 책을 베개 삼아 편안히 누워 자다가 깨어 보면, 어느덧 밝은 달이 낡은 담요를 환히 비추고 있다. 이것이 바로 속세를 떠난 선경(仙境)이 아니겠는가.

24

욕망이 불길처럼 타오르다가도 병든 모습을 생각하면 문득 흥이 식은 재처럼 줄어들고, 명리가 엿처럼 달다 해도 죽는 모습을 생각하면 그 맛이 초[蠟]를 씹는 것 같아진다. 그러므로 사람이 항상 죽음을 근심하고 병을 걱정한다면 헛된 욕망과 명리는 사라지고 도심(道心)이 남을 것이다.

色慾火熾(색욕화치)라도 而一念及病時(이일념급병시)하면 便興似寒灰(변흥사한회)하고 名利飴甘(명리이감)이로되 而一想到死地(이일상도사지)하면 便味如嚼蠟(변미여작랍)하나니 故(고)로 人常憂死慮病(인상우사려병)이면 亦可消幻業而長道心(역가소환업이장도심)이니라.

| 해설 | 욕망이 불붙듯이 일어나다가도 병들었을 때를 생각하면 금세 식은 재처럼 흥이 꺼져 버린다. 또 부귀의 맛이 엿처럼 달다가도 빈손으로 죽을 일을 생각하면 얼마나 부질없는가를 깨닫고 금세 초를 씹는 맛으로 변해 버린다. 항상 병과 죽음을 생각하고 산다면 헛된 욕심이 사라지고 오래도록 참된 마음을 지닐 것이다.

25

서로 앞을 다투는 길은 좁으니, 한 걸음 뒤로 물러서면 한 걸음만큼 넓고 평평해진다. 진하고 좋은 맛은 짧으니, 일 푼[一分]을 담백하게 하면 일 푼만큼 길어지고 오래 간다.

爭先的徑路窄(쟁선적경로착)이니 退後一步(퇴후일보)하면 自寬平一步(자관평일보)하고 濃艶的滋味短(농염적자미단)이니 淸淡一分(청담일분)하면 自悠長一分(자유장일분)이니라.

| 해설 | 공명(功名)을 다투는 길은 좁고 험하지만 여기서 한 걸음 물러서면 안전해진다. 또 맛있는 음식은 곧 싫증나게 마련이지만 담백한 맛은 오래 먹어도 좋다.

26

바쁠 때 본성이 어지럽지 않으려면 한가한 때 정신을 맑게 길러야 하고, 죽을 때 마음이 흔들리지 않으려면 살아 있을 때 사물의 참된 모습을 간파해야 한다.

忙處(망처)에 不亂性(불란성)이면 須閒處(수한처)에 心神(심신)을 養得淸(양득청)하고 死時(사시)에 不動心(부동심)이면 須生時(수생시)에 事物(사물)을 看得破(간득파)하라.

| 해설 | 위급한 때를 당해도 본성을 잃지 않고 침착함을 지키려면 평상시에 마음과 정신을 맑게 기르도록 힘써야 한다. 비록 죽음을 맞이하더라도 동요하지 않으려면 생전에 생사의 참된 도리를 깨달아야 한다.

27

숨어 사는 숲속에는 영욕이 없고, 도의(道義)의 길 위에는 인정의 변덕이 없다.

隱逸林中(은일림중)에 無榮辱(무영욕)이요, 道義路上(도의로상)에 無炎凉(무염량)이니라.

| 해설 | 속세를 떠나 자연 속에 사는 사람의 마음에는 영예나 치욕이 있을 수 없다. 또 도의를 지키며 살아가는 삶에는 잘 사는 사람과 가난한 사람을 구분하는 인정의 변덕이 있을 수 없다.

28

더위를 몰아내지 못할지라도 더위를 괴로워하는 마음만 없애면 몸은 언제나 서늘한 누대 위에 있을 것이다. 가난을 쫓지 못할지라도 가난을 걱정하는 마음만 쫓아내면 마음은 언제나 안락한 곳에 있을 것이다.

熱不必除(열불필제)라 而除此熱惱(이제차열뇌)면 身常在淸凉臺上(신상재청량대상)하고 窮不可遣(궁불가견)이라 而遣此窮愁(이견차궁수)면 心常居安樂窩中(심상거안락와중)이니라.

| 해설 | 무더운 날씨를 이기는 것도 마음먹기에 달려 있다. 더위 자체는 어찌 할 수 없지만 마음으로 더위를 이겨내면 몸이 한결 서늘해진다. 가난도 마찬가지다. 억지로 벗어날 수는 없지만 가난을 걱정하는 마음만 없애면 가난 속에서도 즐거움을 누릴 수 있다.

29

앞으로 나아갈 때 문득 물러날 것을 생각하면 재앙을 피할 수 있다. 손을 댈 때 먼저 손을 놓는 일을 도모하면 위험을 피할 수 있다.

進步處(진보처)에 便思退步(변사퇴보)하면 庶免觸藩之禍(서면촉번지화)하고 著手時(착수시)에 先圖放手(선도방수)하면 纔脫騎虎之危(재탈기호지위)니라.

| 해설 | 앞으로 나아갈 때는 만일의 경우 뒤로 물러설 각오까지 해야 한다. 그러면 울타리에 뿔이 걸린 양처럼 진퇴양난에 빠지지는 않는다. 무슨 일에 손을 댈 때는 미리 그 일에서 손을 뗄 것부터 생각해 두어야 한다. 그러면 호랑이 등에 올라탄 듯 이러지도 저러지도 못하는 처지에 빠지지는 않는다.

30

욕심이 많은 사람은 금을 나눠 주면 옥을 얻지 못했다고 한탄하고 공작(公爵)에 봉하면 제후 벼슬을 받지 못했다고 원망하니, 부귀를 누리면서도 스스로 거지 노릇을 달게 여기는 것이다. 그러나 만족할 줄 아는 사람은 명아주국도 고기와 쌀밥보다 달게 여기고 베 두루마기도 여우와 담비 가죽 옷보다 따뜻하게 여기니, 평민이라도 왕공(王公)을 부러워하지 않는다.

貪得者(탐득자)는 分金(분금)에 恨不得玉(한부득옥)하고 封公(봉공)에 怨不受侯(원불수후)하니 權豪自甘乞개(권호자감걸개)하며 知足者(지족자)는 黎羹(여갱)도 旨於膏粱(지어고량)하고 布袍(포포)도 煖於狐학(난어호학)하니 編民不讓王公(편민불양왕공)이니라.

| 해설 | 욕심이 많은 사람은 금을 받아도 옥을 받지 못했다고 한탄하고, 공작 벼슬을 주면 제후가 되지 못한 걸 불평한다. 이런 삶은 부귀를 누려도 마음은 거지와 다를 게 없다. 그러나 만족할 줄 아는 사람은 나물국도 산해진미보다 맛있게 먹고 베옷

도 가죽옷보다 따뜻하게 여기니 왕공(王公)이라도 부럽지 않다.

31

명예를 자랑하는 것은 명예를 피하는 취미만 못하다. 일에 익숙한 것이 어찌 일을 줄여 한가함과 같겠는가.

矜名(긍명)은 不若逃名趣(불약도명취)요, 練事(연사)는 何如省事閒(하여생사한)이리요.

| 해설 | 명예를 자랑하는 사람은 명예를 멀리 하는 사람의 품위를 따라가지 못한다. 일에 능숙하여 일을 벌여놓는 사람은 일을 줄이고 한가롭게 세상을 즐기는 사람보다 못하다.

32

정적을 즐기는 사람은 흰 구름과 그윽한 바위를 보고 깊은 이치를 깨닫고, 부귀영화를 좇는 사람은 아름다운 노래와 묘한 춤을 보고 권태를 잊는다. 다만 스스로 진리를 깨달은 선비만이 시끄러움과 고요함도 없고 번영과 쇠퇴도 없으니 가는 곳마다 마음 맞는 세상 아닌 곳이 없다.

嗜寂者(기적자)는 觀白雲幽石而通玄(관백운유석이통현)하고 趨榮者(추영자)는 見淸歌妙舞而忘倦(견청가묘무이망권)하나니 唯自得之士(유자득지사)라야 無喧寂(무훤적)하고 無榮枯(무영고)하여 無往非自適之天(무왕비자적지천)이니라.

| 해설 | 세속의 시끄러움을 싫어하는 사람은 산 속에 숨어 자연을 즐기고, 부귀영화를 좇는 사람은 속세에서 노래와 춤을 즐긴다. 이것은 모두 극단적이어서 즐기는 것이 한 쪽에 치우쳐 있다. 참으로 진리를 깨달은 사람만이 시끄러운 것과 고요한 것, 번창하는 것과 쇠퇴한 것 중 어느 한 쪽에도 마음을 두지 않으니 어딜 가나 마음이 안정되어 편안히 살아간다.

33

외로운 구름은 골짜기에서 피어나지만 가고 멈춤에 전혀 거리낌이 없고, 밝은 달은 하늘에 걸려 있지만 고요하고 시끄러움에 전혀 개의치 않는다.

孤雲出岫(고운출수)에 去留一無所係(거류일무소계)하고 朗鏡懸空(낭경현공)에 靜躁兩不相干(정조량불상간)이니라.

| 해설 | 외로운 구름은 자기 마음대로 가고 머물며, 달은 시끄러운 속세와 고요한 자연을 골고루 비춘다. 사람도 저 구름처럼 자유롭고 저 달처럼 초연할 수 있다면, 그

속에 무한한 즐거움이 있을 것이다.

34

유장한 취미는 맛 좋은 술보다는 콩 씹고 물 마시는 데서 얻어진다. 그리운 회포(懷抱)는 메마른 적막보다는 피리 불고 거문고 타는 데서 생겨난다. 짙은 맛은 항상 짧다. 담백한 맛이야말로 홀로 참된 것임을 알아야 한다.

悠長之趣(유장지취)는 不得於醲釅(부득어농엄)이요, 而得於啜菽飮水(이득어철숙음수)하고 追悵之懷(추창지회)는 不生於枯寂(불생어고적)이요, 而生於品竹調絲(이생어품죽조사)하나니 固知濃處味常短(고지농처미상단)이요, 淡中趣獨眞也(담중취독진야)로다.

| 해설 | 자유롭고 평온한 심정은 진하고 맛 좋은 술을 즐기는 생활보다는 오히려 검소한 생활에서 얻어진다. 그립고 슬픈 회포도 너무나 무미건조한 생활보다는 오히려 피리를 불고 거문고를 타는 잔잔한 풍류 속에서 생겨난다. 담백한 맛이야말로 언제까지나 지속되는 참된 것이다.

35

선종(禪宗)에서 말하기를 "배고프면 밥 먹고, 피곤하면 잠잔다" 하였고, 시지(詩旨)에서 이르기를 "눈앞의 경치요, 평범한 말이다"고 하였다. 극히 높은 것은 가장 평범한 것에 깃들여 있고 지극히 어려운 것은 지극히 쉬운 것에서 나오니, 뜻이 있으면 도리어 멀고 마음이 없으면 저절로 가깝다.

禪宗(선종)에 曰(왈) 饑來喫飯倦來眠(기래끽반권래면)이라 하고 詩旨(시지)에 曰(왈) 眼前景致口頭語(안전경치구두어)라 하니 蓋極高(개극고)는 寓於極平(우어극평)하고 至難(지난)은 出於至易(출어지이)하니 有意者(유의자)는 反遠(반원)하고 無心者(무심자)는 自近也(자근야)니라.

| 해설 | 선종에서 말하기를 "배고프면 먹고 피곤하면 잔다"고 했으니 얼마나 자연스러운가. 또 시를 일컬어 "눈앞에 보이는 경치를 평범한 말로 표현하면 된다" 했으니 지당한 말이다. 지극히 높은 진리는 극히 평범한 것 속에 있고, 몹시 어려운 일도 지극히 쉬운 데서 비롯된다. 의식적으로 진리를 구하면 도리어 진리와 멀어지고, 무의식적으로 자연스럽게 이루어지는 행동이 진리에 가까운 경우가 많다.

36

　물이 흘러도 소리가 나지 않으니 시끄러운 곳에서 고요함을 보는
취미를 얻을 수 있고, 산이 높아도 구름이 걸리지 않으니 유(有)에서
나와 무(無)로 들어가는 이치를 깨달을 수 있다.

　水流而境無聲(수류이경무성)하나니 得處喧見寂之趣(득처훤견적지취)요,
山高而雲不碍(산고이운불애)하나니 悟出有入無之機(오출유입무지기)니
라.

| 해설 | 강물은 밤낮으로 흘러가건만 소리가 나지 않는다. 사람의 마음도 물처럼
고요하다면 아무리 시끄러운 곳에 있어도 고요함의 참맛을 안다. 또 산이 아무리 높
아도 구름은 거리낌없이 유유히 떠다닌다. 사람도 명리(名利)에 연연해하는 유심(有
心)의 경지를 벗어나 이에 초연한 무심(無心)에 이르는 이치를 깨달을 수 있다.

37

　산림은 아름다운 곳이나 손대기 시작하여 집착하면 곧 시장판이
되며, 글과 그림은 고상한 것이나 탐하여 빠져들면 곧 장사꾼이 된
다. 마음이 세속에 물들어 집착함이 없으면 욕계(欲界)가 바로 선경
이고, 마음에 집착이 있으면 선경도 고해(苦海)가 된다.

山林(산림)은 是勝地(시승지)나 一營戀(일영런)하면 便成市朝(변성시조)하고 書畵(서화)는 是雅事(시아사)나 一貪癡(일탐치)하면 便成商賈(변성상고)하나니 蓋心無染著(개심무염착)이면 欲界(욕계)도 是仙都(시선도)요, 心有係戀(심유계련)이면 樂境(낙경)도 成苦海矣(성고해의)니라.

| 해설 | 산림이 아름다워도 욕심을 내어 개발을 하는 등 손대기 시작하면 사람들이 모여들어 시장 바닥과 다를 게 없어진다. 서화(書畵)는 고상한 취미지만 너무 빠져들어 몰두하면 장사꾼같이 되어 버린다. 즉 마음에 집착이 없으면 속세도 선경과 같지만, 마음에 집착이 있으면 선경도 고해가 되어 버린다.

38

시끄럽고 혼잡한 때는 평소에 기억하던 것도 멍하니 모두 잊어버리고, 맑고 고요한 경지에 있으면 옛날에 잊어버렸던 것도 뚜렷이 떠오른다. 고요함과 시끄러움이 조금만 나뉘어도 마음의 어둡고 밝음이 뚜렷이 달라짐을 알 수 있다.

時當喧雜(시당훤잡)하면 則平日所記憶者(즉평일소기억자)도 皆漫然忘去(개만연망거)하고 境在淸寧(경재청녕)하면 則夙昔所遺忘者(즉숙석소유망자)도 又恍爾現前(우황이현전)하나니 可見靜躁稍分(가견정조초분)이면 昏明頓異也(혼명돈이야)로다.

| 해설 | 마음이 번잡스러우면 평소에 기억했던 것도 잊어버리고, 마음이 편안하면 잊었던 것도 기억난다. 사람의 마음이란 고요하면 밝아지고 시끄러우면 어두워지는 법이다.

39

갈대꽃 이불을 덮고 눈 위에 누워 구름 속에 잠들면 방안의 밤기운을 온전히 보전할 수 있고, 술잔을 손에 들고 맑은 바람에 시를 읊조리며 달을 즐기면 만장의 홍진을 떠날 수 있다.

蘆花被下(노화피하)에 臥雪眠雲(와설면운)하면 保全得一窩夜氣(보전득일와야기)하고 竹葉杯中(죽엽배중)에 吟風弄月(음풍농월)하면 躱離了萬丈紅塵(타리료만장홍진)이니라.

| 해설 | 가난하여 솜 대신 갈대꽃을 넣은 이불을 덮고 눈과 구름을 벗삼아 높은 산 오두막에 살지라도 방안 가득한 맑은 밤기운은 실컷 마실 수 있다. 가끔 술잔을 기울이며 맑은 바람에 시를 읊고 밝은 달을 벗삼으면 그것이 바로 속세를 떠나 자연을 즐기는 생활이 아니겠는가.

40

고관대작의 행렬 속에 명아주 지팡이를 짚은 은자(隱者)가 섞여 있으면 문득 고상한 풍취가 더해지며, 어부와 나무꾼이 다니는 길에 관복 입은 고관이 섞여 있으면 오히려 속된 기운이 더해진다. 진실로 짙은 것은 담백한 것만 못하고 속된 것은 고상한 것만 못하다.

袞冕行中(곤면행중)에 著一藜杖的山人(착일려장적산인)이면 便增一段高風(변증일단고풍)하고 漁樵路上(어초로상)에 著一袞衣的朝士(착일곤의적조사)면 轉添許多俗氣(전첨허다속기)하나니 固知濃不勝淡(고지농불승담)하고 俗不如雅也(속불여아야)로다.

| 해설 | 화려한 고관대작의 행렬 속에 명아주 지팡이를 짚은 은자(隱者)가 끼어 있으면 한결 고상한 풍취가 감돌지만, 낚싯대를 멘 어부나 지게를 진 나무꾼들 사이에 관복 차림의 고관이 끼어 있으면 속된 분위기가 감돌아 대조적이다. 역시 부귀는 담백한 것만 못하고 비천은 고상한 것만 못하다.

41

세속을 벗어나는 길은 세상살이 속에 있으니, 반드시 사람과 인연을 끊고 세상을 피해 살아갈 필요는 없다. 마음을 깨닫는 공부는 마음을 다하는 속에 있으니, 반드시 욕심을 끊어 마음을 식은 재처럼 만들 필요는 없다.

出世之道(출세지도)는 卽在涉世中(즉재섭세중)이니 不必絶人以逃世(불필절인이도세)하고 了心之功(요심지공)은 卽在盡心內(즉재진심내)니 不必絶欲以灰心(불필절욕이회심)이니라.

| 해설 | 세속을 벗어나는 길은 이 사회에서 살아가는 가운데 있다. 구태여 사람들과 어울리지 않고 깊은 산 속으로 도피할 필요는 없다. 몸은 세속에 살아도 마음이 명리(名利)에서 벗어나야 하는 것이니, 굳이 욕심을 끊고 마음을 식은 재처럼 만들 필요는 없다. 진실로 속세를 벗어나고 도를 깨닫는 길은 현실 생활 속에 있다.

42

이 몸을 늘 한가한 곳에 두면 영욕과 득실이 어찌 나를 그릇되게 할 수 있겠는가! 이 마음을 늘 고요한 가운데 편안히 두면 시비와 이해가 어찌 나를 속일 수 있겠는가!

此身(차신)을 常放在閒處(상방재한처)하면 榮辱得失(영욕득실)이 誰能差遣我(수능차견아)하며 此心(차심)을 常安在靜中(상안재정중)하면 是非利害(시비이해)가 誰能瞞昧我(수능만매아)리요.

| 해설 | 물욕에 사로잡히지 않고 한가한 곳에서 유유자적하면, 영예나 치욕, 또는 이해득실이 나를 그릇된 길로 이끌 수 없다. 혼란에 휩싸이지 않고 고요한 가운데 있으면, 사물의 도리에 밝아지기 때문에 시비와 이해가 얽혔을 때 아무도 나를 속이지 못한다.

43

대나무 울타리 밑에서 홀연히 개 짖고 닭 우는 소리를 들으니 구름 속 세계인 양 황홀하고, 서재에서 매미 우는 소리와 까마귀 우짖는 소리를 들으니 고요 속의 별천지임을 알겠다.

竹籬下(죽리하)에 忽聞犬吠鷄鳴(홀문견폐계명)이면 恍似雲中世界(황사운중세계)요, 芸窗中(운창중)에 雅聽蟬吟鴉躁(아청선음아조)면 方知靜裡乾坤(방지정리건곤)이니라.

| 해설 | 대나무 울타리 밑에 서서 개 짖는 소리와 닭 울음소리를 들으니 마치 구름 속 선경(仙境)에 와 있는 것 같다. 서재에 한가롭게 앉아 있으니 매미 울고 까마귀 우짖는 소리가 들린다. 마치 고요 속의 별천지 같다.

44

내가 영화를 바라지 않는데, 어찌 이록(利祿)이 향기로운 미끼를 걱정하며, 내가 승진을 다투지 않는데, 어찌 벼슬살이의 위기를 두려워하겠는가.

我不希榮(아불희영)이면 何憂乎利祿之香餌(하우호리록지향이)하며 我不競進(아불경진)이면 何畏乎仕官之危機(하외호사관지위기)리요.

| 해설 | 영화를 바라는 욕망이 없기 때문에 명리(名利)의 유혹에 걸려들 걱정이 없다. 승진을 다툴 마음이 없기 때문에 벼슬자리에서 밀려날까 봐 두려워하지 않는다.

45

산과 숲, 샘과 바위 사이를 거닐다 보면 더러운 마음이 점점 걷히고, 시서(詩書)와 그림 속에서 놀다 보면 속된 마음이 절로 없어진다. 그러므로 군자는 진기한 물건을 너무 아끼다가 본심을 잃는 법이 없다 하더라도, 이런 풍아한 경지를 빌려 마음을 바로잡아야 한다.

徜洋於山林泉石之間(상상어산림천석지간)하면 而塵心漸息(이진심점식)하고 夷猶於詩書圖畵之內(이유어시서도화지내)면 而俗氣潛消(이속기잠소)

하나니 故(고)로 君子(군자)는 雖不玩物喪志(수불완물상지)나 亦常借境調心(역상차경조심)이니라.

| 해설 | 산 속을 거닐면 세속에 물들어 들뜬 마음이 차츰 가라앉고, 시와 그림을 가까이 하면 속된 마음이 절로 없어진다. 군자는 진기한 물건을 아끼다가 정신을 잃는 법이 없다 하더라도 그윽한 운치를 빌려 속되기 쉬운 마음을 바로잡아야 한다.

46

봄날은 사람의 마음을 나른하게 하니, 이는 가을날의 흰 구름과 맑은 바람 속에 난초가 아름답고 계수나무가 향기로우며, 물과 하늘이 같은 빛이 되고 천지가 맑고 밝아 사람의 몸과 마음을 깨끗하게 하는 것만 못하다.

春日(춘일)은 氣象繁華(기상번화)하여 令人心神駘蕩(영인심신태탕)하나니 不若秋日(불약추일)의 雲白風淸(운백풍청)하고 蘭芳桂馥(난방계복)하며 水天一色(수천일색)으로 上下空明(상하공명)하여 使人神骨俱淸也(사인신골구청야)니라.

| 해설 | 화창한 봄날은 사람의 마음을 들뜨게 하고 나른하게 한다. 그러나 가을이 되면 맑은 바람이 불어오고 흰 구름이 한가히 떠도는 가운데 난초가 아름답게 피어나고 계수나무가 향기로우며 물과 하늘이 같은 빛으로 푸르고 천지가 맑고 밝아 사람의

정신과 육신을 모두 깨끗하게 만든다. 그러니 어찌 봄이 가을만하겠는가.

47

글자 한 자를 모를지라도 시(詩)의 마음을 지닌 사람은 시의 진정한 멋을 이해하며, 게송(偈頌) 한 구절을 익히지 않았을지라도 선(禪)의 풍미가 있는 사람은 선교(禪敎)의 오묘한 뜻을 깨닫는다.

一字不識(일자불식)이라도 而有詩意者(이유시의자)는 得詩家眞趣(득시가진취)하고 一偈不參(일게불참)이라도 而有禪味者(이유선미자)는 悟禪敎玄機(오선교현기)니라.

| 해설 | 낫 놓고 기역 자를 몰라도 마음에 시정(詩情)이 있으면 시의 진정한 맛을 이해할 수 있다. 게송을 전혀 몰라도 마음에 선(禪)의 정신이 있으면 선의 깊은 이치를 깨달을 수 있다.

48

마음이 흔들리면 활 그림자도 뱀으로 의심되고 누워 있는 바위도 엎드린 호랑이로 보이니, 이 가운데 있는 것은 살기(殺氣)뿐이다. 그러나 마음이 침착하게 가라앉으면 사나운 석호(石虎)도 갈매기가 되고 개구리 소리도 음악처럼 들리니, 접하는 사물마다 참된 기운을 볼 것이다.

機動的(기동적)은 弓影(궁영)도 疑爲蛇蝎(의위사갈)하고 寢石(침석)도 視爲伏虎(시위복호)하나니 此中(차중)에 渾是殺氣(혼시살기)요, 念息的(염식적)은 石虎(석호)도 可作海鷗(가작해구)하고 蛙聲(와성)도 可當鼓吹(가당고취)하나니 觸處(촉처)에 俱見眞機(구견진기)니라.

| 해설 | 마음이 어지러우면 사물을 바르게 보지 못한다. 벽에 걸린 활의 그림자도 뱀처럼 보이고 바위도 호랑이로 보이니, 모든 것이 자기를 해치는 살기를 지닌 것으로 생각된다. 그러나 마음이 가라앉아 고요하면 돌로 만든 호랑이도 갈매기처럼 유순해 보이고 개구리의 울음소리도 아름다운 음악처럼 들리니, 눈에 보이고 귀에 들리는 것마다 생기(生氣)를 지닌 것으로 생각된다.

49

몸은 묶어 놓지 않은 배[船]와 같으니 흘러가든 멈추든 그저 내맡겨라. 마음은 고목과 같으니 칼로 쪼개든 향을 칠하여 그릇을 만들든 무슨 상관인가.

身如不繫之舟(신여불계지주)니 一任流行坎止(일임류행감지)요, 心似旣灰之木(심사기회지목)이니 何妨刀割香塗(하방도할향도)리요.

| 해설 | 몸은 묶어 놓지 않은 배처럼 바람부는 대로 물결치는 대로 움직이고, 마음은 고목처럼 쪼개든 향을 칠하여 그릇으로 만들든 내버려두어라. 모든 것을 대자연의 섭리에 맡기고 천명(天命)을 즐기는 것이 사나운 세상을 살아가는 길이다.

50

인정은 꾀꼬리 울음소리를 들으면 기뻐하고 개구리 울음소리를 들으면 싫어하며, 꽃을 보면 가꾸고 싶어하고 풀을 보면 뽑고자 하니, 이는 형체와 기질에 의해 마음이 움직여진 것이다. 그러나 만일 천성(天性)으로써 그것들을 본다면 어느 것이 천리(天理)의 기미를 울리는 것이 아니며, 스스로 생성하는 뜻을 펴는 것이 아니겠는가!

人情(인정)은 聽鶯啼則喜(청앵제즉희)하고 聞蛙鳴則厭(문와명즉염)하며 見花則思培之(견화즉사배지)하고 愚草則欲去之(우초즉욕거지)하나니 但是 以形氣用事(단시이형기용사)라 若以性天視之(약이성천시지)하면 何者非自鳴其天機(하자비자명기천기)며 非自暢其生意也(비자창기생의야)리요.

| 해설 | 꾀꼬리가 지저귀는 소리는 좋아하고 개구리 울음소리는 듣기 싫어하며, 꽃은 가꾸고 싶어하면서도 잡초는 뽑아 버리려고 하는 것이 사람의 마음이다. 이것은 꾀꼬리가 지저귀는 소리는 아름답고 개구리 울음소리는 시끄럽다는 기질의 차이와 꽃은 아름답고 잡초는 보기 싫다는 형태의 차이를 가지고 구분한 것이다. 그들의 본성을 들여다보면, 꾀꼬리든 개구리든 모두 천지자연의 작용으로 우는 것이며, 꽃이나

잡초도 모두 천지자연의 생성하려는 의지에서 자라고 있음을 깨닫는다.

51

머리카락이 빠지고 이가 듬성듬성 남는 것은 헛된 육체가 시들어 변해 가는 모습일 따름이며, 새가 노래하고 꽃이 웃는 것은 자연의 참된 본체를 깨닫는 것이다.

髮落齒疎(발락치소)는 任幻形之彫謝(임환형지조사)하고 鳥吟花笑(조음화소)는 識自性之眞如(식자성지진여)니라.

| 해설 | 머리카락이 빠지고 이가 몇 개 안 남았지만, 이것은 시들어 사라질 수밖에 없는 허무한 육체의 법칙일 뿐이다. 새가 노래하고 꽃이 피어나는 걸 보면 변화하는 가운데 변하지 않는 영구불변한 자연의 본체가 있으니, 이를 깨달아야 한다.

52

마음속에 욕심이 가득 차 있으면 차가운 연못에서도 물결이 끓어오르듯하여 산 속에서도 고요를 찾아볼 수 없고, 마음이 텅 비어 있으면 무더위 속에서도 서늘한 기운이 느껴져 사람 많은 시장에서도 시끄러운 줄 모른다.

欲其中者(욕기중자)는 波沸寒潭(파비한담)하여 山林(산림)에 不見其寂(불견기적)하고 虛其中者(허기중자)는 凉生酷署(양생혹서)하여 朝市(조시)에 不知其喧(부지기훤)이니라.

| 해설 | 마음에 욕심이 가득 차 있으면 싸늘한 호수에서 물결이 끓어오르듯 고요한 산 속에 있어도 그 고요함을 느끼지 못한다. 그러나 욕심을 버려 마음이 텅 비면 무더운 여름에 시원한 기운이 서리듯 시끄러운 시장 바닥에서도 고요를 맛볼 수 있다.

53

많이 가진 자는 많이 잃는 법, 부자는 가난한 사람의 근심 없음만 못하며, 높은 데를 걷는 자는 빨리 넘어지는 법, 귀한 사람은 천한 사람의 편안함만 못하다.

多藏者(다장자)는 厚亡(후망)하나니 故(고)로 知富不如貧之無慮(지부불여빈지무려)하고 高步者(고보자)는 疾顚(질전)하나니 故(고)로 知貴不如賤之常安(지귀불여천지상안)이니라.

| 해설 | 부자는 혹시 재산을 잃을까 봐 늘 걱정한다. 그러니 어찌 근심 없는 가난한 사람보다 낫다고 하겠는가. 지위가 높은 사람은 행여 떨어질까 봐 늘 불안하다. 그러니 어찌 편안히 살아가는 서민보다 낫다고 하겠는가.

54

새벽 창가에서 『주역(周易)』을 읽다가 솔숲 이슬로 주묵(朱墨)을 갈고, 한낮에 책상 앞에 앉아 불경(佛經)을 논하다가 대숲 바람에 보경 소리를 실어 보낸다.

讀易曉窓(독역효창)에 丹砂(단사)를 研松間之露(연송간지로)하고 談經午案(담경오안)에 寶磬(보경)을 宣竹下之風(선죽하지풍)하나니라.

| 해설 | 새벽이면 창가에 앉아 『주역』을 읽다가 솔잎에 맺힌 이슬에 주묵(朱墨)을 갈아 마음에 드는 구절에 방점(傍點)을 찍는다. 낮이면 책상에 불경을 펴놓고 담론하다가 문득 보경을 쳐 울리니 그 소리가 대나무 숲을 스치며 불어오는 바람에 실려 사방으로 울려퍼진다. 바로 속세를 떠나 선경에 든 느낌이다.

55

꽃이 화분 안에 있으면 결국 생기를 잃고 새가 새장 안에 있으면 곧 자연스러운 맛을 잃는다. 이는 산 속의 꽃과 새가 한데 어울려 무늬를 이루며 자유로이 날아다니고 한가하게 즐거워함만 못하다.

花居盆內(화거분내)하면 終乏生機(종핍생기)하고 鳥入籠中(조입롱중)하

면 便減天趣(변감천취)하나니 不若山間花鳥(불약산간화조)가 錯集成文(착
집성문)하고 翺翔自若(고상자약)하여 自是悠然會心(자시유연회심)이니라.

| 해설 | 아름다운 꽃도 화분에 옮겨 심으면 생기를 잃고, 하늘을 자유로이 날아다
니는 새도 새장 속에 가두면 자연스러운 맛이 없어진다. 꽃이나 새는 산이나 들에 절
로 어울려 아름다운 무늬를 이루며 자유로이 날아다녀야 한다. 사람도 명리에 얽매이
지 않고 자유롭게 행동해야 한다.

56

세상 사람들이 '나'란 글자를 너무 참된 것으로 아는 까닭에 여러
가지 기호(嗜好)와 번뇌가 생겨난다. 옛 사람이 이르기를 "내가 있는
것도 알지 못하면서 어찌 물건이 귀한 것을 알겠는가"하였고, 또 이
르기를 "이 몸이 나 아닌 줄을 안다면 어찌 번뇌가 다시 침범하겠는
가"하였으니, 참으로 맞는 말이다.

世人(세인)이 只緣認得我字太眞(지연인득아자태진)이라. 故(고)로 多種
種嗜好(다종종기호)하고 種種煩惱(종종번뇌)니라. 前人(전인)이 云(운)하되
不復知有我(불부지유아)어늘 何知物爲貴(하지물위귀)리요 하고 又云(우운)
하되 知身不是我(지신불시아)면 煩惱更何侵(번뇌갱하침)이리요 하니 眞破
的之言也(진파적지언야)로다.

| 해설 | 세상 사람들은 '나'를 지나치게 참된 것으로 알고 있다. 부귀를 좋아하는 욕심도, 마음을 괴롭히는 번뇌도 모두 여기에서 시작된다. 이 '나'가 참된 '나'가 아니고, 거짓된 '나'임을 알면 번뇌는 저절로 사라질 것이다.

57

늙은이의 눈으로 젊음을 바라보면 명리(名利)를 좇아 바삐 돌아가고 서로 다투는 마음을 없앨 수 있고, 쇠퇴한 처지에서 영화를 바라보면 사치하고 화려해지고 싶은 마음을 끊을 수 있다.

自老視少(자로시소)하면 可以消奔馳角逐之心(가이소분치각축지심)이요, 自瘁視榮(자췌시영)하면 可以絕紛華靡麗之念(가이절분화미려지념)이니라.

| 해설 | 늙은이가 되어 자신의 혈기왕성한 젊음을 바라보면 명리를 좇아 분주히 돌아다니거나 남과 다투는 마음을 없앨 수 있다. 그리고 영락(零落)한 처지에서 자신의 영화를 바라보면 사치하고 방탕한 생각을 버릴 수 있다.

58

인정과 세태는 잠깐 사이에 여러 가지 모양으로 변하게 마련이니 너무 참된 것으로 여기지 마라. 요부는 말하기를 "어제의 내 것이 오늘은 저 사람의 것이 되었으니, 오늘의 내 것이 내일은 누구 것이 될지 어찌 알겠는가" 했다. 사람이 항상 이같은 생각을 가진다면 가슴속에 얽매인 것을 풀 수 있을 것이다.

人情世態(인정세태)는 倏忽萬端(숙홀만단)이니 不宜認得太眞(불의인득태진)이니라. 堯夫(요부)가 云(운)하되 昔日所云我(석일소운아)도 而今却是伊(이금각시이)하니 不知今日我(부지금일아)인들 又屬後來誰(우속후래수)오 하니 人常作是觀(인상작시관)하면 便可解却胸中罥矣(변가해각흉중견의)리라.

| 해설 | 사람의 정과 세상 형편은 급속도로 변한다. 그것을 너무 믿지 마라. 송나라의 요부 선생도 "어제의 내 것이 오늘은 남의 것이 되었으니, 오늘의 내 것이 내일은 누구 것이 될 것인가" 하고 말했다. 사람이 이처럼 물질에 초연할 줄 알면 가슴속의 번뇌를 없앨 수 있다.

59

번잡하고 바쁠지라도 냉정한 눈으로 보면 문득 괴로움을 덜고, 역경에 처할지라도 정열을 지니고 있으면 문득 참된 취미를 얻는다.

熱鬧中(열료중)에 着一冷眼(착일랭안)이면 便省許多苦心思(변생허다고심사)요, 冷落處(냉락처)에 存一熱心(존일열심)이면 便得許多眞趣味(변득

허다진취미)니라.

| 해설 | 바쁜 때일수록 침착하게 냉정한 눈으로 사물을 바라보면, 일을 그르쳐 괴로워하는 일을 덜게 될 것이다. 일이 뜻대로 되지 않을 때 의욕을 잃지 않고 더욱 분발한다면, 언젠가는 드디어 일을 성취하여 재기의 무한한 기쁨을 얻게 될 것이다.

60

한편에 즐거움이 있으면 다른 한편에 괴로움이 있어 서로 대립되며, 한편에 좋은 광경이 있으면 다른 한편에 나쁜 광경이 있어 서로 상쇄되는 법이다. 다만 평범한 밥상에 벼슬 없는 생활이야말로 참으로 안락한 보금자리가 된다.

有一樂境界(우일락경계)면 就有一不樂的相對待(취유일불락적상대대)하고 有一好光景(유일호광경)이면 就有一不好的相乘除(취유일불호적상승제)하나니 只是尋常家飯(지시심상가반)과 素位風光(소위풍광)이 纔是個安樂的窩巢(재시개안락적와소)니라.

| 해설 | 세상의 모든 일은 상대적이어서 한편에 즐거움이 있으면 다른 편에 괴로움이 뒤따르고, 한 쪽의 경치가 아름다우면 다른 쪽의 경치는 보잘것없어 서로 상쇄되는 법이다. 그러므로 부귀영화를 누려 번거롭게 살아가기보다는 차라리 늘 먹는 밥에 벼슬도 없이 속 편하게 살아가는 것이 안락한 삶이다.

61

발을 걷어올리고 창문을 열라. 푸른 산과 맑은 물이 구름과 안개를 머금었다 토하는 것을 보면 천지가 자유자재함을 알 수 있다. 또 대나무가 우거진 숲에서 제비가 새끼를 치고 비둘기가 울어 계절을 보내고 맞는 데 따라 몸을 맡기면 자연과 나를 모두 잊는다.

簾櫳高敞(염롱고창)하고 看靑山祿水呑吐雲煙(간청산록수탄토운연)하면 識乾坤之自在(식건곤지자재)하며 竹樹扶疎(죽수부소)에 任乳燕鳴鳩送迎時序(임유연명구송영시서)하면 知物我之兩忘(지물아지량망)이니라.

| 해설 | 발을 활짝 걷고 창을 열고 내다보면 푸른 산에 구름이 스쳐 가고 맑은 냇물에서 안개가 피어난다. 천지가 본디 자유로운 곳임을 알 수 있는 장면이다. 또 대나무가 우거진 숲속에서는 봄이면 제비가 새끼를 치고 가을이면 비둘기가 구구 울어 계절을 보내고 맞이한다. 이 대자연 속에 몸을 맡기면 자연과 내가 하나가 됨을 느낀다.

62

이루어진 것은 반드시 무너진다는 것을 알면 이루려고 하는 마음이 지나치게 굳어지지 않을 것이고, 삶이 반드시 죽는 것임을 알면 삶을 보전하는 일에 지나치게 집착하지 않을 것이다.

知成之必敗(지성지필패)면 則求成之心(즉구성지심)이 不必太堅(불필태견)하고 知生之必死(지생지필사)면 則保生之道(즉보생지도)에 不必過勞(불필과로)리라.

| 해설 | 한 번 이루어놓은 일은 언젠가는 허물어지게 마련이다. 이것을 알면 지나치게 일을 성취하려고 하지 않을 것이다. 살아 있는 것은 언젠가는 죽게 마련이다. 이 자연의 이치를 깨달으면 삶을 보존하려고 시간을 낭비하지 않을 것이다.

63

옛날 고승(高僧)이 말하기를 "대나무 그림자가 섬돌을 쓸어도 먼지가 일지 않고, 달빛이 연못을 뚫어도 물에는 흔적이 없다"고 하였다. 또 유교에서 이르기를 "물의 흐름이 빨라도 주위가 고요하고, 꽃이 떨어지는 일이 잦아도 마음은 절로 한가하다"고 하였다. 사람이 항상 이런 뜻을 가지고 사물을 대한다면 몸과 마음이 얼마나 자유롭겠는가!

古德(고덕)이 云(운)하되 竹影掃階塵不動(죽영소계진부동)이요, 月輪穿沼水無痕(월륜천소수무흔)이라 하고, 吾儒(오유)가 云(운)하되 水流任急境常靜(수류임급경상정)이요, 花落雖頻意自閒(화락수빈의자한)이라 하니 人常持此意(인상지차의)하여 以應事接物(이응사접물)이면 身心(신심)이 何等自在(하등자재)리요.

| 해설 | 대나무가 바람에 흔들려 그 그림자가 섬돌을 쓸어도 먼지 한 톨 일지 않고, 달빛이 연못 깊숙이 잠겨 있건만 물에는 흔적조차 없다. 물이 급히 흘러도 그 주위는 언제나 고요하고, 꽃이 자꾸 떨어진다 해도 마음이 고요하다. 이는 고요함 속에 움직임이 있고 움직임 속에 고요함이 있는 것이니, 사람이 이같은 이치를 알고 사물을 대한다면 몸과 마음이 자유를 얻는다.

64

숲의 솔바람 소리와 바위틈의 샘물 소리도 고요한 가운데 들어 보면 모두 천지자연의 음악임을 깨닫고, 숲속에 피어나는 안개와 물 속에 비친 구름도 한가로운 가운데 바라보면 세상 최고의 문장임을 깨닫는다.

林間松韻(임간송운)과 石上泉聲(석상천성)도 靜裡聽來(정리청래)면 識天地自然鳴佩(식천지자연명패)하고 草際煙光(초제연광)과 水心雲影(수심운영)도 閒中觀去(한중관거)면 見乾坤最上文章(견건곤최상문장)이니라.

| 해설 | 숲에서 부는 솔바람 소리와 계곡을 흐르는 시냇물 소리도 가만히 들어 보면 대자연의 아름다운 음악임을 깨닫는다. 또 숲에 서린 안개나 물 위에 비친 구름도 한가롭게 바라보면 대자연의 뛰어난 문장임을 깨닫는다.

65

멸망한 서진(西晉)의 황폐함을 눈으로 바라보고도 오히려 칼날을 자랑하며, 몸이 북망산의 여우와 토끼에게 맡겨질 운명인데 오히려 황금을 아끼는구나. 옛말에 이르기를 "사나운 짐승에게는 항복받기 쉬워도 사람의 마음은 항복시키기 어렵고, 골짜기는 채우기 쉬워도 사람의 마음은 채우기 어렵다"고 했으니, 과연 맞는 말이다.

眼看西晉之荊榛(안간서진지형진)하되 猶矜白刃(유긍백인)하며 身屬北邙之狐兎(신속북망지호토)로되 尙惜黃金(상석황금)하나니 語(어)에 云(운)하되 猛獸(맹수)는 易伏(이복)이로되 人心(인심)은 難降(난항)하며 谿壑(계학)은 易滿(이만)이로되 人心(인심)은 難滿(난만)이라 하니 信哉(신재)로다.

| 해설 | 사람들은 서진이 망하여 화려하던 낙양이 폐허가 된 것을 눈으로 보면서도 여전히 무력을 자랑하며 싸움을 그칠 줄 모른다. 또 언제 죽을지 모르고 죽으면 공동 묘지에 묻혀 여우와 토끼의 밥이 될 몸인데도 여전히 재물을 탐내고 있다. 옛말에 "사나운 짐승은 길들이며 굴복시키기 쉽지만 사람의 마음은 굴복시키기 어렵고, 깊은 골짜기는 채울 수 있지만 사람의 욕심은 채울 길이 없다"고 했는데, 맞는 말이다.

66

마음에 풍파가 없으면 가는 곳마다 푸른 산 맑은 물이요, 천성 속에 만물을 자라게 하는 기운이 있으면 닿는 곳마다 물고기가 뛰놀고 솔개가 날아다니는 것을 볼 것이다.

心地上(심지상)에 無風濤(무풍도)면 隨在(수재)에 皆靑山祿水(개청산록수)요, 性天中(성천중)에 有化育(유화육)이면 觸處(촉처)에 見魚躍鳶飛(견어약연비)니라.

| 해설 | 마음에 풍파가 일지 않고 고요하면 어디를 가나 푸른 산과 맑은 물에 에워싸인 듯 깨끗한 심정일 것이고, 자기 본성 가운데 만물을 자라게 하는 힘을 깨닫는다면 어디를 가나 물고기가 뛰놀고 솔개가 날아다니는 것처럼 자유로울 것이다.

67

높은 관을 쓰고 큰 띠를 두른 선비도 한 번 가벼운 도롱이에 작은 삿갓 차림으로 한가로이 살아가는 사람을 보면 부러운 나머지 탄식하지 않을 수 없을 것이요, 크고 널찍한 자리에 앉은 부자도 한 번 성긴 발을 치고 깨끗한 책상을 마주한 채 한가로이 지내는 사람을 만나면 그리운 생각이 더해지지 않을 수 없을 것이다. 사람들은 어찌하여 화우(火牛)로 쫓고 풍마(風馬)로 꾀일 줄만 알고 자기 본성에 만족하여 편안하게 살 줄 모르는가?

峨冠大帶之士(아관대대지사)도 一旦睹輕蓑小笠(일단도경사소립)으로 飄飄然逸也(표표연일야)하면 未必不動其咨嗟(미필부동기자차)하고 長筵廣席之豪(장연광석지호)도 一旦遇疎簾淨几(일단우소렴정궤)로 悠悠焉靜也(유유언정야)하면 未必不增其繾戀(미필부증기권련)하리니 人奈何驅以火牛(인내하구이화우)하고 誘以風馬(유이풍마)하되 而不思自適其性哉(이불사자적기성재)아.

| 해설 | 아무리 높은 벼슬을 지내는 사람이라도 가벼운 도롱이에 작은 삿갓 차림으로 편안하게 사는 사람을 보면 부러워서 자기도 모르게 탄식이 절로 나온다. 크고 좋은 집에 사는 부자도 성긴 발을 늘어뜨리고 깨끗한 책상 앞에 앉아 한가로이 책을 읽는 선비를 보면 부러운 생각이 들 것이다. 사람들은 어찌하여 약한 자에게는 쳐들어가고 강한 자에게는 아부를 하며 명리를 얻는 데만 급급하고, 이처럼 스스로 만족하며 편안히 살아갈 줄 모르는가?

68

고기는 물을 얻어 헤엄을 치건만 물이 있음을 잊고, 새는 바람을 타고 날아가건만 바람이 있음을 알지 못한다. 이런 사실을 깨달으면 사물의 속박에서 벗어나고 천지의 오묘한 작용도 즐길 수 있다.

魚得水逝(어득수서)로되 而相忘乎水(이상망호수)하고 鳥乘風飛(조승풍비)로되 而不知有風(이부지유풍)하나니 識此(식차)면 可以超物累(가이초물루)하고 可以樂天機(가이락천기)니라.

| 해설 | 물고기는 물 속에서 헤엄을 치면서도 물이 있는 줄 모르며, 새는 바람을 타고 하늘을 마음대로 날아다니면서도 바람이 있는 줄 모른다. 사람 역시 번잡한 속세에 살면서도 이를 잊고 유유자적하면 사물의 속박에서 벗어나 대자연의 법칙을 즐기면서 살 수 있다.

69

여우가 허물어진 섬돌에서 잠들고 토끼가 황폐한 고대(高臺) 위를 달리니 이곳은 지난날 노래하고 춤추던 곳이다. 국화에 싸늘한 이슬이 맺히고 마른 풀에 안개가 서려 있으니 여기는 옛날에 다투어 싸우던 곳이다. 성하고 쇠하는 것이 어찌 항상 같으며, 강하고 약함이 어디에 있는가? 이것을 생각하면 마음이 식은 재처럼 싸늘하게 변하는구나.

狐眠敗切(호면패체)하고 兎走荒臺(토주황대)하나니 盡是當年歌舞之地(진시당년가무지지)요, 露冷黃花(노랭황화)하고 煙迷衰草(연미쇠초)하나니 悉屬舊時爭戰之場(실속구시쟁전지장)이니 盛衰何常(성쇠하상)이며 强弱安在(강약안재)리요, 念此(염차)면 令人心灰(영인심회)로다.

| 해설 | 인간의 흥망성쇠는 참으로 덧없는 것이다. 허물어진 섬돌과 황폐한 옛 집 터는 잡초가 우거져 여우와 토끼의 소굴이 되었다. 그러나 이곳도 옛날에는 노래와 춤을 즐기면서 그 위엄을 자랑하던 화려한 곳이었다. 또 지금은 들국화에 찬 이슬이 맺히고 마른 풀에 안개가 서리는 쓸쓸한 이 들판도 옛날에는 영웅호걸들이 자웅을 겨 루던 전쟁터였다. 이제는 그들의 흥망성쇠를 찾아볼 길이 없으니, 어제의 강자가 오늘 은 약자가 되는 변화의 무상함을 생각하면 그 명리를 구하는 마음도 식은 재처럼 싸 늘하게 변한다.

70

영욕에 놀라지 않으니 한가로이 뜰 앞의 꽃이 피고 지는 것을 바라 보며, 가고 머무름에 뜻이 없으니 무심히 하늘 밖 구름이 뭉치고 흩 어지는 것을 바라본다. 맑은 하늘과 달 밝은 밤에 날지 못할 곳이 없 는데도 부나비는 유독 촛불에 몸을 던지고, 맑은 샘물과 푸른 풀이 있으니 먹지 못할 것이 없는데도 올빼미는 굳이 썩은 쥐를 즐겨 먹는 다. 아, 세상에 부나비와 올빼미 아닌 사람이 몇이나 되겠는가!

寵辱(총욕)에 不驚(불경)하니 閒看庭前花開花落(한간정전화개화락)하고 去留無意(거류무의)하니 漫隨天外雲卷雲舒(만수천외운권운서)로다. 晴空 朗月(청공랑월)에 何天不可翶翔(하천불가고상)이리요마는 而飛蛾(이비아) 는 獨投夜燭(독투야촉)하고 淸泉綠卉(청천록훼)에 何物不可飮啄(하물불가 음탁)이리요마는 而鴟鶚(이치효)는 偏嗜腐鼠(편기부서)하나니 噫(희)라 世

之不爲飛蛾者鴟鶚(세지불위비아치효자)가 幾何人哉(기하인재)리요.

| 해설 | 세상을 달관한 사람은 인간의 영욕을 뜰 안의 꽃이 피고 지는 것을 바라보듯하고, 또 벼슬길에 들어서고 물러나는 것을 마치 뭉쳤다가 흩어지는 뜬구름처럼 여겨 가벼운 마음으로 처신한다. 갠 하늘, 달 밝은 밤에 자유로이 하늘을 날아다닐 수 있건만, 부나비는 왜 하필이면 촛불에 뛰어들어 몸을 사르는가. 맑은 샘, 푸른 풀을 얼마든지 먹을 수 있으련만 올빼미는 왜 하필이면 쥐를 즐겨 파먹는가? 사람 중에도 부나비처럼 부귀의 불길로 뛰어들어 스스로 몸을 사르고 올빼미처럼 이욕(利慾)의 썩은 쥐를 파먹어 일생을 망치는 사람이 얼마나 많은가.

71

뗏목에 오르자마자 곧 뗏목을 버릴 생각을 한다면 그는 진리를 깨달아 번뇌에서 벗어난 도인(道人)이나, 나귀를 타고 또다시 나귀를 찾는다면 끝내 진리를 깨닫지 못한 선사(禪師)에 그치고 말 것이다.

纔就筏(재취벌)하여 便思舍筏(변사사벌)하면 方是無事道人(방시무사도인)이나 若騎驢(약기려)하여 又復覓驢(우부멱려)하면 終爲不了禪師(종위불료선사)니라.

| 해설 | 뗏목을 타는 것은 강을 건너 저쪽 육지로 올라가는 데 목적이 있다. 그러

므로 강을 다 건넌 뒤 뗏목을 버리고 육지에 오르듯이 진리를 깨달은 중은 경전이 불필요한 것이 되었으므로 이를 버려야 한다. 언제까지나 경전에만 집착하면 영영 도를 깨치지 못할 것이다. 결국 진리는 자기 마음속에 있는 것인데 공연히 마음 바깥에서 구한다면 이것은 나귀를 타고 있으면서 또다시 나귀를 찾는 격이니 영원히 도를 깨닫지 못하는 가짜 중으로 남을 것이다.

72

권세와 부귀를 가진 자들은 용처럼 다투고 영웅들은 호랑이처럼 싸우니, 냉정한 눈으로 바라보면 개미떼가 비린내에 모여들고 파리떼가 다투어 피를 빨아먹는 것과 같다. 시비(是非)가 벌떼처럼 일어나고 득실(得失)이 고심도치 털처럼 일어나도, 냉정한 마음으로 대하면 마치 풀무가 쇠붙이를 녹이고 끓는 물이 눈을 녹이는 것과 같다.

權貴龍驤(권귀룡양)하고 英雄虎戰(영웅호전)하나니 以冷眼視之(이랭안시지)하면 如蟻聚羶(여의취전)하고 如蠅競血(여승경혈)이니라. 是非蜂起(시비봉기)하고 得失蝟興(득실위흥)하나니 以冷情當之(이랭정당지)하면 如冶化金(여야화금)하고 如湯消雪(여탕소설)이니라.

| 해설 | 권세 있고 부귀를 누리는 자들은 용이 날뛰듯이 서로 세력 다툼을 하고 영웅호걸들은 호랑이가 으르렁거리듯 싸운다. 그러나 냉정한 눈으로 보면 개미들이 비린내나는 고깃덩이에 다투어 모여들고 파리들이 피를 보고 서로 다투어 빨아먹는

것과 같음을 알 것이다. 또 세상을 살다 보면 옳고 그름을 가려야 할 일들이 벌떼처럼 생겨나고 이득과 손실을 따질 문제가 고슴도치 털처럼 많다. 그러나 냉정한 마음으로 대하면, 아무리 복잡하고 시끄러운 문제일지라도 마치 풀무에 쇠붙이가 녹고 끓는 물에 눈이 녹듯이 쉽게 사라질 것이다.

73

물욕에 얽매이면 우리 인생의 애달픔을 깨닫고 천성을 따라 유유자적하면 인생의 즐거움을 깨닫는 법이니, 인생의 애달픔을 알면 곧 속세의 욕심이 그 자리에서 사라지고 인생의 즐거움을 알면 곧 성인(聖人)의 경지에 절로 이를 것이다.

羈鎖於物欲(기쇄어물욕)이면 覺吾生之可哀(각오생지가애)하고 夷猶於性眞(이유어성진)이면 覺吾生之可樂(각오생지가락)하나니 知其可哀(지기가애)면 則塵情立破(즉진정립파)하고 知其可樂(지기가락)이면 則聖境自臻(즉성경자진)이니라.

| 해설 | 마음이 물욕에 얽매이면 인생이 가련하게 느껴지고, 물욕에서 떠나 천성에 따라 유유자적하면 인생이 절로 즐거워진다. 인생의 애달픔을 알면 물욕에서 벗어날 수 있고, 인생의 즐거움을 알면 자연히 성인의 경지에 도달할 수 있다.

74

마음속에 조그마한 물욕도 없다면 이미 화롯불에 눈이 녹고 햇볕에 얼음이 녹은 것과 같다. 눈앞에 밝은 마음을 둔다면, 달은 푸른 하늘에 걸려 있고 그 그림자는 물결에 있음을 볼 것이다.

胸中(흉중)에 既無半點物慾(기무반점물욕)이면 已如雪消爐焰氷消日(이여설소로염빙소일)하고 眼前(안전)에 自有一段空明(자유일단공명)이면 時見月在靑天影在波(시견월재청천영재파)니라.

| 해설 | 진리를 깨달으려면 먼저 마음속에 물욕이 없어야 한다. 마음속에 물욕이 전혀 없다면, 인생의 모든 번뇌가 화롯불에 눈이 녹고 여름 햇볕에 얼음이 녹듯 금세 사라져 버릴 것이다. 마침내 눈앞이 밝아지며, 푸른 하늘에 떠 있는 달빛이 맑은 물결 속을 비추는 것처럼 마음이 항상 밝게 빛날 것이다.

75

시상(詩想)은 패릉교 위에 있으니 나직이 읊조려 본다. 숲과 골짜기가 문득 탁 트여 막힘이 없다. 맑은 흥취는 경호(鏡湖) 물가에 있으니 홀로 거닌다. 산과 물이 절로 서로를 비추는구나.

詩思(시사)는 在瀾陵橋上(재파릉교상)이니 微吟就(미음취)하면 林岫(임수)가 便已浩然(변이호연)하고 野興(야흥)은 在鏡湖曲邊(재경호곡변)이니 獨往時(독왕시)에 山川(산천)이 自相映發(자상영발)이니라.

| 해설 | 시상(詩想)이나 맑은 흥취는 패릉교 같은 자연 풍경 속에서 생긴다. 나직한 소리로 시를 읊조리면 주위의 숲과 골짜기가 호연한 기상으로 화답해 온다. 또 속세를 벗어난 맑은 흥취는, 당나라 시인 하지장(賀知章)이 현종에게서 받은 〈경호곡〉처럼 맑은 물가에서 얻어진다. 이런 곳을 홀로 거닐면 산과 물이 서로를 비추어 아름다운 경치를 자아내니 흥취가 절로 난다.

76

오래 엎드려 있던 새는 반드시 높이 날고 먼저 피는 꽃은 지는 것 또한 빠르니, 사람도 이 이치를 알면 발을 헛디딜 걱정은 면할 뿐더러 조급한 생각도 사라질 것이다.

伏久者(복구자)는 飛必高(비필고)하고 開先者(개선자)는 謝獨早(사독조)하나니 知此(지차)면 可以免蹭蹬之憂(가이면층등지우)하고 可以消躁急之念(가이소조급지념)이니라.

| 해설 | 땅 위에 오랫동안 엎드려 지내던 새는 그 동안 힘을 충분히 길렀기에 일단 날기 시작하면 다른 새들보다 높이 날 수 있다. 그러나 일찍부터 아름다움을 자랑

한 꽃은 또한 일찍 진다. 사람의 일도 마찬가지다. 사람이 이러한 이치를 깨닫고 삼가 힘과 덕을 기른다면 세상을 살아가면서 실수할 걱정이 없을 것이며 조급히 서둘러 마음을 괴롭히는 어리석음을 범하지 않을 것이다.

77

나무는 뿌리만 남은 뒤라야 비로소 꽃 핀 가지와 무성한 잎새가 모두 헛된 영화임을 알고, 사람은 죽어서 관뚜껑을 덮은 뒤라야 비로소 자손과 재물이 소용없음을 깨닫는다.

樹木(수목)은 至歸根而後(지귀근이후)에 知華蕚枝葉之徒榮(지화악지엽지도영)하고 人事(인사)는 至蓋棺而後(지개관이후)에 知子女玉帛之無益(지자녀옥백지무익)이니라.

| 해설 | 나무는 잎새가 떨어져서 앙상한 줄기와 뿌리만 남은 때라야 비로소 아름답던 꽃과 무성하던 잎새가 모두 헛된 영화였다는 것을 깨닫는다. 사람도 마찬가지다. 죽어서 관 속에 들어간 후에야 비로소 자손과 재산이 모두 쓸데없음을 깨닫는다.

78

진공(眞空)은 공이 아니요, 형상(形相)에 집착함도 참이 아니요, 형상을 깨버림도 참이 아니다. 과연 석가세존은 무엇이라고 말씀하셨는가? "속세에 살면서 속세를 초월하라. 욕심을 따르는 것이 곧 괴로움이요 욕심을 끊는 것 또한 괴로움이니, 우리들 스스로가 마음을 닦고 마음을 바로 가지도록 하자" 하셨다.

眞空(진공)은 不空(불공)이요, 執相(집상)은 非眞(비진)이요, 破相(파상)도 亦非眞(역비진)이니 問世尊(문세존)은 如何發付(여하발부)요, 在世出世(재세출세)하라. 徇欲(순욕)은 是苦(시고)요, 絶欲(절욕)도 亦是苦(역시고)니 聽吾儕善自修持(청오제선자수지)하라.

| 해설 | 우리가 감각을 통해 느낄 수 있는 것은 변화무쌍한 현상(現象) 세계다. 그런데 이 현상 속에 현상을 뛰어넘는 본체가 있다. 그러므로 현상은 공(空)이지만 본체는 공이 아니다. 더구나 본체와 현상은 떨어질 수 없는 일체다. 모든 사물은 차별계(差別界)에서는 현상이나 무차별계에서는 본체가 된다. 그러므로 단순히 겉으로 나타난 현상에만 집착하는 것도 진실이 아니고, 현상을 부정하는 것도 진실이 아니다. 석가는 이에 대해 "사람은 속세에 살면서도 속세를 초월해야 한다. 욕망에 따르는 것은 괴로운 일이지만, 욕망을 버리는 것 또한 괴로운 일이다. 그러므로 우리는 평소에 심신을 수양해야 한다"고 말했다.

79

의로운 선비는 천 승(千乘)의 제후국도 사양하고 탐욕스러운 이는 한 푼을 가지고도 다투니 그 인품이 천지 차이이나, 명예를 좋아함은 또한 이익을 좋아함과 다를 것이 없다. 천자(天子)는 나라를 다스리고 거지는 음식을 구걸하니 그 지위가 천지 차이이나, 애타는 마음이 애타는 목소리와 무엇이 다르겠는가!

烈士(열사)는 讓千乘(양천승)하고 貪夫(탐부)는 爭一文(쟁일문)하나니 人品(인품)은 星淵也(성연야)로되 而好名(이호명)은 不殊好利(불수호리)니라. 天子(천자)는 營家國(영가국)하고 乞人(걸인)은 號饔飧(호옹손)하나니 位分(위분)은 霄壤也(소양야)로되 而焦思(이초사)는 何異焦聲(하이초성)이리요.

| 해설 | 의로운 선비는 한 나라를 주어도 받지 않지만, 탐욕스러운 이는 한 푼의 돈을 가지고도 다툰다. 두 인격의 차이는 하늘과 땅이지만, 나라를 받지 않는 것이 명예를 위해서라면 이익을 좋아하는 것과 무엇이 다르겠는가! 또 임금은 나라를 다스리기 위해 마음을 애태우고 거지는 끼니를 얻기 위해 애타게 부르짖는다. 두 신분의 차이는 하늘과 땅이지만, 임금이 마음을 애태우는 것과 거지가 애타게 부르짖는 것이 무엇이 다르겠는가!

80

세상맛을 속속들이 알고 나면 손바닥을 뒤집듯하는 세상 인심에 모두 맡겨 버리니 눈뜨기조차 귀찮아지고, 인정(人情)을 모두 알고 나면 소라 하든 말이라 하든 부르는 대로 따르며 그저 머리를 끄덕이고 만다.

飽諳世味(포암세미)하면 一任覆雨飜雲(일임복우번운)하여 總慵開眼(총용개안)하고 會盡人情(회진인정)하면 隨敎呼牛喚馬(수교호우환마)하여 只是點頭(지시점두)니라.

| 해설 | 세상의 쓴맛 단맛 모두 맛보고 세상 물정을 알아 버린 사람은 손바닥을 뒤집듯하는 경박한 인정에 무관심하여 거들떠보려고도 하지 않는다. 또 사람을 많이 겪어 세상 인심을 아는 사람은 남들이 자기를 헐뜯든 칭찬하든 상관치 않고 고개만 끄덕인다.

81

지금 사람들은 오로지 생각을 없애려고 애쓰나 끝내 없애지 못한다. 다만 앞의 생각에 머물지 않고 뒤의 생각을 받아들이지 않으며 오직 현재의 일만 처리해 나가면 자연히 무념의 경지에 들어갈 것이다.

今人(금인)은 專求無念(전구무념)이로되 而終不可無(이종불가무)하나니 只是前念不滯(지시전념불체)하고 後念不迎(후념불영)하며 但將現在的隨緣(단장현재적수연)하여 打發得去(타발득거)하면 自然漸漸入無(자연점점입무)니라.

| 해설 | 지금 사람들은 무념(無念)의 경지에 이르려고 애쓰면서도 끝내 그 경지에 이르지 못한다. 생각을 없애려는 생각 자체가 마음을 혼란시키기 때문이다. 과거의 일에 머물지 않고 미래의 일에도 구애받지 않으며 다만 그날그날을 평온하게 보내는 마음이면 차츰 무념무상(無念無想)의 경지에 들어갈 수 있을 것이다.

82

우연히 뜻에 맞으면 곧 아름다운 경지가 이루어지고 천연에서 나온 물건이라야 비로소 참된 기틀을 보니 만약 조금이라도 배치를 바꿔 놓으면 그 맛이 곧 줄어든다. 백낙천(白樂天)이 말하기를 "뜻은 할 일이 없을 때 즐겁고 바람은 절로 불어올 때 맑다" 했으니, 참으로 의미 있는 말이다.

意所偶會(의소우회)면 便成佳境(변성가경)하고 物出天然(물출천연)이면 纔見眞機(재견진기)하나니 若加一分調停布置(약가일분조정포치)하면 趣味便減矣(취미변감의)니라. 白氏云(백씨운)하되 意隨無事適(의수무사적)이요, 風逐自然淸(풍축자연청)이라 하니 有味哉(유미재)라 其言之也(기언지야)여.

| 해설 | 우연히 마음에 들면 그것이 바로 아름다운 경지를 이룬다. 모든 사물은 인공을 가하지 않은 자연 그대로일 때 참된 맛이 살아나는 법이다. 조금이라도 인위적인 힘으로 이를 고쳐 놓는다면 맛이 한결 줄어든다. 당나라의 시인 백낙천도 '마음

은 아무 할 일이 없을 때 가장 즐겁고, 바람은 절로 불어올 때 가장 맑다"고 말했는데,
정말 의미 있는 말이다.

83

천성이 맑으면 배고플 때 밥 먹고 목마를 때 물 마시며 살아도 몸
과 마음이 편치 않을 것이 없고, 마음이 어지러우면 비록 선(禪)을 말
하고 게(偈)를 읊을지라도 정신과 영혼을 희롱할 뿐이다.

性天澄徹(성천징철)하면 卽饑食渴飮(즉기식갈음)이라도 無非康濟身心
(무비강제신심)이요, 心地沈迷(심지침미)하면 縱談禪演偈(종담선연게)라도
總是播弄精魂(총시파롱정혼)이니라.

| 해설 | 천성이 맑으면 배고플 때 밥 먹고 목마를 때 물 마시면서 평범하게 살아
가도 몸과 마음이 편안하다. 그러나 마음이 물욕에 빠져 방황하면 설령 고상한 선(禪)
을 이야기하고 게송을 읊는다 할지라도 자기의 정신과 영혼을 희롱하는 것에 그칠 뿐
이다.

84

사람의 마음에는 진실된 깨달음의 경지가 있어, 거문고와 피리가

아니더라도 절로 편안하고 즐거워지며 향과 차가 아니더라도 절로 맑은 향기에 젖어든다. 모름지기 생각을 깨끗이 하고 마음을 비우며 잡념을 잊고 형체조차 잊어야, 비로소 그 가운데서 마음껏 놀고 즐길 수 있다.

人心(인심)에 有個眞境(유개진경)하여 非絲非竹(비사비죽)이라도 而自恬愉(이자념유)하고 不煙不茗(불연불명)이라도 而自淸芬(이자청분)하나니 須念淨境空(수념정경공)하고 慮忘形釋(여망형석)이라야 纔得以游衍怡其中(재득이유연기중)이니라.

| 해설 | 사람은 누구나 마음속에 진리를 깨닫는 신비로운 세계가 있다. 그 경지에 이르기만 하면 거문고와 피리 같은 악기가 없어도 음악을 즐길 수 있고 향을 피우고 차를 끓이지 않아도 절로 맑은 향기에 젖어든다. 이러한 경지에 도달하기 위해서는 마음을 맑게 하고 보고 듣는 인연을 끊어 물욕에 대한 잡념을 잊고 명리(名利)에 사로잡힌 육체의 실체마저도 잊어야 한다.

85

금은 광석에서 나오고 옥은 돌에서 나오는 법, 현상계(現象界)가 아니면 실상도 구할 수 없다. 술자리에서 도(道)를 깨닫고 꽃 속에서 신선(神仙)을 만나는 것도 풍아할 듯하나 속됨을 벗어날 수는 없다.

金自鑛出(금자광출)하고 玉從石生(옥종석생)하나니 非幻(비환)이면 無以求眞(무이구진)이라. 道得酒中(도득주중)하고 仙遇花裡(선우화리)는 雖雅(수아)나 不能離俗(불능리속)이니라.

| 해설 | 금은 광석에서 옥은 돌에서 캐내듯이, 영원불변의 실상도 변화무쌍한 현상계를 떠나서는 존재할 수 없다. 죽림칠현이 술에 취해 노자의 도를 깨닫고 어부가 무릉도원에서 신선을 만난 이야기는 멋은 있지만 속됨을 벗어난 것은 아니다. 인간은 속된 것 속에서 도를 발견해야 한다.

86

천지 중의 만물과 인륜 중의 모든 감정과 세계 가운데 모든 일은 속된 눈으로 보면 하나하나가 각각 다르지만 깨달음의 눈으로 보면 여러 가지가 모두 한결같으니, 어찌 번거롭게 분별하며 어찌 취하고 버릴 것이 있겠는가.

天地中萬物(천지중만물)과 人倫中萬情(인륜중만정)과 世界中萬事(세계중만사)는 以俗眼觀(이속안관)이면 紛紛各異(분분각이)나 以道眼觀(이도안관)이면 種種是常(종종시상)이니 何煩分別(하번분별)하며 何用取捨(하용취사)리요.

| 해설 | 산천초목 등 천지 중의 만물과 인간 상호간의 모든 감정과 이해득실(利害

得失) 등 세상에서 일어나는 모든 일들은 세속의 눈으로 보면 각각 다르지만, 도를 깨달은 사람의 눈으로 보면 모두가 똑같다. 그러므로 굳이 이것들을 구분하여 번거롭게 하고 취사선택하느라 애쓸 필요가 없지 않은가.

87

정신력이 왕성하면 좁은 방에서 베이불을 덮고도 천지의 생기(生氣)를 호흡하며, 입맛이 있으면 명아주국에 보리밥을 먹고도 인생의 담백한 참맛을 깨닫는다.

神酣(신감)이면 布被窩中(포피와중)에 得天地冲和之氣(득천지충화지기)하고 味足(미족)이면 藜羹飯後(여갱반후)에 識人生澹泊之眞(식인생담박지진)이니라.

| 해설 | 정신력이 왕성하면 누더기 이불을 덮고 사는 청빈한 생활 속에서도 천지의 화평한 생기를 마음껏 호흡할 수 있으며, 입맛만 있으면 보리밥에 시래기국을 먹고도 인생의 담백한 맛을 즐길 수 있다.

88

고뇌에 얽매임과 벗어남은 오직 자기 마음에 달려 있으니, 마음으로 깨달으면 푸줏간과 술집도 여전히 극락 세계요, 그렇지 못하면 거문고와 학을 벗삼고 꽃과 풀을 가꾸어 그 즐거움이 깨끗할지라도 악마의 방해가 끝내 남아 있을 것이다. 옛말에 이르기를 "능히 쉴 수 있으면 속세도 선경(仙境)이 되고 깨닫지 못하면 절간도 속세라" 했으니, 참으로 옳은 말이다.

纏脫(전탈)은 只在自心(지재자심)이니 心了則(심료즉) 屠肆糟店(도사조점)도 居然淨土(거연정토)요, 不然(불연)이면 縱一琴一鶴(종일금일학)과 一花一卉(일화일훼)로 嗜好雖淸(기호수청)이라도 魔障終在(마장종재)니라. 語(어)에 云(운)하되 能休(능휴)면 塵境(진경)도 爲眞境(위진경)이요, 未了(미료)면 僧家(승가)도 是俗家(시속가)라 하니 信夫(신부)로다.

| 해설 | 고뇌에 얽매여 괴로워하고 고뇌에서 벗어나 편안한 것은 자기 마음에 달린 것이다. 도를 깨달은 사람에게는 푸줏간이나 술집도 극락이다. 그러나 도를 깨닫지 못하면 거문고를 타고 학을 기르며 화초를 가꾸어 신선처럼 지낼지라도 마음속 악마의 방해가 끝내 남을 것이다. 옛말에 "도를 깨달으면 속세도 극락이요 깨닫지 못하면 절간도 속세라" 했으니 과연 맞는 말이다.

89

좁은 방에 살지라도 모든 걱정을 다 버리면 어찌 단청한 기둥에 구름이 날고 구슬발 걷고 비 구경하는 생활을 이야기하겠는가. 술 석

잔 마신 뒤에 모든 진리를 절로 깨달으면 오직 달빛 아래 낡은 거문고를 비껴 타고 바람에 피리 불 줄만 알 뿐이다.

斗室中(두실중)에 萬慮都捐(만려도연)하면 說甚畵棟飛雲(설심화동비운)하고 珠簾捲雨(주렴권우)하며 三杯後(삼배후)에 一眞自得(일진자득)하면 唯知素琴橫月(유지소금횡월)하고 短笛吟風(단적음풍)이니라.

| 해설 | 오두막 좁은 방에 살지라도 속세의 모든 근심 걱정을 버리면, 어찌 큰 집의 호화로운 생활이 얘깃거리가 되겠는가. 석 잔 술에 거나하게 취하여 우주의 진리를 깨달으면, 달빛 아래 낡은 거문고를 타고 맑은 바람결에 피리 불며 지내는 생활도 즐겁기만 하다.

90

모든 소리가 고요해진 가운데 갑자기 새 한 마리가 지저귀니 문득 온갖 그윽한 흥취가 일어나고, 모든 초목이 시들어 버린 후에 갑자기 한 떨기 꽃이 피는 것을 보니 문득 무한한 생기가 꿈틀거린다. 본성은 메마르지 않으며 정신은 사물에 부딪혀 움직인다는 것을 알 수 있다.

萬籟寂蓼中(만뢰적요중)에 忽聞一鳥弄聲(홀문일조롱성)하면 便喚起許多幽趣(변환기허다유취)하고 萬卉催剝後(만훼최박후)에 忽見一枝擢秀(홀견일지탁수)하면 便觸動無限生機(변촉동무한생기)하나니 可見性天(가견성천)은 未常枯槁(미상고고)하고 機神(기신)은 最宜觸發(최의촉발)이로다.

| 해설 | 사방이 적막할 때 갑자기 한 마리 새가 지저귀면 문득 그윽한 멋이 느껴져서 흥이 절로 나고, 늦가을에 모든 초목이 다 시든 후에 한 송이 아름다운 꽃이 피어난 것을 보면 문득 천지에 퍼져 있는 무한한 생기를 느낀다. 그러나 인간의 본성은 언제나 살아 있으며, 정신은 외계의 사물에 부딪치면 가장 활발히 움직인다는 것을 알 수 있다.

91

백낙천은 말하기를 "몸과 마음을 내버려두어 자연의 조화에 맡기는 것보다 더 좋은 것은 없다" 했고, 조보지는 말하기를 "몸과 마음을 단속하여 정적(靜寂)으로 돌아가는 것보다 더 좋은 것은 없다" 했다. 내버려두면 넘쳐서 미치광이가 되고 단속하면 메말라 생기가 없어지니, 오직 몸과 마음을 잘 가누는 자만이 그 자루[柄]를 손에 쥐고 풀어 주고 틀어쥐는 것을 자유로이 할 수 있다.

白氏云(백씨운)하되 不如放身心(불여방신심)하여 冥然任天造(명연임천조)라 하고 晁氏云(조씨운)하되 不如收身心(불여수신심)하여 凝然歸寂定(응연귀적정)이라 하니 放者(방자)는 流爲猖狂(유위창광)하고 收者(수자)는 入於枯寂(입어고적)하나니 唯善操身心的(유선조신심적)은 覇柄在手(파병재수)하여 收放自如(수방자여)니라.

| 해설 | 당나라 시인 백낙천의 시에 "몸과 마음을 자유롭게 내버려두어 자연의 조화에 맡기는 것이 가장 좋다"라는 말이 있다. 또 송나라 시인 조보지의 시에는 "몸과 마음을 엄격하게 단속하여 잡념을 버리고 정적의 경지로 돌아가는 것이 최고다"라는 말이 있다. 둘 다 중용을 벗어나 극단으로 흐르는 말이다. 백낙천의 말처럼 몸과 마음을 내버려두면 미치광이 같은 행동을 하고, 조보지의 말처럼 몸과 마음을 단속하면 메마른 나무처럼 생기가 없어진다. 그러므로 몸과 마음을 잘 간직하여 내버려두어야 할 경우에는 풀어놓고 단속해야 할 경우에는 틀어쥐어 자유자재로 조정할 수 있어야 한다.

92

눈 내린 밤 달 밝은 하늘을 보면 문득 마음이 맑아지고, 봄바람의 온화한 기운을 만나면 마음 또한 절로 부드러워지니, 천지의 변화와 사람의 마음은 서로 융합하여 한 치의 틈이 없다.

當雪夜月天(당설야월천)하면 心境(심경)이 便爾澄徹(변이징철)하고 遇春風和氣(우춘풍화기)하면 意界(의계)가 亦自冲融(역자충융)하나니 造化人心(조화인심)이 混合無間(혼합무간)이니라.

| 해설 | 눈밭 위로 달빛이 환한 광경을 보면 마음이 깨끗해지고, 따뜻한 봄바람이 불어오면 마음이 온화해진다. 이처럼 자연의 섭리와 사람의 마음은 한 치의 간격 없이 서로 융합되어 있다.

93

글이 서투르면 앞으로 나아가고 도(道)가 서투르면 이루는 법, '졸
(拙)' 자 한 자에 무한한 뜻이 담겨 있다. "복숭아꽃 핀 마을에서 개가
짖고 뽕나무밭에서 닭이 우노라" 하면 얼마나 순박한가. 그러나 "차
가운 연못에 달이 비치고 고목에서 까마귀가 우노라" 하는 데에 이
르면 기교는 있지만 문득 생기 없고 쓸쓸한 기분을 느낀다.

文以拙進(문이졸진)하고 道以拙成(도이졸성)하나니 一拙字(일졸자)에 有
無限意味(유무한의미)니라. 如桃源犬吠(여도원견폐)와 桑間鷄鳴(상간계
명)이 何等淳龐(하등순롱)고 至於寒潭之月(지어한담지월)과 古木之鴉(고목
지아)하면 工巧中(공교중)에 便覺有衰颯氣象矣(변각유쇠삽기상의)니라.

| 해설 | 꾸밈 없이 순박해야 좋은 글이다. 수도(修道)도 수선스럽지 않게 조용히
해야 인격을 닦는다. 그러고 보면 졸(拙) 자 한 글자에 무한히 깊은 뜻이 담겨 있다. 문
장을 순박하게 표현하면 생명감이 있지만 너무 기교를 부리면 생명감이 없어진다.

94

나 자신의 의지에 따라 사물을 움직이는 자는 얻었다 해서 진정 기
뻐하지 않고 잃었다 해도 근심하지 않으니, 대지가 모두 그가 노니는

곳이다. 사물에 끌려다니는 자는 역경을 싫어하고 순탄한 것만 찾으니, 털끝만한 일에도 자신을 얽매이고 만다.

以我轉物者(이아전물자)는 得固不喜(득고불희)하고 失亦不憂(실역불우)하여 大地盡屬逍遙(대지진속소요)하며 以物役我者(이물역아자)는 逆固生憎(역고생증)하고 順亦生愛(순역생애)하여 一毛便生纏縛(일모변생전박)이니라.

| 해설 | 자기가 주인이 되어 만물을 자유로이 움직이는 부귀공명을 얻었다고 기뻐하지 않고 또 그것을 잃었다고 근심하지 않는다. 광대무변한 대지가 모두 그가 유유자적할 땅이라 여기기 때문이다. 그러나 물욕에 이끌려 외계의 사물의 지배를 받는 사람은 역경을 싫어하고 순탄하기만을 바라기 때문에 사소한 일에도 구애되어 곧 자유를 잃고 만다.

95

도리가 비어 쓸쓸하면 사물도 비어 쓸쓸한 법이니, 사물을 버리고 도리만 잡으려 함은 그림자는 버리고 형체만 남겨 두려는 것과 같다. 마음이 비면 경계도 비는 법이니, 경계를 버리고 마음만 지니려 함은 비린 것을 모아놓고 모기를 쫓으려는 것과 같다.

理寂則事寂(이적즉사적)하나니 遣事執理者(견사집리자)는 似去影留形

(사거영류형)하고 心空則境空(심공즉경공)하나니 去境存心者(거경존심자)
는 如聚羶却蚋(여취전각예)니라.

| 해설 | 우주의 도리(道理), 즉 본체와 사물, 즉 현상(現象)과의 관계는 물체와 그
림자의 관계 같아서, 본체가 없으면 현상도 없다. 그러므로 현실을 무시하고 본체에만
집착하는 것은 그림자는 버리고 물체만 남겨두려는 것이니, 소용없는 일이다. 마찬가
지로 마음과 경계는 밀접한 관계에 있다. 마음이 초라하면 경계도 초라하게 비친다.
마음만 똑바로 가지면 어떤 경우라도 그 때문에 지배받지는 않는다. 그런데 사람들은
현실을 피하여 산 속에 들어가 살면서도 속세에 대한 미련을 버리지 못하니, 비린 것
을 그대로 두고 모여드는 모기떼만 쫓으려는 것과 무엇이 다른가.

96

속세를 벗어나 한가히 지내는 사람의 맑은 흥취는 스스로 유유자
적하는 데 있다. 그러므로 술은 권하지 않음을 기쁨으로 삼고 바둑은
다투지 않음을 승리로 삼으며, 피리는 구멍이 없음을 적당하다고 여
기고 거문고는 줄이 없음을 고상하다 여기며, 만남은 기약하지 않음
을 참되다 생각하고 손님은 마중하고 배웅하지 않음을 편하다고 여
긴다. 그러나 겉치레에 이끌리고 형식에 얽매인다면 곧 속세의 고해
(苦海)에 떨어질 것이다.

幽人淸事(유인청사)는 總在自適(총재자적)이라 故(고)로 酒以不勸爲歡

(주이불권위환)하고 棋以不爭爲勝(기이불쟁위승)하며 笛以無腔爲適(적이
무강위적)하고 琴以無絃爲高(금이무현위고)하며 會以不期約爲眞率(회이불
기약위진솔)하고 客以不迎送爲坦夷(객이불영송위탄이)하나니 若一牽文泥
迹(약일견문니적)하면 便落塵世苦海矣(변락진세고해의)리라.

| 해설 | 속세를 벗어나 한가로이 사는 사람의 흥취는 자기 처지에 만족하고 편안
히 살아가는 데 있다. 그러므로 술은 서로 권함이 없이 마음 내키는 대로 마시고, 바둑
은 꼭 이기려고 하지 않으면서 즐기고, 구멍 없는 피리와 줄 없는 거문고로도 만족하
여 흥겨워하며, 친구는 기약도 없이 찾아가 만나고, 손님이 와도 마중이나 배웅을 하
지 않아 피차 마음에 부담이 되지 않게 한다. 그러나 겉치레와 형식에 얽매이면 모처
럼의 풍류도 속세의 고해에 떨어지고 말 것이다.

97

시험 삼아 자기가 태어나기 전에 어떤 모습이었을지 상상해 보고,
또 죽은 뒤의 모습을 상상해 보라. 온갖 생각이 재처럼 싸늘하게 식
고 본성만이 고요히 남을 것이니, 스스로 만물 밖으로 초연하여 상선
(象先)에서 노닐 수 있을 것이다.

試思未生之前(시사미생지전)에 有何象貌(유하상모)하고 又思旣死之後
(우사기사지후)에 作何景色(작하경색)하면 則萬念灰冷(즉만념회랭)하고 一
性寂然(일성적연)하여 自可超物外遊象先(자가초물외유상선)이니라.

| 해설 | 내가 세상에 태어나기 전에는 어떤 모습을 하고 있었을까? 내가 세상을 떠난 다음에는 어떤 모습으로 남을까? 이 문제를 생각해 보면 모든 집착이 사라지고 오직 본심만 남아, 현실을 초월하여 만물이 생성되기 이전의 절대 세계에서 자유를 누릴 수 있을 것이다.

98

병든 후에야 건강이 보배임을 생각하고 전란을 당한 뒤에야 평화가 복임을 생각하는 것은 빠른 지혜가 아니다. 행복을 바라기에 앞서 그것이 재앙의 근본이 됨을 미리 알고 삶을 탐내기에 앞서 그것이 죽음의 원인이 됨을 미리 안다면 뛰어난 식견이다.

遇病而後(우병이후)에 思强之爲寶(사강지위보)하고 處亂而後(처란이후)에 思平之爲福(사평지위복)은 非蚤智也(비조지야)니라. 倖福而先知其爲禍之本(행복이선지기위화지본)하고 貪生而先知其爲死之因(탐생이선지기위사지인)이면 其卓見乎(기탁견호)인저.

| 해설 | 병든 후에야 비로소 건강의 고마움을 알고 전쟁이 일어난 후에야 비로소 평화의 소중함을 아는 것은 앞날을 미리 내다보는 지혜라 할 수 없다. 재물이나 지위를 탐내는 것이 불행의 원인이 됨을 간파하고 구차히 살려고 애쓰는 것이 자신의 무덤을 파는 일임을 미리 깨닫는다면 이것이야말로 뛰어난 지혜라 할 수 있다.

99

배우는 분 바르고 연지 찍어 아름다움과 추함을 붓끝으로 흉내내지만, 이윽고 노래가 끝나고 막이 내리고 나면 아름답고 추한 것이 어디 있는가! 바둑을 두는 사람은 앞뒤를 재며 바둑돌로 승패를 겨루지만, 이윽고 판이 끝나 바둑돌을 거두면 이기고 지는 것이 어디 있는가!

優人(우인)은 傅粉調硃(부분조주)하여 效妍醜於毫端(효연추어호단)이나 俄而歌殘場罷(아이가잔장파)면 妍醜何存(연추하존)이며 弈者(혁자)는 爭先競後(쟁선경후)하여 較雌雄於著子(교자웅어착자)나 俄而局盡子收(아이국진자수)면 雌雄安在(자웅안재)리요.

| 해설 | 연극이 시작되면 분 바르고 연지 찍어 꾸민 아름답고 추한 사람들이 등장한다. 그러나 연극이 끝나 막이 내리고 나면 그뿐, 아름답고 추한 것이 어디 있는가? 또 바둑을 둘 때는 앞뒤를 재며 승패를 겨루지만, 일단 바둑이 끝나 바둑돌을 거두고 나면 승패가 어디 있는가? 부귀와 빈천, 성공과 실패도 다 이와 같으니, 명리에 급급하여 마음과 몸을 괴롭힐 필요가 없다.

100

　바람과 꽃의 산뜻함과 눈과 달의 맑음은 오직 고요한 사람만이 그 주인이 되며, 물과 나무의 무성하고 메마름과 대나무와 돌의 소멸하고 성장함은 다만 한가로운 사람만이 권한을 잡는다.

　風花之瀟洒(풍화지소쇄)와 雪月之空淸(설월지공청)은 唯靜者爲之主(유정자위지주)요. 水木之榮枯(수목지영고)와 竹石之消長(죽석지소장)은 獨閒者操其權(독한자조기권)이니라.

　| 해설 | 명리를 좇는 사람은 바람과 꽃의 산뜻함이나 눈과 달의 맑은 풍취를 느끼지 못한다. 오직 물욕에서 떠나 마음이 번잡하지 않고 고요한 사람만이 즐길 수 있다. 또 맑은 물 주변의 나무와 바위 옆의 대나무가 여름에는 무성하고 겨울이면 시들어가는 모습이 인간의 영고성쇠(榮枯盛衰)를 말해 주고 있지만 이해 관계에 매여 있는 자들은 그 정경을 바라볼 줄 모른다. 속세를 떠나 유유자적하는 사람만이 절실히 느낄 수 있다.

101

시골 사람들은 닭고기와 막걸리 이야기를 하면 흔연히 기뻐하나 맛있는 고급 요리에 대해 물어보면 알지 못하며, 무명 두루마기에 베 잠방이 이야기를 하면 즐거워하나 벼슬아치의 예복에 대해 물어보면 알지 못한다. 그 천성이 온전한지라 그 욕망도 담백하다. 이것이 인생 최고의 경지다.

田父野曳(전부야수)는 語以黃鷄白酒(어이황계백주)면 則欣然喜(즉흔연희)하되 問以鼎食(문이정식)하면 則不知(즉부지)하고 語以縕袍短褐(어이온포단갈)이면 則油然樂(즉유연락)하되 問以袞服(문이곤복)하면 則不識(즉불식)하나니 其天全(기천전)하여 故(고)로 其欲淡(기욕담)이니 此是人生第一個境界(차시인생제일개경계)니라.

| 해설 | 시골에서 농사를 짓는 사람들은 닭고기 안주에 막걸리가 나오면 매우 기뻐할 뿐 부자들이 먹는 고급 요리는 이름도 모르며, 무명 두루마기나 베 잠방이는 즐겨 입지만 고관의 화려한 복장은 본 적도 없고 알지도 못한다. 그들의 천성이 온전하고 조금도 손상되지 않아 욕심도 담백하기 때문이니, 이것이야말로 인생의 최고 경지가 아니겠는가!

102

마음에 사심이 없으면 구태여 마음을 들여다볼 필요가 어디 있겠는가! 석가가 말한 '관심(觀心)'은 그 장애를 더할 뿐이다. 또한 만물은 본래 한 물건이니 어찌 가지런하기를 기다릴 수 있겠는가! 장자가 말하는 '제물(齊物)'은 오히려 같은 것을 스스로 갈라놓을 뿐이다.

心無其心(심무기심)이면 何有於觀(하유어관)이리요. 釋氏曰(석씨왈) 觀心者(관심자)는 重增其障(중증기장)이니라. 物本一物(물본일물)이니 何待於齊(하대어제)리요. 莊生曰(장생왈) 齊物者(제물자)는 自剖其同(자부기동)이니라.

| 해설 | 마음에서 모든 사심을 없앤다면 굳이 마음의 본성을 들여다보고 반성할 필요가 어디 있겠는가. 그러므로 불교에서 말하는 '관심'도 마음에 한 점 티끌도 없는 사람에게는 소용없는 일이다. 또 만물의 본체는 하나이므로 본디 차별이 없는 것이다. 그러므로 만물을 가지런히 하라는 장자의 '제물론'은 부질없는 주장이므로, 원래 일체인 것을 도리어 갈라놓아 차별을 둔 셈이 된다.

103

피리 불고 노래하며 흥이 한창 무르익어 가는데 문득 옷깃을 털고 홀쩍 떠남은, 도에 통달한 사람이 벼랑에서 손을 놓고 걸어가는 것과 같아 부럽기 이를 데 없다. 시간이 이미 다 지났는데도 계속해서 밤길을 쏘다님은 속된 선비가 몸을 고해(苦海)에 담그는 것과 같아 우습기 이를 데 없다.

笙歌正濃處(생가정농처)에 便自拂衣長往(변자불의장왕)하면 羨達人撒手懸崖(선달인살수현애)하고 更漏已殘時(경루이잔시)에 猶然夜行不休(유연야행불휴)하면 笑俗士沈身苦海(소속사침신고해)니라.

| 해설 | 피리 소리와 노랫소리가 어우러져 바야흐로 흥이 무르익어 갈 무렵에 벌떡 일어나 옷깃을 털고 홀쩍 떠나는 것은, 도에 통달한 사람이 위태로운 절벽에서 태연히 팔을 휘저으며 걸어가는 것처럼 통쾌한 일이다. 그러나 밤도 깊어 물시계의 물이 다 마른 뒤에도 여전히 밤거리를 쏘다니면서 노는 것은 속인이 하는 짓으로 자기 몸을 스스로 괴로운 세상에 던지는 어리석은 짓이다.

104

아직 마음을 정하지 않았거든 시끄러운 속세의 발길을 끊어, 마음이 욕심낼 만한 것을 보지 못하고 흩어지지 않음으로써 자기의 고요한 본심을 맑게 하라. 마음을 이미 굳게 잡았거든 다시 속세로 뛰어들어, 마음이 욕심낼 만한 것을 보아도 흩어지지 않음으로써 원만한 마음의 기틀을 기르도록 하라.

把握未定(파악미정)이어든 宜絶跡塵囂(의절적진효)하여 使此心(사차심)으로 不見可欲而不亂(불견가욕이불란)하여 以澄吾靜體(이징오정체)하고 操持旣堅(조지기견)이어든 又當混跡風塵(우당혼적풍진)하여 使此心(사차심)으로 見可欲而亦不亂(견가욕이역불란)하여 以養吾圓機(이양오원기)니라.

| 해설 | 마음을 다스릴 수 없으면 속세의 발을 끊어 욕심을 불러일으킬 만한 사물을 가까이 하지 않음으로써 본심을 깨끗이 닦아라. 그리하여 마음을 다스릴 수 있으면 다시 속세로 돌아가라. 그때도 온갖 유혹에 흔들리지 않는다면 비로소 세상을 마음대로 살아갈 것이다.

105

고요함을 좋아하고 시끄러움을 싫어하는 사람은 흔히 남들을 피하여 고요함을 찾으려 하나, 사람과 접촉하지 않으려는 것이 곧 자기에게 얽매이는 것이며 마음이 고요함에 집착하는 것이 곧 동요의 근본임을 알지 못하는 것이다. 그래서야 어찌 남과 나를 하나로 보고 움직임과 고요함을 함께 잊어버리는 경지에 도달하겠는가.

喜寂厭喧者(희적염훤자)는 往往避人以求靜(왕왕피인이구정)하나니 不知

意在無人(부지의재무인)이면 便成我相(변성아상)하고 心著於靜(심착어정)이면 便是動根(변시동근)이니 如何到得人我一視(여하도득인아일시)하고 動靜兩忘的境界(동정량망적경계)리요.

| 해설 | 고요함을 좋아하고 시끄러움을 싫어하는 사람은 흔히 남들을 피하여 고요함을 찾으려 하나, 사람을 멀리 하려는 것은 오히려 자기에게 사로잡혀 있기 때문이며, 또 고요에 집착하는 것이 마음을 흔들어 놓는 원인이 되기도 한다. 이래서는 남과 나를 일체로 보고 동(動)과 정(靜)을 함께 잊어버리는 절대의 경지에 이를 수 없다.

106

산 속에 살면 가슴속이 맑고 깨끗하여 대하는 것마다 아름다워 보인다. 외로운 구름과 한가한 학을 보면 속세를 벗어난 생각이 들고, 돌 많은 골짜기에서 흐르는 샘물을 보면 때묻은 마음을 깨끗이 씻고자 하는 생각이 들며, 늙은 전나무와 싸늘한 매화를 어루만지면 굳은 절개가 생기고, 물가에서 갈매기와 사슴들을 벗하면 번거로운 마음을 잊는다. 그러나 속세로 뛰어들면 외부의 사물과 상관없이 이 몸은 부질없는 존재가 될 것이다.

山居(산거)하면 胸次淸洒(흉차청쇄)하여 觸物皆有佳思(촉물개유가사)하나니 見孤雲野鶴(견고운야학)에 而起超絶之想(이기초절지상)하고 遇石澗流泉(우석간류천)에 而動澡雪之思(이동조설지사)하며 撫老檜寒梅(무로회

한매)에 而勁節挺立(이경절정립)하고 侶沙鷗麋鹿(여사구미록)에 而機心頓
忘(이기심돈망)이나 若一走入塵寰(약일주입진환)하면 無論物不相關(무론
물불상관)이나 卽此身亦屬贅旒矣(즉차신역속췌류의)리라.

| 해설 | 속세를 벗어나 산 속에 살다 보면 마음이 절로 깨끗해진다. 외롭게 떠가
는 조각구름이나 들판을 날아다니는 학을 보면 세속을 초월한 생각이 들고, 돌 많은
골짜기를 흐르는 물을 보면 속세에서 묻은 마음의 때를 씻고 싶어지며, 늙은 전나무
나 눈 속에서 피어난 매화를 보면 굳은 절개가 생기고, 물가를 한가히 날아다니는 갈
매기나 숲 속의 사슴을 보면 속세의 마음을 잊는다. 그러나 산 속을 떠나서 속세로 뛰
어들면 비록 외부의 사물과 접촉하지 않더라도 이 몸은 쓸데없는 존재가 될 것이다.

107

흥이 일어나서 향기로운 풀밭을 맨발로 한가롭게 거닐다 보니 들
새들도 경계하는 마음을 풀고 때때로 친구가 되어 준다. 경치가 마음
에 들어 떨어지는 꽃잎 아래 옷깃을 헤치고 우두커니 앉아 있다 보니
흰 구름도 말 없이 찾아와 한가롭게 머문다.

興逐時來(흥축시래)면 芳草中(방초중)에 撤履閒行(철리한행)하나니 野鳥
(야조)도 忘機時作伴(망기시작반)이로다. 景與心會(경여심회)면 落花下(낙
화하)에 披襟兀坐(피금올좌)하나니 白雲(백운)이 無語漫相留(무어만상류)

로다.

| 해설 | 흥이 솟아나 맨발로 풀밭을 거닐다 보니 새들도 마음놓고 날아와 함께 놀아 준다. 아름다운 경치가 마음에 들어 꽃잎이 지는 나무 아래 옷깃을 풀어헤치고 멍하니 앉아 먼산을 바라보노라니 흰 구름이 말 없이 다가와 내 곁에 머무는 듯싶다.

108

인생 화복의 경계는 모두가 마음이 만드는 것이다. 석가는 이르기를 "욕심이 타오르면 그것이 곧 불구덩이요, 탐욕에 빠지면 곧 고해가 된다. 생각이 맑으면 뜨거운 불길도 연못이 되고, 마음이 크게 깨달으면 배가 피안에 오른다" 하였다. 생각이 조금만 달라져도 그 경계에 이처럼 큰 차이가 있으니, 어찌 삼가지 않겠는가.

人生福境禍區(인생복경화구)는 皆念想造成(개념상조성)이니라. 故(고)로 釋氏云(석씨운)하되 利欲熾然(이욕치연)이면 卽是火坑(즉시화갱)이요, 貪愛沈溺(탐애침닉)하면 便爲苦海(변위고해)나 一念淸淨(일념청정)하면 烈焰成池(열염성지)하고 一念警覺(일념경각)하면 船登彼岸(선등피안)이라 하니 念頭稍異(염두초이)면 境界頓殊(경계돈수)니 可不愼哉(가불신재)아.

| 해설 | 인생의 행복과 불행은 모두 마음먹기에 달려 있다. 석가가 말하기를 "욕심이 불길처럼 일어나면 곧 불구덩이에 떨어지고 탐욕에 집착하여 헤어나지 못하면

곧 고해가 된다. 그러나 마음이 맑으면 욕망의 불길 속도 맑고 시원한 연못과 같으며, 마음이 미망(迷妄)에서 깨어나면 그가 탔던 배는 극락 세계에 이른다" 고 했다. 생각이 조금만 달라도 이렇게 엄청난 차이가 생기니, 어찌 이 말을 명심하지 않겠는가.

109

새끼줄 톱이 나무를 자르고 물방울이 돌을 뚫듯, 도(道)를 배우는 사람은 모름지기 힘써 찾아야 한다. 물이 모이면 도랑을 이루고 참외가 익으면 꼭지가 떨어지듯 도를 얻으려는 사람은 한결같이 모든 것을 천기(天機)에 맡겨야 한다.

繩鋸木斷(승거목단)하고 水滴石穿(수적석천)하나니 學道者(학도자)는 須加力索(수가력색)이니라. 水到渠成(수도거성)하고 瓜熟蒂落(과숙체락)하나니 得道子(득도자)는 一任天機(일임천기)니라.

| 해설 | 새끼줄을 톱 삼아 쉬지 않고 썰다 보면 나무가 잘리고, 물방울도 끊임없이 떨어지면 돌에 구멍이 뚫린다. 도를 배우는 사람도 이처럼 꾸준히 노력하면 드디어 목적을 달성할 것이다. 도랑물이 모여 큰 강을 이루고 참외는 익으면 절로 꼭지가 떨어진다. 진리를 깨달으려는 사람도 너무 조급해하지 말고 때가 오기를 기다려 부단히 노력하면 언젠가는 뜻을 이룰 것이다.

110

마음을 잠재우면 문득 달빛이 비치고 바람이 불어오니 세상을 반드시 고해(苦海)라고만 생각할 수 없고, 마음을 멀리 한 곳에서는 수레의 먼지와 말굽 소리가 절로 없어지니 어찌 산수에 미쳐 병들 수 있겠는가.

機息時(기식시)에 便有月到風來(변유월도풍래)하나니 不必苦海人世(불필고해인세)로다. 心遠處(심원처)에 自無車塵馬迹(자무거진마적)이어늘 何須痼疾丘山(하수고질구산)이리요.

| 해설 | 마음이 명리를 떠나서 고요하면 절로 밝은 달, 맑은 바람처럼 심령이 깨끗해지고 인생이 즐거워진다. 또 사람들은 속세가 시끄럽다 하여 자연을 찾아가나 마음을 속세에서 멀리 하면 절로 티끌과 소음이 사라지므로 굳이 자연만 찾아다닐 필요는 없다.

111

초목이 시들어 떨어지면 곧바로 뿌리에서 새싹이 돋아나며, 엄동설한이라도 동지가 되면 마침내 봄기운이 솟아난다. 살기(殺氣) 중에서도 항상 소생을 우선으로 하니, 이로써 천지의 마음을 볼 수 있다.

草木(초목)이 纔零落(재영락)하면 便露萌穎於根底(변로맹영어근저)하고 時序(시서)는 雖凝寒(수응한)이나 終回陽氣於飛灰(종회양기어비회)니라. 蕭殺之中(숙살지중)에 生生之意(생생지의)가 常爲之主(상위지주)하나니 卽 是可以見天地之心(즉시가이견천지지심)이니라.

| 해설 | 초목이 시들어 땅에 떨어지면 바로 뿌리에서 새싹이 돋아난다. 엄동설한 이라도 동지가 되면 벌써 봄기운이 나타나기 시작한다. 이처럼 자연은 만물을 죽게 하면서도 언제나 다시 소생시키고 있으니 이것이 곧 천지의 마음이다.

112

비가 갠 뒤에 산빛을 바라보면 경치가 문득 새롭고 아름다우며, 고 요한 밤에 종소리를 들으면 그 울림이 한결 맑고 드높다.

雨餘(우여)에 觀山色(관산색)하면 景象(경상)이 便覺新妍(변각신연)하고 夜靜(야정)에 聽鐘聲(청종성)하면 音響(음향)이 尤爲淸越(우위청월)이니라.

| 해설 | 비 갠 뒤의 산은 초목이 생기를 얻어 더욱 새롭고 아름다우며, 깊은 밤의 종소리는 그 울림이 한결 맑고 드높다.

113

높은 데 오르면 사람의 마음이 넓어지고, 흐르는 물가에 가면 사람의 뜻이 원대해지며, 눈비가 내리는 밤에 책을 읽으면 사람의 정신이 맑아지고, 언덕 위에 올라 휘파람을 불면 사람이 흥취가 고상해진다.

登高(등고)하면 使人心曠(사인심광)하고 臨流(임류)하면 使人意遠(사인의원)하며 讀書於雨雪之夜(독서어우설지야)면 使人神淸(사인신청)하고 舒嘯於丘阜之巓(서소어구부지전)하면 使人興邁(사인흥매)니라.

| 해설 | 높은 산에 올라가면 시야가 넓어지므로 자연히 사람의 마음도 넓어지고, 강가에서 멀리 흘러가는 물결을 바라보면 뜻이 원대해지며, 비가 오거나 눈이 내리는 밤에 책을 읽으면 정신이 절로 맑아지고, 언덕에 올라가 휘파람을 불면 감흥이 절로 높아진다. 인간이 속세를 떠나 자연을 벗삼으면 마음이 얼마나 넓어지고 깨끗해지며 흥겨워지는지 알 수 있다.

114

마음이 넓으면 만종의 녹(祿)도 질항아리 같고, 마음이 좁으면 한 오라기의 머리카락도 수레바퀴 같다.

心曠(심광)이면 則萬鐘(즉만종)도 如瓦缶(여와부)하고 心隘(심애)면 則一
髮(즉일발)도 似車輪(사거륜)이니라.

| 해설 | 마음이 넓어 명리에 얽매이지 않는 사람에게는 고관대작의 벼슬자리나
백만금의 재물도 깨어진 질그릇처럼 보인다. 하지만 마음이 좁은 사람에게는 머리카
락 한 올도 수레바퀴처럼 크게 보여 명리(名利)를 좇게 마련이다.

115

바람과 달, 꽃과 버들이 없으면 천지의 조화를 이루지 못하고, 정욕
과 기호가 없으면 마음 바탕을 이루지 못한다. 다만 내 의지로써 사
물을 부리고 사물이 나를 부리지 못하게 한다면, 기호와 정욕도 하늘
의 작용이고 세속적인 마음도 천리의 경지가 된다.

無風月花柳(무풍월화류)면 不成造化(불성조화)하고 無情欲嗜好(무정욕
기호)면 不成心體(불성심체)하나니 只以我轉物(지이아전물)하고 不以物役
我(불이물역아)면 則嗜慾(즉기욕)도 莫非天機(막비천기)요, 塵情(진정)도
卽是理境矣(즉시리경의)니라.

| 해설 | 바람과 달, 꽃과 버들 같은 자연의 풍물(風物)이 없다면 자연의 아름다움
은 이루어질 수 없다. 이와 마찬가지로 사람에게 정욕이나 기호가 없다면 그 마음이
목석(木石)처럼 생기가 없을 터이므로 마음 바탕이 이루어질 수 없다. 다만 내 의지로

써 사물을 부리고 그 지배에서 벗어날 수 있다면, 기호와 정욕도 하늘의 미묘한 조화 아닌 것이 없고 세속적인 마음도 천리가 된다.

116

일신(一身)에 대해 일신을 깨달은 이는 모름지기 만물을 만물에게 맡기며, 천하를 천하에 돌려주는 이는 모름지기 속세에서 속세를 벗어날 수 있다.

就一身(취일신)하여 了一身者(요일신자)는 方能以萬物(방능이만물)로 付萬物(부만물)하고 還天下於天下者(환천하어천하자)는 方能出世間於世間(방능출세간어세간)이니라.

| 해설 | 자기 자신에 대하여 깊이 깨달은 사람이라면 만물을 있는 그대로 두고 활발히 발전해 나가게 할 것이다. 만물에 인위적으로 간섭하려 하거나 자기 소유로 하려는 것은 천리(天理)에 어긋나는 일이다. 또 천하는 한 사람의 뜻대로 되는 것이 아니니 만인에게 돌려주어야 한다. 만인의 의사에 따라 천하를 다스리는 사람은 속세에 살면서도 속세를 벗어날 수 있다.

117

사람이 지나치게 한가하면 딴생각이 슬그머니 생겨나고 지나치게 분주하면 본성이 나타나지 않는다. 그러므로 군자는 몸과 마음에 근심을 지니지 않을 수 없고, 청풍명월의 취미를 즐거워하지 않을 수 없다.

人生(인생)은 太閒則別念竊生(태한즉별념절생)하고 太忙則眞性不現(태망즉진성불현)하나니 故(고)로 士君子(사군자)는 不可不抱身心之憂(불가불포신심지우)하고 亦不可不耽風月之趣(역불가불탐풍월지취)니라.

| 해설 | 사람이 지나치게 한가하면 잡념과 망상이 생기게 마련이고, 지나치게 분주하면 일에 묻혀서 자기의 본심마저 돌아보지 못한다. 그러므로 군자는 한가한 때 몸과 마음에 근심을 두어 잡념과 망상이 생기지 않도록 하며, 동시에 아무리 분주해도 풍류를 즐길 줄 아는 여유를 지녀야 한다.

118

사람의 마음은 흔히 움직임에서 본성을 잃는다. 아무 생각도 일으키지 않고 맑은 마음으로 조용히 앉아 있으면, 구름이 일어나면 한가롭게 함께 가고 빗방울이 떨어지면 냉연히 함께 맑아지며 새가 울면

흐뭇하게 느끼고 꽃이 지면 환하게 스스로 깨달으니, 어느 곳인들 참된 경지가 아니며 어느 것인들 참된 활동이 아니겠는가.

人心(인심)은 多從動處(다종동처)에 失眞(실진)하나니 若一念不生(약일념불생)하고 澄然靜坐(징연정좌)하면 雲興而悠然共逝(운흥이유연공서)하고 雨滴而冷然俱淸(우적이랭연구청)하며 鳥啼而欣然有會(조제이흔연유회)하고 花落而瀟然自得(화락이소연자득)하리니 何地(하지)가 非眞境(비진경)이며 何物(하물)에 無眞機(무진기)리요.

| 해설 | 사람의 마음에 큰 동요가 있을 때는 참된 본성을 잃는다. 그러므로 마음에 아무 잡념이 없이 맑고 조용하게 앉아 있기만 하면, 구름과 함께 마음이 한가롭게 흘러가기도 하고 빗방울과 함께 맑아지기도 하며 새가 울면 함께 즐거워하고 꽃이 지면 문득 자연의 이치를 깨닫기도 한다. 이런 경지에 이른다면 가는 곳이 어디든 낙원 아닌 곳이 없으며, 무엇을 대하든 자연의 미묘한 작용이 아닌 게 없으리라.

119

자식을 낳을 때는 어머니가 위태롭고 돈이 쌓이면 도둑이 엿보니, 어느 기쁨인들 근심이 아니겠는가. 가난은 씀씀이를 절약하게 하고 병은 몸을 보전하게 하니, 어느 근심인들 기쁨이 아니겠는가. 그러므로 도에 통달한 사람은 순탄함과 역경을 한결같이 보며 기쁨과 슬픔을 모두 잊어야 한다.

子生而母危(자생이모위)하고 蠶積而盜窺(강적이도규)하나니 何喜(하희)가 非憂也(비우야)리요. 貧可以節用(빈가이절용)하고 病可以保身(병가이보신)하나니 何憂(하우)가 非喜也(비희야)리요. 故(고)로 達人(달인)은 當順逆一視(당순역일시)하여 而欣戚兩忘(이흔척량망)이니라.

| 해설 | 아기가 태어나는 것은 기쁜 일이지만 그 어머니는 아기를 낳기 위해 위험을 무릅써야 한다. 또 돈이 쌓여 부자가 되는 것은 즐거운 일이지만 도둑이 노리니 걱정이 떠나질 않는다. 이처럼 기쁜 일에는 으레 근심이 따른다. 반면 가난하면 오히려 돈을 아껴 쓰게 되고 병들면 오히려 건강 관리에 힘쓰게 되니, 근심이 있으면 기쁨이 따른다. 그러므로 도에 통달한 사람은 순탄하다고 해서 기뻐하지 않고 역경에 처했다고 해서 슬퍼하지 않으며, 기쁨도 슬픔도 다 잊고 다만 천명(天命)을 즐길 뿐이다.

120

귀는 회오리바람이 골짜기를 울리는 것과 같아서, 바람이 지나가 버린 뒤 남겨두지 않으면 시비도 함께 사라진다. 마음은 달빛이 연못에 비치는 것과 같아서, 텅 비우고 집착하지 않으면 물질과 나 자신을 모두 잊어버린다.

耳根(이근)은 似飇谷投響(사표곡투향)하여 過而不留(과이불류)하면 則是非俱謝(즉시비구사)하고 心境(심경)은 如月池浸色(여월지침색)하여 空而不

著(공이불착)하면 則物我兩忘(즉물아량망)이니라.

| 해설 | 골짜기에 회오리바람이 불어닥치면 소리가 요란하지만 바람이 지나간 뒤에는 다시 조용해진다. 사람의 귀도 마찬가지다. 남들이 헐뜯고 아첨하는 소리를 귀에 담아 두지 않는다면 시비와 원망도 없어질 것이다. 또 고요한 연못에 밝은 달이 비치면 달빛이 연못에 남지만 달이 지나가면 연못 속에는 아무것도 남지 않는다. 사람의 마음도 마찬가지다. 마음을 텅 비워 속세의 명리에 집착하지 않는다면 자연도 나 자신도 모두 잊어버린다.

121

세상 사람들은 영화와 명리에 얽매여 걸핏하면 '티끌 세상'이니 '고해'니 말하면서, 구름이 희고 산은 푸르며, 냇물이 흐르며 바위가 우뚝 서 있고, 꽃이 피고 새가 울며, 골짜기에 나무꾼의 노래가 메아리치는 걸 모르고 있다. 역시 티끌 세상도 고해도 아니거늘, 저들 스스로가 마음을 티끌과 고해로 채우고 있을 뿐이다.

世人(세인)은 爲榮利纏縛(위영리전박)하여 動曰(동왈) 塵世苦海(진세고해)라 하며 不知雲白山靑(부지운백산청)하고 川行石立(천행석립)하며 花迎鳥笑(화영조소)하고 谷答樵謳(곡답초구)하나니 世亦不塵(세역부진)이요, 海亦不苦(해역불고)로되 彼自塵苦其心爾(피자진고기심이)니라.

| 해설 | 세상 사람들은 영화와 명리에 마음을 쏟기 때문에 걸핏하면 '티끌 세상'
이니 '고해'니 하여 세상을 비관적으로 생각한다. 그러나 대자연을 바라보라. 하늘에
는 흰 구름이 한가히 떠돌며, 산은 푸르러 아름답고, 맑은 냇물이 흘러가며, 바위들이
우뚝 서 있고, 꽃이 피고 새가 즐겁게 울며, 나무꾼의 노랫소리가 골짜기에 메아리친
다. 어디에 티끌 세상이 있고 어디에 고해가 있는가? 세상은 이처럼 아름답건만 사람
들은 부질없는 명리에 얽매여 스스로 티끌 세상과 고해 가운데서 한숨지을 뿐이다.

122

꽃은 반쯤 피었을 때 보고 술은 조금 거나할 만큼 취하라. 이 가운
데 무한히 아름다운 흥취가 있다. 꽃이 활짝 피고 술에 흠뻑 취하는
데 이르면 곧 악경(惡境)을 이루니, 충족된 상태에 있는 사람은 당연
히 이를 생각해야 한다.

花看半開(화간반개)하고 酒飮微醺(주음미훈)하면 此中(차중)에 大有佳
趣(대유가취)니라. 若至爛漫酕醄(약지란만모도)하면 便成惡境(변성악경)
하나니 履盈滿者(이영만자)는 宜思之(의사지)니라.

| 해설 | 꽃은 반쯤 피었을 때 아름답고 술은 조금 거나하게 취한 상태가 알맞다.
활짝 핀 꽃은 곧 시들어 버리고, 술에 만취하면 추태를 부리기 쉽다. 세상일도 이와 같
아서 가득 차면 기울게 마련이다. 부귀영화를 마음껏 누리는 사람들은 이 이치를 깊
이 새겨야 한다.

123

산나물은 사람이 물 대어 가꾸지 않아도 절로 자라고, 들새는 사람이 기르지 않아도 절로 크나, 그 맛이 모두 향기롭고 산뜻하다. 우리도 속세의 명리에 물들지 않는다면 그 품위가 뛰어나지 않겠는가.

山肴(산효)는 不受世間灌漑(불수세간관개)하고 野禽(야금)은 不受世間豢養(불수세간환양)이로되 其味皆香而且冽(기미개향이차렬)하나니 吾人(오인)이 能不爲世法所點染(능불위세법소점염)이면 其臭味不逈然別乎(기취미불형연별호)아.

| 해설 | 도라지나 고사리 같은 산나물은 사람이 기르지 않아도 절로 자라고, 꿩이나 메추라기 같은 들새들은 사람이 모이를 주지 않아도 절로 살아가지만 사람이 손으로 가꾸어 기른 나물이나 가축보다 훨씬 맛좋다. 사람도 속세의 명리에 집착하지 않으면 그 품위가 한결 뛰어날 것이다.

124

꽃을 가꾸고 대나무를 심고 학을 완상하며 물고기를 바라보되 또한 그 속에서 스스로 깨닫는 것이 있어야 한다. 눈앞의 광경에만 끌려 겉모습의 아름다움만 즐긴다면, 유학(儒學)에서 말하는 '구이지학(口耳之學)’이요, 불교에서 말하는 ‘완공(頑空)’일 뿐이니, 어찌 좋은 취미라고 하겠는가.

栽花種竹(재화종죽)하고 玩鶴觀魚(완학관어)하되 又要有段自得處(우요 유단자득처)니 若徒留連光景(약도류련광경)하여 玩弄物華(완롱물화)하면 亦吾儒之口耳(역오유지구이)요, 釋氏之頑空而已(석씨지완공이이)니 有何 佳趣(유하가취)리요.

| 해설 | 꽃을 가꾸고 대나무를 심고 학을 감상하며 물고기를 길러 즐기는 일은 좋은 취미지만 그 속에서 자연의 진리를 깨달아야 한다. 그 겉모습의 아름다움만을 즐긴다면, 유학에서 말하는 ‘구이지학’이나 불교에서 말하는 ‘완공’에 그칠 뿐이다. 입과 귀로만 들어 겉으로만 아는 지식이 어찌 마음으로 터득하고 몸으로 실천하는 학문에 비교될 수 있겠는가. 또 소승불교에서 말하듯 일체가 공(空)일 뿐이라면 어찌 자연의 진리를 깨달았다 할 수 있겠는가. 풍류를 겉으로만 즐기는 것은 아름다운 취미라 할 수 없다.

125

산속에 사는 선비는 청빈하여 속세를 초월한 취미가 절로 넉넉하고 농사짓는 사람은 거칠고 꾸밈이 없으나 천진스러움을 그대로 지니고 있다. 자기 몸을 시장 바닥의 거간꾼으로 전락시킨다면, 구렁텅이에 빠져 죽을지라도 몸과 마음이 깨끗한 것만 못하다.

山林之士(산림지사)는 淸苦而逸趣自饒(청고이일취자요)하고 農野之夫(농야지부)는 鄙略而天眞渾具(비략이천진혼구)하나니 若一失身市井駔儈(약일실신시정장쾌)면 不若轉死溝壑(불약전사구학)이로되 神骨猶淸(신골유청)이니라.

| 해설 | 세상을 피해 산 속에 숨어사는 선비는 청빈한 생활을 즐기기 때문에 속세를 초월한 고상한 취미를 지니고 있다. 들에서 농사를 짓는 농부는 거칠지만 순박하고 천진스럽다. 그러나 시장 바닥에서 거간꾼 노릇이나 한다면, 구렁텅이에 떨어져 죽으면서도 몸과 마음만은 깨끗한 것만 못하다.

126

분수에 넘치는 복과 까닭 없이 생긴 이득은 조물주의 미끼가 아니면 인간 세상의 함정이니, 눈을 들어 높은 곳을 바라보지 않는다면 그 꾀임에 빠지지 않는 자가 드물 것이다.

非分之福(비분지복)과 無故之獲(무고지획)은 非造物之釣餌(비조물지조이)면 卽人世之機阱(즉인세지기정)이니 此處(차처)에 著眼不高(착안불고)면 鮮不墮彼術中矣(선불타피술중의)리라.

| 해설 | 분에 넘치는 복이나 받을 만한 이유가 없는 소득에는 조물주가 사람에게 던지는 미끼가 들어 있거나, 인간 세상에서 파놓은 함정이 숨어 있다. 그러므로 우리

는 보다 높은 데 뜻을 두어 그 꾀임에 빠지지 않도록 해야 한다. 눈앞의 이득만 생각하면 낚시나 함정에 걸려들기 쉽다.

127

인생은 본래 꼭두각시 놀음이니 오직 그 근본을 손에 쥐고 있어야 한다. 실 한 가닥도 헝클어뜨리지 않아 감고 푸는 것이 자유롭고, 움직이고 멈춤이 내게 있으니, 털끝만큼도 남의 간섭을 받지 않으면 곧 이 꼭두각시 놀음 무대를 벗어날 수 있다.

人生(인생)은 原是一傀儡(원시일괴뢰)니 只要根蒂在手(지요근체재수)니라. 一線不亂(일선불란)하여 卷舒自由(권서자유)하고 行止在我(행지재아)하여 一毫(일호)도 不受他人提掇(불수타인제철)이라야 便超出此場中矣(변초출차장중의)리라.

| 해설 | 인생이란 본래 인형극과 같다. 인형극에서는 인형을 조종하는 근본인 실의 밑뿌리를 꽉 잡고 있어야, 실이 헝클어지지 않고 감고 푸는 것을 자유자재로 하며 움직이고 멈추기를 마음대로 할 수 있다. 인생도 자기 마음의 밑뿌리를 단단히 잡고 남의 간섭을 받지 말아야 속세에서 벗어날 수 있다.

128

한 가지 이로운 일이 일어나면 곧 한 가지 해로운 일이 생기니, 천하는 언제나 무사태평함을 복으로 삼는다. 옛 사람의 시를 읽으니 "그대에게 권하니, 공을 세워 제후가 되는 일을 말하지 마라. 한 장수가 공을 세우려면 만 사람의 뼈가 마른다" 했고, 또 이르기를 "천하가 무사태평하다면 칼이 칼집 속에서 천년을 썩어도 아깝지 않다" 하였다. 영웅심과 용맹한 기개가 있더라도 모르는 사이에 얼음 녹듯 사라질 것이다.

一事起(일사기)하면 則一害生(즉일해생)하나니 故(고)로 天下(천하)는 常以無事(상이무사)로 爲福(위복)이니라. 讀前人詩(독전인시)에 云(운)하되 勸君莫話封侯事(권군막화봉후사)하라 一將功成萬骨枯(일장공성만골고)니라 하고 又云(우운)하되 天下常令萬事平(천하상령만사평)이면 匣中不惜千年死(갑중불석천년사)라 하니 雖有雄心猛氣(수유웅심맹기)나 不覺化爲氷霰矣(불각화위빙산의)리라.

| 해설 | 한 가지 이로운 일이 일어나면 곧 한 가지 해로운 일이 생기게 마련이다. 그러므로 인생에서는 무사태평한 것을 행복으로 생각해야 한다. 옛날 어떤 시인은 "그대는 공을 세워 제후가 될 생각을 마라. 한 장수가 공을 세우기 위해서는 만 명의 병사가 죽어야 한다네" 하였고, 또 다른 시인은 "세상이 항상 무사태평하다면 칼이 칼집 속에서 천년을 썩은들 무엇이 아까우랴" 했다. 이런 시구를 읽으면 영웅심과 용맹

한 기개가 있을지라도, 어느덧 그 공명을 세우려던 생각이 봄눈처럼 사라질 것이다.

129

음탕한 여인이 극단으로 흘러 여승이 되고 일에 열중하던 사람이 격분하여 중이 되기도 한다. 청정한 불문(佛門)이 항상 음탕과 사악의 소굴이 되는 까닭이다.

淫奔之婦(음분지부)도 矯而爲尼(교이위니)하고 熱中之人(열중지인)도 激而入道(격이입도)하나니 淸淨之門(청정지문)이 常爲淫邪淵藪也(상위음사연수야)가 如此(여차)로다.

| 해설 | 음탕한 여자도 극단에 이르면 머리를 깎고 여승이 되기도 하고, 세상일에 열중하던 사람도 일에 실패하거나 충격을 받아 중이 되기도 한다. 극단과 극단은 통하는 법이다. 깨끗한 절간이 음탕하고 사악한 사람들이 모여드는 소굴이 되는 것은 바로 이 때문이다.

130

물결이 하늘로 치솟으니 배 안의 사람은 두려운 줄을 모르나 배 밖의 사람은 마음이 서늘해진다. 미치광이가 미쳐 날뛰며 욕을 해도 한

자리에 있는 사람은 경계할 줄을 모르나 자리 밖에 있는 사람은 혀를
찬다. 그러므로 군자는 몸은 비록 일 안에 있을지라도 마음은 일 밖
으로 벗어나 있어야 한다.

波浪(파랑)이 兼天(겸천)하면 舟中(주중)은 不知懼(부지구)로되 而舟外者
寒心(이주외자한심)하고 猖狂(창광)이 罵座(매좌)하면 席上(석상)은 不知警
(부지경)이로되 而席外者-鉗咋舌(이석외자색설)하나니 故(고)로 君子(군자)
는 身雖在事中(신수재사중)이나 心要超事外也(심요초사외야)니라.

| 해설 | 풍랑이 심해 배가 뒤집힐 지경이 되면 배 안에 있는 사람보다 배 밖 기슭
에서 바라보는 사람의 간담이 서늘해진다. 술자리에서 주정뱅이가 미쳐 날뛰면 그 자
리에 있는 사람들은 술에 취해 모르지만 자리 밖에서 맑은 정신으로 바라보는 사람은
혀를 차고 눈살을 찌푸린다. 그러므로 군자는 일에 몰두하고 있어도 마음은 일 밖에
두어 자기와 일을 냉정하게 바라보는 법이다.

131

인생에서는 일푼[一分]을 줄이면 곧 일푼에서 벗어난다. 사귐을 줄
이면 곧 본성이 시끄러워지고, 말을 줄이면 곧 허물이 적어지며, 생
각을 줄이면 곧 정신이 낭비되지 않고, 총명을 줄이면 곧 본성을 온
전히 할 수 있다. 날로 줄이기보다 더하기를 구하는 자는 참으로 자
기 인생을 속박하는 것이다.

人生(인생)이 減省一分(감생일분)하면 便超脱一分(변초탈일분)하나니 如交遊減(여교유감)하면 便免紛擾(변면분요)하고 言語減(언어감)하면 便寡愆尤(변과건우)하며 思慮減(사려감)하면 則精神不耗(즉정신불모)하고 聰明減(총명감)하면 則混沌可完(즉혼돈가완)이니라. 彼不求日減(피불구일감)하고 而求日增者(이구일증자)는 眞桎梏此生哉(진질곡차생재)인저.

| 해설 | 무슨 일이든지 욕심을 부려 더해 나가려고 하지 말고 되도록 줄여 나가라. 그것이 정신적 자유를 누리는 길이다. 사람과의 사귐을 삼가면 시끄러운 일을 면할 것이며, 말을 적게 하면 허물이 적어지고, 생각을 덜면 그만큼 정신을 덜 쓰고, 총명한 지혜를 조금 줄이면 천진난만한 본성을 잃지 않을 것이다. 그런데 사람들은 부질없이 더하려고만 하니, 이것은 참으로 자기 인생을 속박하는 짓이다.

132

천지 운행에 따르는 추위와 더위는 피하기 쉬워도 인정의 따뜻함과 냉혹함은 제거하기 어렵고, 인정의 따뜻함과 냉혹함은 제거하기 쉬워도 자기 마음속의 얼음과 숯불은 버리기 어렵다. 이 마음속의 얼음과 숯불을 제거한다면 가슴속이 온통 화기(和氣)로 가득 차 이르는 곳마다 봄바람이 불 것이다.

天運之寒暑(천운지한서)는 易避(이피)로되 人世之炎凉(인세지염량)은 難除(난제)하고 人世之炎凉(인세지염량)은 易除(이제)로되 吾心之氷炭(오심지빙탄)은 難去(난거)니 去得此中之氷炭(거득차중지빙탄)이면 則滿腔(즉만강)이 皆和氣(개화기)하여 自隨地(자수지)에 有春風矣(유춘풍의)리라.

| 해설 | 자연의 운행에 따른 기후 변화, 즉 여름의 더위와 겨울의 추위는 피하기 쉽지만, 세상 인정(人情)의 더웠다 식었다 하는 변덕은 피하기 어렵다. 세상 인정의 변덕은 그래도 견디기 쉽다. 가장 제거하기 어려운 것은 자기 마음이 더웠다 식었다 하는 변덕이다. 자기 마음의 변덕을 제거할 수만 있다면 화기가 가슴속에 가득 차 어떤 상황에 처하더라도 따뜻한 봄바람이 불어올 것이다.

133

차를 아주 좋은 것으로만 구하지 않으니 차 주전자가 항상 마르지 않고, 술도 최고의 맛만을 구하지 않으니 술단지 또한 비지 않으며, 꾸밈없는 거문고는 줄이 없어도 항상 고르고, 짧은 피리는 구멍이 없어도 스스로 즐겁다. 비록 복희씨를 뛰어넘기는 어려워도 죽림칠현에는 다가갈 수 있으리라.

茶不求精(차불구정)하니 而壺亦不燥(이호역부조)하고 酒不求洌(주불구렬)하니 而樽亦不空(이준역불공)하며 素琴(소금)은 無絃(무현)이나 而常調(이상조)하고 短笛(단적)은 無腔(무강)이나 而自適(이자적)하나니 縱難超越羲皇(종난초월희황)이나 亦可匹儔嵇阮(역가필주혜완)이니라.

| 해설 | 좋은 차를 바라지 않으니 주전자에서 항상 차가 마르지 않고, 맛 좋은 술을 바라지 않으니 술단지에 항상 술이 담겨 있다. 이런 가운데 줄 없는 거문고와 구멍 없는 피리, 즉 자연의 음악을 즐기며 세속을 떠나 유유자적하니, 복희씨는 따르지 못하더라도 적어도 죽림칠현에는 비길 만하다.

134

불교에서 말하는 '수연(隨緣)'과 유교에서 말하는 '소위(素位)'의 네 글자가 곧 바다를 건너는 부낭이다. 대체로 세상길은 아득히 멀기 때문에 한 가지 생각을 완벽하게 구하려 한다면 만 갈래 생각의 실마리가 어지러이 일어날 것이다. 처지에 따라 편안히 살면 가는 곳마다 얻지 못함이 없을 것이다.

釋氏隨緣(석씨수연)과 吾儒素位(오유소위)의 四字(사자)는 是渡海的浮囊(시도해적부낭)이라. 蓋世路茫茫(개세로망망)하여 一念求全(일념구전)하면 則萬緖紛起(즉만서분기)하니 隨寓而安(수우이안)이면 則無入不得矣(즉무입부득의)라.

| 해설 | 불교에서 주장하는 '수연'이란, 세상 모든 일은 인연에 의하여 이루어진다고 보고 그 인연에 따라 처신해야 한다는 것이다. 그리고 유교에서 주장하는 '소위'는 자기의 본분을 지켜 분수 밖의 일은 바라지 말라는 것이다. 이 '수연'과 '소위' 네 글자는 인생고해(人生苦海)를 건너는 부낭과 같다. 세상을 건너가는 걸은 멀고도 험하

나, 무리하게 일을 성취하려 하면 만 갈래 시름이 다투어 일어날 것이다. 그러므로 각자 자기 처지에 만족하고 마음을 편안하게 가지면 어떤 상황이 닥치더라도 즐겁게 살수 있을 것이다.

작가와 작품 해설

홍자성의 생애와 작품 세계

중국 명나라 말엽에 홍자성(洪自誠)이 지은 『채근담(菜根譚)』은 지금도 중국의 고전으로 널리 읽고 있다. 『채근담』은 단순한 이야기가 아니라 홍자성의 수상집으로서 인생에 대한 지혜가 담겨 있기 때문에 21세기를 살아가는 오늘날에도 중요한 인생 지침서가 되는 것이다.

『채근담』의 저자인 홍자성에 대해서는 알려진 게 거의 없고, 다만 우공겸이 쓴 『채근담』의 서문에서 잠깐 언급되어 있을 뿐이다.

"어느 날 친구 홍자성이 『채근담』을 가지고 와서 보여주며 서문을 써 달라고 부탁했다. 처음에는 별로 대수롭지 않게 생각하고 한번 훑어보기만 했으나, 그 후 책상 위의 고서를 정리한 다음 잡념을 버리고 자세히 읽어 본 뒤에야 비로소 그 진가를 알 수 있었다."

우공겸은 명나라 때 벼슬길에 올랐으나 탐관오리의 비리를 상소한 일로 신종에게 미움을 받아 관직에서 물러난 뒤 고향에서 살다가 생을 마감한 사람이다. 홍자성이 우공겸에게 서문을 부탁한 것으로 보아, 홍자성 역시 우공겸과 비슷한 처지에 있었던 신종 때의 불우한 선비였을 거라고 추측된다. 또한 이 책의 내용 중에 "하늘이 내 처지를 곤궁하게 한다면 나는 나대로 도를 깨달아 헤쳐나갈 것이다. 그러니 하늘인들 나를 어찌하겠는가?"라는 구절이 있는 것으로 보아, 역경을 이겨낸 강직한 사람이었음을 짐작할 수 있다.

작품 줄거리 및 해설

'동양의 『팡세』'라고 불리는 『채근담』이 쓰여진 때는 황제를 정점으로 한 지배 체제가 정비되어 사회 전체가 전제 정치의 굴레를 벗어나지 못하고 있던, 그야말로 분출구가 막힌 폐쇄된 시대였다. 명나라 14대 황제인 신종이 어린 나이로 제위에 오른 1573년은, 태조 주원장이 원의 왕조를 패배시키고 한민족의 손으로 중국 본토를 수복한 지 205년째 되던 해이다. 명나라에 이르러 중세 중국의 군주 독재 체제가 완성되어 안으로는 나라의 기틀이 다져졌으나, 밖으로는 북방의 몽고족과 일본에 의한 외환이 그치지 않고 있었다. 정부가 막대한 국방비를 백성에게 떠맡기는 바람에 백성들은 가난에 허덕였다. 여기에 황족과 관료의 횡포까지 겹쳐, 백성들의 원성은 높아만 가고 있었다. 이렇게 모든 것이 막혀 부패가 만연했던 시대적 배경은 『채근담』과도 깊은 관련을 맺고 있다.

『채근담』은 이런 시대를 가장 진실하게 살아간 선비의 수상집으로, 인생의 깊은 통찰력이 담겨 있다. 홍자성은 그 사상의 뿌리를 유교에 두었으나, 노장의 도교와 불교까지 폭넓게 수용하여 자신의 생각을 설파하고 있다. 이러한 『채근담』은 두 권으로 나누어져, 전집(前集) 225장과 후집(後集) 134장으로 구성되어 있다. 전집에서는 주로 벼슬을 한 후 사람들과 사귀고 직무를 처리하며 임기응변하는 사관보신(仕官保身)의 길에 대해 말하고 있으며, 후집에서는 자연을 벗삼아 살아가는 즐거움에 대해 말하고 있다. 이러한 구분은 엄밀하게 이루어진 것이 아니어서 각 장의 연결도 사실 명확하지는 않다.

'채근담'이라는 이 책의 제목은 송나라 학자 왕신민이 말한 대목에서 비롯된 듯하다. 왕신민은 "사람이 언제나 채근을 씹을 수 있다면 모든 일을 다 할 수 있을 것이다"라고 말했는데, 이 '채근'이라는 말에서 유래되었다. 이 책의 제목처럼 홍자성은 청빈한 삶을 지향하였고, 속세를 벗어나되 속세를 떠나지 말 것을 주장하여 중용(中庸)의 자세를 전해 주고 있다. 『채근담』이 삶의 길잡이로서 오늘날까지도 많은 사람들의 손길을 부르는 것은 이러한 삶의 자세에 있을 것이다.